O CABELEIRA

COLEÇÃO A OBRA-PRIMA DE CADA AUTOR

O CABELEIRA

Franklin Távora

2ª Edição

MARTIN CLARET

Direção	Martin Claret
Produção editorial	Carolina Marani Lima Flávia P. Silva
Diagramação	Giovana Gatti Leonardo
Direção de arte e capa	José Duarte T. de Castro
Ilustração de capa	Weberson Santiago
Revisão	Patrícia Murari
Impressão e acabamento	PSI7

Este livro segue o novo Acordo Ortográfico da Língua Portuguesa.

Dados Internacionais de Catalogação na Publicação (CIP)
(Câmara Brasileira do Livro, SP, Brasil)

Távora, Franklin, 1842-1888.
O cabeleira / Franklin Távora. — 2. ed. — São Paulo: Martin Claret, 2014. (Coleção a obra-prima de cada autor).

"Texto integral"
ISBN 978-85-440-0003-8

1. Romance brasileiro I. Título. II. Série.

14-01748 CDD-869.93

Índices para catálogo sistemático:

1. Romances: Literatura brasileira 869.93

EDITORA MARTIN CLARET LTDA.
Rua Alegrete, 62 – Bairro Sumaré
01254-010 – São Paulo, SP
Tel.: (11) 3672-8144 – Fax: (11) 3673-7146
www.martinclaret.com.br
3ª reimpressão - 2015

Sumário

O Cabeleira

Apêndice

Prefácio

O Cabeleira na inauguração de uma Literatura do Norte

Cristina Betioli Ribeiro[1]

Pouco comentado em nossa historiografia literária, o escritor e crítico cearense Franklin Távora (1842–1888) teve um importante papel nos debates sobre ciência, cultura popular e literatura na segunda metade do século XIX, no Brasil.

Embora nascido em Baturité (CE), Franklin Távora criou-se na cidade de Goiana (PE) e foi na então chamada *província* de Pernambuco que se constituiu crítico e homem de letras.

A formação em bacharel na Faculdade de Direito do Recife, em 1863, foi determinante na consolidação das ideias que iriam predominar no discurso crítico e no projeto literário de Franklin Távora. O convívio com a *intelligentsia* da conhecida *Escola de Recife*, que também formou importantes pensadores como Tobias Barreto e Sílvio Romero, levaria Távora a interessar-se, nos anos 1870, pela filosofia positiva de Auguste Comte e, mais tarde, pelo que se chamou de "crítica naturalista" ou "nova crítica", divulgada principalmente por Sílvio Romero.

Até 1873, período em que viveu no Recife, Franklin Távora, que também era membro da Maçonaria, envolveu-se em duas

---

[1] Formada em Letras pela Universidade Estadual de Campinas (Unicamp), onde também obteve os títulos de mestre e doutora em Literatura Brasileira. Sua área de pesquisa concentra-se no gênero romance e suas interfaces com os estudos culturais. Atualmente, é professora no curso de Letras da PUC-Campinas.

relevantes polêmicas: a "Questão Religiosa" (1872), veiculada no jornal recifense *A Verdade*, do qual fora redator-chefe; e as "Cartas a Cincinato" (1871–1872), saídas no periódico fluminense *Questões do Dia* e depois publicadas em volume (1872) pelo livreiro-editor J. W. de Medeiros. A primeira, de caráter essencialmente político, tratou de um intenso embate entre a Maçonaria e a Igreja católica, esta representada pelos interesses ultramontanos de D. Vital; a segunda, de teor literário, voltou-se para o vitupério do célebre romancista José de Alencar, a essa altura escritor de fama reconhecida. Instigada pelo escritor português José Feliciano de Castilho, a controvérsia das "Cartas" incide especialmente sobre as obras alencarinas *Iracema* (1865) e *O gaúcho* (1870). As principais críticas de "Semprônio", alcunha adotada por Távora na correspondência com Castilho, reivindicam maior rigor científico nas fontes arqueológicas, linguísticas e etnográficas dos romances analisados.

Até então, o autor de *O Cabeleira* havia publicado: *Um mistério de família* (drama, 1861), *A trindade maldita — Contos do Botequim* (contos, *Diário de Pernambuco*, 1862), *Os índios do Jaguaribe* (folhetim, *Diário de Pernambuco*, 1863/ romance, *Tipografia do Jornal do Recife*, 1870), *A casa de palha* (folhetim, *Jornal do Recife*, 1866), *Um casamento no arrabalde* (romance, Recife, 1869) e *Três lágrimas* (drama, 1870).

No final de 1874, muda-se para o Rio de Janeiro e é nomeado oficial de gabinete da Secretaria do Império. Instalado na Corte, à época o lugar da efervescência cultural e literária, publica *O Cabeleira* (1876), primeiro romance de uma série que ele define, no prefácio, como *Literatura do Norte*.

No momento em que vem a lume *O Cabeleira*, há instalado um intenso debate sobre as contribuições da miscigenação na formação da cultura brasileira. O impacto desse debate mobiliza diversos trabalhos de coleta e reunião de cantos e contos populares, no sentido de fomentar as reflexões etnográficas, linguísticas e literárias e de fortalecer a ideologia nacionalista. A discussão tem como principal força motora as novas ideias cientificistas impulsionadas pela *Escola de*

Recife e outras agremiações do Norte[2] do Império, como a *Academia Francesa do Ceará*. Celso de Magalhães, Couto de Magalhães, João Barbosa Rodrigues, Sílvio Romero, Melo Moraes Filho, dentre muitos outros, são responsáveis por trabalhos de pesquisa e recolha de "matéria popular", focalizando o Norte como a região da genuína nacionalidade, o principal manancial da investigação folclorista no Brasil. Uma das principais publicações da época, saída na *Revista Brasileira*, foi "A poesia popular do Brasil" (1879), de Sílvio Romero.

É na esteira desse debate que Franklin Távora, ainda antes de Romero, irá propor com *O Cabeleira* e o projeto da *Literatura do Norte*, uma produção literária que incorpora o mestiço e os costumes da região como novos representantes da nacionalidade. O índio, que até então fora o principal símbolo da nação, sobretudo nos anos 40 e 50 do século XIX, é reapresentado na figura do "mameluco" Cabeleira. Constrói-se, desse modo, um novo modelo idealizado: o que reúne a cantada bravura heroica e genesíaca do índio brasileiro com a superestimada nobreza do branco europeu. A contribuição africana na formação do brasileiro, nesse momento, ainda não ocupa o espaço que ganharia nos estudos e construtos nacionalistas pós-abolição, cujo corolário seriam os escritos histórico-culturalistas de Gilberto Freyre, nos anos 30 do século XX. Nos anos 1870, a figura do negro ainda era inferiorizada pela ciência e associada à mácula da escravidão.

Em cartas e paratextos, há registros de queixas de Távora a respeito da ausência de editores interessados em publicar suas obras. Isso o levou, com efeito, a custear a impressão de *O Cabeleira* nos prelos da Tipografia Nacional, em 1876. Muito embora o autor não tenha obtido o reconhecimento desejado, é fato que seu romance sobre o célebre cangaceiro pernambucano foi o que mais recebeu atenção da crítica e

---

[2] Nesse período, a geografia regional do Brasil concebe apenas a divisão dos dois extremos: o Norte corresponde à região entre as províncias (depois estados) do Amazonas à Bahia.

dos folcloristas do período, bem como o maior número de publicações dentre as produções editadas do autor.

Subintitulada como "romance histórico", a obra narra as façanhas do criminoso José Gomes, que ficou conhecido como Cabeleira, oficialmente influenciado desde criança pelas maldades do pai Joaquim Gomes, o protagonista é descrito como um homem perverso e temido, que assim se fez por ter sido apartado da presença benévola da mãe. O personagem e sua trajetória são constantemente indicados como verídicos na história e na tradição popular. Comprovação disso, são passagens que atestam sua historicidade nas *Memórias históricas da província de Pernambuco* (1848), de Fernandes Gama, e situações e falas de personagens relacionadas às trovas populares reunidas nas notas de rodapé.

O primeiro capítulo do romance tem o evidente intuito de assinalar as particularidades de Pernambuco no cenário nacional e introduzir um protagonista de dimensões mitológicas. As primeiras páginas da obra apresentam o Cabeleira como um vulto legendário da história pernambucana. Como uma espécie de "herói às avessas", o bandido é comparado ao guerreiro espanhol medieval El Cid e ao benevolente ladrão Robin Hood.

Apoiado em categorias deterministas para a composição dos personagens, Franklin Távora desenvolve uma narrativa que explica o banditismo no Norte por razões ligadas à raça, ao meio e ao momento — a conhecida tríade teorizada por Hippolyte Taine. Nesse sentido, o Cabeleira é desenhado como o produto da conjunção de uma raça "selvagem" (índio) com uma raça "civilizada" (branco-europeu), afetado pela pobreza e pelo meio inóspito e primitivo (sertão e zona da mata pernambucana), num momento histórico ainda não alcançado pelo progresso.

A disputa de poder com as autoridades públicas é declarada. Para o Cabeleira, a nobreza se associa à capacidade de demonstrar, por meio do horror, que os oprimidos também podem ser líderes e homens terríveis e respeitáveis. Além de ser acompanhado pelo pai Joaquim e o "pardo" Teodósio, lidera bandos compostos também por outros malfeitores de fama, inclusive por “negros fugidos”, o que reforça a hipótese de que tais grupos criminosos podiam funcionar como atrativos aos excluídos da ordem social e como meio de sobrevivência e nobilitação pessoal. Os apelidos, que em geral definem a aparência ou o temperamento dos bandidos, conferem a eles um realce de valentes e brutais, destacando-os do anonimato e os particularizando na memória popular. O romance faz menção a diversas alcunhas de criminosos que acompanharam José Gomes: Maracajá, Ventania, Jurema, Jacarandá, Gavião, Miguel Mulatinho e até mesmo um Corisco, anterior ao que compôs o bando de Lampião e ficou conhecido no século XX como o último cangaceiro independente.

A preocupação de Franklin Távora em desenvolver um enredo de procedência folclórica na prosa de ficção, conciliado à história, à finalidade moralizadora e ao cavalheirismo medieval, demonstra a tentativa de o autor gerenciar várias estratégias de composição ao mesmo tempo. Interessado em propor novos motes nacionalistas para o romance — com o mestiço, o folclore e a relação determinista de tipos brasileiros com as regiões “selvagens” do Norte — o autor ainda cede às convenções do gênero e recai em motivos amorosos e moralizantes. Talvez pelas dificuldades em lidar simultaneamente com as referências romanescas já estabelecidas e os parâmetros novos de produção, o narrador se desculpa perante o leitor quando descreve as cenas mais violentas da trama:

> Mas desgraçadamente estas cenas não são geradas pela minha fantasia. São fatos acontecidos há pouco mais de um século. Se só alguns deles foram recolhidos pela história, quase todos pertencem à tradição que nô-los legou, antes como líquido espelho, que como tenebrosa notícia do passado. Não estou imaginando, estou, sim, recordando; e recordar é instruir, e quase sempre moralizar. Com estas razões considero-me justificado aos teus olhos, leitor benévolo.

O autor, por seu turno, na carta-posfácio, explica as razões que levaram a “musa do povo” a conservar a história de um bandido não tão cruel, ou “de todo desprezível”:

> A musa do povo não cantaria um tão grande assassino se nele não descobrisse algumas qualidades dignas. A musa do povo não é torpe, não exalta o sicário infame e no todo desprezível. Por este chora o povo uma lágrima ao passar por ele, e afasta-se triste e mudo, não lhe dá um lugar na sua imaginação, não lhe consagra uma nota do seu melancólico e suavíssimo instrumento.

A produção d' *O Cabeleira* depara-se com o momento de busca por novos elementos nacionais, nova crítica e novos parâmetros para a criação literária, projetando a voz do pensamento nortista e sua vontade de ganhar visibilidade. Do ponto de vista histórico, a concentração do romancista nos anos setecentos de Pernambuco homenageia a fase áurea da economia açucareira do Norte no Brasil, antes da vinda da Família Real e do desenvolvimento da produção de café, no Sul. O romance, afinal, promove uma campanha a favor do Norte como lugar privilegiado economicamente e como força centrípeta de brasilidade. Ciente de que a divulgação de ideias literárias e políticas só ganharia projeção nacional a partir da Corte, Franklin Távora lança o seu projeto estrategicamente dois anos depois de ali se instalar, por meio do prefácio do romance primogênito de uma série que retrataria todos os aspectos relevados de sua região natal e pela nova ideologia nacionalista.

A partir de *O Cabeleira*, então, Távora enceta uma sequência de produções literárias voltadas para o folclore nortista, ligadas ao projeto exposto no prefácio do romance, que vão sendo anunciadas ao longo das publicações, em paratextos, artigos e cartas pessoais. Algumas dessas produções são divulgadas nos rodapés da segunda fase da *Revista Brasileira*, dirigida pelo autor entre 1879 e 1881. Os escritos que prosseguem *O Cabeleira* são: "Lendas e tradições populares do norte" (contos, *Ilustração Brasileira*, 1877), *O matuto* (romance, 1878), *O sacrifício* (folhetim, *Revista Brasileira*, 1879), *Lourenço* (folhetim/ romance, *Revista Brasileira*/ Tipografia Nacional, 1881) e *Um casamento no arrabalde* (romance, 2ª edição, Tipografia Nacional, integrada à *Literatura do Norte* em 1881).

Pouco antes de abandonar a direção da *Revista Brasileira* e assistir à sua interrupção, Franklin Távora é admitido, em 1880, como sócio do Instituto Histórico e Geográfico Brasileiro (IHGB) do Rio de Janeiro, onde permanece até o fim da vida.

O Cabeleira

Meu amigo

A casa, onde moro, está situada ao lado de uma rua de bambus, em um dos cantinhos mais amenos da bacia de Botafogo.

Vejo daqui uma grande parte da baía, os morros circunstantes, cravando seus cumes nas nuvens, o céu de opala, o mar de anil. Infelizmente este belo espetáculo não é imutável.

De súbito o céu se torna brusco, e só descubro cabeços fumegantes em torno de mim; ribomba o trovão nos píncaros alcantilados; a chuva fustiga as palmeiras e casuarinas; a ventania brame no bambuzal; a casa estala. Parece que tudo vai derruir-se.

Estas tormentas duram horas, noites, dias inteiros, e reproduzem-se com mais ou menos frequência.

Quando elas têm passado de todo, o céu mostra-se mais puro e belo, o mar mais azul, as árvores mais verdes; a viração tem mais doçura, as flores mais deliciosos aromas.

Pela face das pedreiras correm listões d'água prateada, que refletem a luz do sol, formando brilhantes matizes. Coberta de frescas louçanias, a natureza sorri com suave gentileza depois de haver esbravejado e chorado como uma criança.

É tempo de cumprir a promessa extorquida pela amizade, que não atendeu às mais legítimas escusas. Essa natureza brilhante e móvel estava a cada instante convidando o meu desânimo a romper o silêncio a que vivo recolhido desde que cheguei do extremo norte do império.

Depois de cerca de dois anos de hesitações, dispus-me enfim a escrever estas pálidas linhas — notas dissonantes de uma musa solitária, que no retiro, onde se refugiou com os desenganos da vida, não pode esquecer-se da pátria, anjo das suas esperanças e das suas tristezas.

Tive porém que melhor seria leres umas centenas de páginas na estampa, do que traduzires um volumoso in-fólio, inçado de tantas emendas e entrelinhas que a mim mesmo custa às vezes decifrá-las, pela razão de que tudo aqui se escreveu sem ordem, sem arte, sem se atender a ideal, por aproveitar momentos vagos e incertos de uma pena que pertence ao Estado e à família.

Por isso, em lugar de uma carta receberás nessa encantadora Genebra, onde te delicias com a memória de Rousseau, Staël, Voltaire, Calvino — astros imortais, que rutilarão perpetuamente no firmamento da civilização, um livro hoje, outro talvez amanhã, e alguns mais sucessivamente, até que se tenha libertado da obrigação, que me impuseste, conforme o permitirem as minhas forças diminuídas pelo meu afastamento das coisas literárias de nossa terra.

Inicio esta série de composições literárias, para não dizer estudos históricos, com *O Cabeleira*, que pertence a Pernambuco, objeto de legítimo orgulho para ti, e de profunda admiração para todos os que têm a fortuna de conhecer essa refulgente estrela da constelação brasileira. Tais estudos, meu amigo, não se limitarão somente aos tipos notáveis e aos costumes da grande e gloriosa província, onde tiveste o berço.

Pará e Amazonas, que não me são de todo desconhecidas; Ceará, torrão do meu nascimento; todo o Norte enfim, se Deus ajudar, virá a figurar nestes escritos, que não se destinam a alcançar outro fim senão mostrar aos que não a conhecem, ou por falso juízo a desprezam, a rica mina das tradições e crônicas das nossas províncias setentrionais.

Depois de alguns meses de ausência, tornei a ver o Recife, esplêndida visão de teus sonhos nostálgicos. Lamento que, havendo sido transportado muito novo ainda ao velho mundo, não guardes dessa visão a menor lembrança, fugitiva embora. Genebra com o Mont-Blanc coberto de neves e gelos eternos; o lago imenso, que a um sem-número de poetas tem inspirado maviosos e imortais cantos; o Ródano que, ao dizer de um viajante nacional, "foge apressado, resmungando com voz medonha em procura de hospitalidade no Mediterrâneo", não pode ter a beleza dessa elegante e risonha cidade, que surge dentre mangues verdejantes, águas límpidas, pontes soberbas, e se estende por sobre vasta planície, obrigando os matos a se afastarem de dia em dia ao ocidente para ter espaço onde alongue de improviso suas novas ruas, suas estradas, seus trilhos, testemunhos de sua prosperidade material, comercial e agrícola; onde funde novas escolas e erija novos templos, testemunhos de sua civilização e grandeza moral.

Vi o Pará, e divinhei-lhe as incalculáveis riquezas ora ocultas no regaço de um futuro que, se não anunciou ainda a época precisa de sua realização, não se demorará muito, segundo se infere do que apresenta, em traduzir-se na mais brilhante realidade.

E que direi do Amazonas, incompreensível grandeza, que tem a índole da imensidade e a feição do escândalo?

Não há prodígio que se possa comparar com aquele no descoberto. Não creio que Rousseau fosse capaz de fantasiar semelhante, ainda que levasse toda a vida a imaginar, ele o filósofo sonhador que com suas ideias revolucionou o mundo; o homem cria a grandeza ideal, a grandeza física porém só Deus a concebe e executa. Staël em vão tentaria descrever esse reino encantado como descreveu Itália em sua imperecedora Corina em que o estudo dos monumentos e do passado não desdiz do coração, monumento de todos os tempos.

Entrando ali, pareceu-me entrar em um templo fantástico e sem proporções. É natural o fenômeno: sempre que nos achamos diante das obras-primas da criação, secreto instinto nos adverte que estamos na presença de Deus. A admiração tem então a solenidade de um recolhimento e de uma homenagem. As impressões passam dos sentidos ao fundo da alma onde vão repetir-se com maior intensidade. Todas as nossas faculdades — a inteligência, a imaginação, a própria vontade — deixam-se dominar de uma como volúpia que não é sensual, mas deleitosa, e grande como é talvez o êxtase. Ainda quando tenhamos o espírito cansado dos erros e injustiça dos homens, nós o sentiremos levantar-se imediatamente cheio de vida diante da representação enorme, como se ele se achasse em sua integridade virginal. É o efeito do assombro que percorre, como fluido, o nosso organismo, despertando em nós abruptas sensações que nunca experimentamos, e que são para nós verdadeiros fenômenos do mundo fisiológico.

Águas imensas serviam de lajeamento ao majestoso templo, que tinha por abóbada o céu sem limites. À visão física escapavam as colunas e paredes dessa catedral-mundo, as quais a minha imaginação fora colocar além dos horizontes invisíveis do Atlântico.

Do lado do norte quebravam a monotonia da superfície envoltos nos vapores matutinos uns como rudimentos gigantescos de arcadas colossais. Em outras quaisquer condições cósmicas esses rudimentos apresentar-se-iam à minha vista como grandiosas ruínas; ali não; o que se afigura ao espírito de quem os observa, é uma coisa indizível; afigura-se que essas arcadas estão em começo de construção e se destinam a romper o céu, porque no meio daquele suntuoso impossível poder-se-á dizer que nenhum átomo tem o direito de se deixar destruir; quando tudo não exista ali ab initio, quando tudo não tenha ali uma vida que não resta ao corpo é nascer, agigantar-se, eternizar-se na matéria, que não acabará senão no fim dos tempos.

O que eu via e acabo de apontar não era outra coisa que a região amazônica que começava a desenhar-se risonha, azulada, esplêndida. Eram ilhas sem-número, umas de comedidas dimensões, outras de descomunal amplitude, todas elas multiformes, marchetando aqui as águas, bordando ali o continente coberto de uma espessa crosta de verdura.

Quem não entrou ainda nesse mundo novo onde ao homem que pela primeira vez nele penetra se afigura não ter sido precedido por um único sequer dos seus semelhantes; onde há léguas e léguas que ainda não foram pisadas por homem civilizado, e onde há rios que só a canoa do índio tem fendido, não pode formar ideia dessa esplêndida maravilha.

Quando me achei, não em face mas no seio daquela natureza (porque em breve me vi cercado de ilhas, das quais algumas podem comparar-se a continentes, em que todas as direções iam ficando ou aparecendo), natureza a que a minha imaginação tinha dado formas incríveis, filhas da visão íntima, reconheci só então quanto em seus vãos arroubos me havia a fantasia deixado aquém da realidade.

Nada do que fui descobrindo conformava com as paisagens que eu traçara e colorira na mente não obstante as proporções gigantescas, as linhas corretas, as cores variadas, os matizes estupendos com que eu as tinha feito surgir de minha paleta. Pálidos e somenos hão de ser sempre diante daquela realidade a modo de fortuita os sonhos do maior imaginar.

Muito se há escrito do Pará e Amazonas desde que foram descobertos até nossos dias. Que valem porém todos os escritos e narrações de viagem a semelhante respeito? Quase nada.

O que eles nos põem diante dos olhos é o traço hirto, e não o músculo vivo e hercúleo; é a ruga, e não o sorriso; é a penumbra, e não o astro; o que eles nos oferecem são formas tesas e secas em lugar dos contornos brandos, delicados e flexíveis dos imensos panoramas e transparentes perspectivas dessas regiões paradisíacas.

Como pintar as miríadas de ilhas, rios, furos, igarapés, que se mostram aos olhos do viajante desde a foz do grande rio, desde a confluência deste com os outros rios, que não têm conta, até suas nascentes, que durante muitos anos ainda hão de ser quase inteiramente desconhecidas? Como pintar tais imensidades, se vencer um desses rios, um desses furos, um desses igarapés, deixar atrás ou de lado uma, dez, cem ilhas, é o mesmo que penetrar em novos igarapés, novos furos, novos rios, contornar novas ilhas?

Nem sempre porém a natureza sorri, ou protege, ou abraça; às vezes ela encoleriza-se e, trocando os afagos da mãe carinhosa com as asperezas da madrasta desamorável, repele o homem por mil formas, e o impele para mil perigos.

A cólera, o açoite, a repulsa, o impulso, o puro franzir do sobreolho da madrasta irritada são terríveis manifestações; é a tempestade que afunda mil vidas — o homem, a cobra, a onça, a ave infeliz que passava trinando venturas; é a correnteza que desagrega, desfaz ilhas, e as apaga da superfície das águas, e arranca o cedro, a palmeira, os quais vão arrebatados no turbilhão, que os engole vestidos de virente folhagem para os vomitar escalavrados, nus despedaçados, sórdidos.

A pedra não resiste. A revolução arrasta-a com rapidez inconceptível, e a vai levar em um momento a fundos abismos, que são outros tantos domicílios da vertigem e da morte. Com a pedra desapareceria a montanha, se tivesse a imprudência de ir surgir à frente, ou no meio daquelas impetuosas águas, que alagam, constringem, cavam, desmantelam, pulverizam praias, ribas, fragas e continentes.

— Que não seria deste mundo — pensei eu, descendo das eminências da contemplação às planícies do positivismo, — se nestas margens se sentassem cidades; se a agricultura liberalizasse nestas planícies os seus tesouros; se as fábricas enchessem os ares com seu fumo, e neles repercutisse o ruído das suas máquinas? Desta beleza, ora a modo de estática, ora violenta, que fontes de rendas não haviam de rebentar? Mobilizados os capitais e o crédito; animados os mercados agrícolas, industriais, artísticos, veríamos aqui a cada passo uma Manchester ou uma Nova York. A praça, o armazém, o entreposto ocupariam a margem, hoje nua e solitária, a cômoro sem vida e sem promessa; o arado percorreria a região que de presente pertence à floresta escura. O estado natural, espancado pelas correntes da imigração espontânea que lhe viessem disputar os domínios improdutivos para os converter em magníficos empórios, ter-se-ia ido refugiar nos sertões remotos donde em breve seria novamente desalojado. Uma face nova teria vindo suceder ao brilhante e majestoso painel da virgem natureza. Não se mostrariam mais aqui as tendas negras da fome e da nudez. O trabalho, o capital, a economia, a fartura, a riqueza, agentes indispensáveis da civilização e grandeza dos povos, teriam lugar eminente nesta imensidade onde vemos unicamente águas, ilhas, planícies, seringais sem-fim.

Mas por onde ando eu, meu amigo? Em que alturas vou divagando nas asas da fantasia? Venhamos ao assunto desta carta.

No Cabeleira ofereço-te um tímido ensaio do romance histórico, segundo eu entendo este gênero da literatura. À crítica pernambucana, mais do que à outra qualquer, cabe dizer se o meu desejo não foi iludido; e a ela, seja qual for a sua sentença, curvarei a cabeça sem replicar.

As letras têm, como a política, um certo caráter geográfico; mais no Norte, porém, do que no Sul abundam os elementos para a formação de uma literatura propriamente brasileira, filha da terra.

A razão é óbvia: o Norte ainda não foi invadido como está sendo o Sul de dia em dia pelo estrangeiro.

A feição primitiva, unicamente modificada pela cultura que as raças, as índoles, e os costumes recebem dos tempos ou do progresso, pode-se afirmar que ainda se conserva ali em sua pureza, em sua genuína expressão.

Por infelicidade do Norte, porém, dentre os muitos filhos seus que figuram com grande brilho nas letras pátrias, poucos têm seriamente cuidado de construir o edifício literário dessa parte do império que, por sua natureza magnificente e primorosa, por sua história tão rica de feitos heroicos, por seus usos, tradições e poesia popular há de ter cedo ou tarde uma biblioteca especialmente sua.

Esta pouquidade de arquitetos faz-se notar com especialidade no romance, gênero em que o Norte, a meu ver, pode entretanto figurar com brilho e bizarria inexcedível. Esta verdade dispensa demonstração. Quem não sabe que na história conta ele J. F. Lisboa, Baena, Abreu e Lima, Vieira da Silva, Henriques Leal, Muniz Tavares, A. J. de Melo, Fernandes Gama, e muitos outros que podem bem competir com Varnhagen, Pereira da Silva e Fernandes Pinheiro; que o primeiro filólogo brasileiro, Sotero dos Reis, é nortista; que é nortista Gonçalves Dias, a mais poderosa e inspirada musa de nossa terra; e que igualmente o são Tenreiro Aranha, Odorico Mendes, Franco de Sá, Almeida Braga, José Coriolano, Cruz Cordeiro, Ferreira Barreto, Maciel Monteiro, Bandeira de Melo, Torres Bandeira, que valem bem Magalhães, A. de Azevedo, Varela, Porto Alegre, Casimiro de Abreu, Cardoso de Meneses, Teixeira de Melo?

No romance, porém, já não é assim. O Sul campeia sem êmulo nesta arena, onde têm colhido notáveis louros: Macedo, o observador gracioso dos costumes da cidade; Bernardo

Guimarães, o desenhista fiel dos usos rústicos; Machado de Assis, cultor estudioso do gênero que foi vasto campo de glórias para Balzac; Taunay, que se particulariza pela fluência, e pelo faceto da narrativa; Almeidinha, que a todos estes se avantajou na correção dos desenhos, posto houvesse deixado um só quadro, um só painel, quadro brilhante, painel imenso, em que há vida, graça e colorido nativo. Estes talentos, além de outros que me não lembram de momento, não têm, ao menos por agora, competidores no Norte, onde aliás não há falta de talentos de igual esfera.

Não me é lícito esquecer aqui, ainda que se trata do romance do Sul, um engenho de primeira grandeza que, com ser do Norte, tem concorrido com suas mais importantes primícias para a formação da literatura austral. Quero referir-me ao Exmo. Sr. Conselheiro José Martiniano de Alencar, a quem já tive ocasião de fazer justiça nas minhas conhecidas Cartas a Cincinato.

Quando, pois, está o Sul em tão favoráveis condições, que até conta entre os primeiros luminares das suas letras este distinto cearense, tem os escritores do Norte que verdadeiramente estimam seu torrão, o dever de levantar ainda com luta e esforços os nobres foros dessa grande região, exumar seus tipos legendários, fazer conhecidos seus costumes, suas lendas, sua poesia, máscula, nova, vívida e louçã tão ignorada no próprio templo onde se sagram as reputações, assim literárias, como políticas, que se enviam às províncias.

Não vai nisto, meu amigo, um baixo sentimento de rivalidade que não aninho em meu coração brasileiro. Proclamo uma verdade irrecusável. Norte e Sul são irmãos, mas são dois. Cada um há de ter uma literatura sua, porque o gênio de um não se confunde com o do outro. Cada um tem suas aspirações, seus interesses, e há de ter, se já não tem, sua política.

Enfim, não posso dizer tudo, e reservarei o desenvolvimento, que tais ideias exigem, para a ocasião em que te enviar o segundo livro desta série, o qual talvez venha ainda este ano, à luz da publicidade.

Depois de haveres lido *O Cabeleira*, melhor me poderás entender a respeito da criação da literatura setentrional, cujos moldes não podem ser, segundo me parece, os mesmos em que vai sendo vazada a literatura austral que possuímos.

Teu
Franklin Távora

Rio, 1876.

Capítulo I

A história de Pernambuco oferece-nos exemplos de heroísmo e grandeza moral que podem figurar nos fastos dos maiores povos da Antiguidade sem desdourá-los. Não são estes os únicos exemplos que despertam nossa atenção sempre que estudamos o passado desta ilustre província, berço tradicional da liberdade brasileira. Merecem-nos particular meditação, ao lado dos que aí se mostram dignos da gratidão, da pátria pelos nobres feitos com que a magnificaram, alguns vultos infelizes, em quem hoje veneraríamos talvez modelos de altas e varonis virtudes, se certas circunstâncias de tempo e lugar, que decidem dos destinos das nações e até da humanidade, não pudessem desnaturar os homens, tornando-os açoites das gerações coevas e algozes de si mesmos. Entra neste número o protagonista da presente narrativa, o qual se celebrizou na carreira do crime, menos por maldade natural, do que pela crassa ignorância que em seu tempo agrilhoava os bons instintos e deixava soltas as paixões canibais. Autorizavam-nos a formar este juízo do Cabeleira a tradição oral, os versos dos trovadores e algumas linhas da história que trouxeram seu nome aos nossos dias envolto em uma grande lição.

À sua audácia e atrocidades deve seu renome este herói legendário para o qual não achamos par nas crônicas provinciais. Durante muitos anos, ouvindo suas mães ou suas aias cantarem as trovas comemorativas da vida e morte desse como Cid, ou Robin Hood pernambucano, os meninos tomados de pavor, adormeceram mais depressa, do que se lhes contassem as proezas do *lobisomem* ou a história do *negro do surrão* muito em voga entre o povo naqueles tempos.

Com a simplicidade irrepreensível que é o primeiro ornamento das concepções do espírito popular, habilitam-nos esses trovadores a ajuizarmos do famoso valentão pela seguinte letra:

Fecha a porta, gente,
Cabeleira aí vem,
Matando mulheres,
Meninos também.

O Cabeleira chamava-se José Gomes, e era filho de um mameluco por nome Joaquim Gomes, sujeito de más entranhas, dado à prática dos mais hediondos crimes.

De parceria com um pardo de nome Teodósio que primou na astúcia e nos inventos para se apossar do que não lhe pertencia, percorriam José e Joaquim o vasto perímetro da província em todas as direções, deixando a sua passagem assinalada pelo roubo, pelo incêndio, pela carnificina.

Um dia assentaram dar um assalto à própria vila do Recife.

As populações do interior, em sua maioria destituídas de bens da fortuna, e então muito mais espalhadas do que atualmente, pouco tinham já com que cevar a voracidade dos três aventureiros a quem desde muito pagavam um triplo imposto consistente em víveres, dinheiro e sangue. O assalto foi resolvido em secreto conciliábulo dentro das matas de Pau-d'Alho onde mais de uma vez se haviam reunido para concertos idênticos.

Na mesma hora aperceberam-se para a temerária tentativa e, com o arrojo que lhes era natural, puseram-se a caminho contando de antemão com o feliz sucesso em que tinham posto a mira.

À notícia da sua aproximação a maior parte dos moradores, deixando os povoados, então muito fracos por não terem ainda a densidão que só um século depois tornou alguns deles respeitáveis, emigrou para os matos, único abrigo com que lhes era permitido contar, embora se achassem a poucas léguas do Recife; tais houve que, não tendo tempo ou recursos para fugir aos cruéis visitantes, lhes deram hospedagem como meio de não incorrerem no seu desagrado.

Ao declinar do dia seguinte eram eles na Estância. Sentaram-se no adro da capela de taipa que fora aí levantada por Henrique Dias, para recordar aos vindouros que nesse lugar tivera ele o seu posto militar pelas guerras da restauração. Esse posto era dentre todos o que ficava mais vizinho ao inimigo. Eloquente testemunho da bravura do troço da gente preta a quem a pátria reservou distinta menção nas maiores páginas da história colonial.

— É muito cedo para entrarmos na vila — disse o Cabeleira. — E não será até melhor que o Teodósio vá primeiro que nós para assentar ainda com dia no meio mais certo de realizar a empresa?

— Tens razão, José Gomes — acrescentou Joaquim —, o Teodósio, que é macaco velho, deve ir adiante a sondar as coisas. Para bater o pé ao inimigo e fazer frente a qualquer dunga, vocês sabem muito bem que eu sou cabra decidido; agora, para espertezas não contem comigo; isso é lá com o Teodósio que é mestre em saberetes; e ninguém lhe vai ao bojo.

Os três malfeitores traziam consigo bacamartes, parnaíbas, facas e pistolas.

Cabeleira podia ter vinte e dois anos. A natureza o havia dotado com vigorosas formas. Sua fronte era estreita, os olhos pretos e lânguidos, o nariz pouco desenvolvido, os lábios delgados como os de um menino. É de notar que a fisionomia deste mancebo, velho na prática do crime, tinha uma expressão de insinuante e jovial candidez.

Joaquim, que contava o duplo da idade de seu filho, era baixo, corpulento e menos feito que o Teodósio, o qual, posto que mais entrado em anos, sabia dar, quando queria, à cara romba e de cor fula uma aparência de bestial simplicidade em que só uma vista perspicaz, e acostumada a ler no rosto as ideias e os sentimentos íntimos, poderia descobrir a mais refinada hipocrisia.

— Entendo que é bem lembrado, o que dizes, Cabeleira — acrescentou o cabra levantando-se —; corro sem demora armar o laço para apanhar o passarinho; ainda que, a bem dizer, já cá tenho o meu plano que há de cair tão certinho como S. João a vinte e quatro.

— E onde depois nos encontraremos? — perguntou Joaquim vendo que o Teodósio se achava já de marcha para a vila.

— Não será o mais custoso. Esperarei por vocês debaixo da ingazeira da ponte.

Teodósio, não estando mais para conversa, conchegou o chapéu de palha à cabeça para que o vento não lho arrebatasse, e desapareceu em rápido marche-marche, por detrás dos matos que naquele tempo enchiam ainda em sua maior parte a zona onde hoje se ostenta com suas graciosas habitações entre risonhos verdores a Passagem da Madalena.

Antes que o sol descesse ao horizonte e as trevas envolvessem de todo a natureza, meteram-se o pai e o filho pelo caminho onde um quarto de hora atrás havia desaparecido o outro companheiro, alma do negócio e principal responsável pelos perigos a que todos eles iam expor talvez a própria vida.

A solidão estava sombria e triste.

Contavam-se então as casas por aquelas paragens. Em torno delas o deserto começava a aumentar antes de pôr-se o sol. Uma lei cruel, a lei da necessidade, obrigava os moradores a trancar-se cedo por bem da própria conservação.

Os roubos e assassinatos reproduziam-se com incrível frequência nos caminhos e até nas beiradas dos sítios.

Sólidas habitações não tinham em muitos casos assegurado às famílias inelutável obstáculo ao assalto dos malfeitores. Triste época em que o despotismo tudo podia contra os cidadãos pacíficos e bons, nada contra a parte cancerosa da sociedade!

A vila estava em festa. Foi no primeiro domingo de dezembro de 1773. Era governador Manuel da Cunha de Meneses, depois conde de Lumiar, jovem fidalgo a quem a igreja pernambucana deve distintos benefícios.

Com a data do 1º daquele mês tinha ele feito publicar um bando pelo qual ordenara aos moradores que pusessem luminárias em demonstração da alegria que causara à nação portuguesa a abolição dos jesuítas em todo o orbe cristão, pelo santo padre Clemente XIV.

No lugar onde hoje existe a formosa ponte *Sete de Setembro* que liga o bairro do Recife ao de Santo Antônio, via-se nessa época uma ponte de madeira, a qual fora mandada construir em 1737 sobre os sólidos pilares de pedra e cal da primitiva ponte, obra de Maurício de Nassau, por Henrique Luís Vieira Freire de Andrade, um dos governadores que mais honrada e benemérita memória deixaram de si em Pernambuco.

Era uma rica construção, nada menos do que uma rua suspensa sobre as águas do rio Capibaribe, que passa aí reunido ao Beberibe, depois de um curso de oitenta léguas por entre matas, por sobre pedras e ao pé de pitorescas vilas, povoações e arrabaldes. De um e outro lado, exceto na parte central, que fora guarnecida de bancos para recreio do público, viam-se pequenos armazéns de taipa de sebe em que se vendiam miudezas e ferragens, que logo depois de prontos acharam alugadores, começaram a render a quantia de oitocentos mil réis anuais, a qual no começo do século corrente se havia elevado à de quatro contos de réis. Com a fundação das casinhas sobreditas teve por fim o governador de criar uma fonte de rendas destinada à conservação das pontes da província quase todas nesse tempo em deplorável ruína. Destas obras com que dotou Pernambuco o gênio desse ilustre governador, não resta hoje o menor vestígio. Tudo desapareceu, tudo, até as arcadas holandesas que ainda alcancei. O monumento das idades é mais depressa destruído pelos homens do que pelo tempo, esse consumidor que, com ser voraz, não deixa de respeitar a obra da virtude.

À boca da noite os dois aventureiros chegaram à parte do bairro da Boa Vista que é de nós conhecida por *Ponte Velha.* Raras casas mostravam-se então aí.

A pouca distância para o sul do lugar onde existira a antiga ponte, nesse tempo já substituída pela da Boa Vista mandada construir por Henrique Luís a quem já nos referimos, levantava-se na margem uma ingazeira idosa e ramalhuda. Abrindo sobre o rio a copa à semelhança de chapéu-de-sol, formava esta árvore uma vasta camarinha que servia de porto de abrigo aos canoeiros quando o vento era teso, e as marés puxavam com velocidade. Debaixo desse teto protetor as águas corriam sempre mansas e bonançosas, e, sem primeiro descer ao pé do gigantesco vegetal, era difícil descobrir, pela densidão da sua folhagem, qualquer objeto ou ente que à sombra desta se acolhesse, ainda que estivesse o sol dardejando os seus luminosos raios. Fora este o ponto de reunião indicado por Teodósio aos companheiros.

Dar com as primeiras casas iluminadas foi para os dois valentões motivo de justo espanto e receio. Não sabendo do regozijo oficial, e tendo bem presentes na consciência os crimes que haviam cometido, logo lhes pareceu que seriam descobertos ao clarão das luzes, não se demorando o clamor público, se assim acontecesse, a denunciá-lo às justiças de el-rei.

Pelo voto de Cabeleira tinha-se verificado no mesmo instante a volta ao deserto. Mas Joaquim, cuja temeridade não conhecia limites, desprezando os conselhos do filho sobre o qual exercitava a tirania do déspota primeiro que a autoridade do pai, foi fazer alto ao pé da ingazeira sobredita, tendo atravessado para chegar a este ponto as ruas mais públicas do nascente bairro da Boa Vista.

Profundo silêncio reinava no vasto areal que guarnecia o rio por aquele lado. As águas mal se moviam. Desceram os dois à margem a ajuntar-se ao Teodósio conforme o convencionado, mas a sua expectativa foi iludida; não havia aí viva alma; unicamente se mostrou aos seus olhos um corpo negro, oscilando debaixo da folhagem, ao brando ondear das águas: era uma canoa que estava presa por uma corda ao tronco da ingazeira.

Depois de alguns momentos de espera não sem inquietação para os recém-chegados, um ruído que veio interromper o silêncio reinante na margem obrigou-os a pôr-se em armas por precaução. A corda rapidamente encurtando atraiu sem auxílio visível a canoa à margem e um corpulento canoeiro, nu da cintura para cima, arrastando uma vara pela mão, soltou à frente dos malfeitores.

— Sou eu, Cabeleira, sou eu.

— Teodósio! Meteste-te em boas.

— Eu estava escondido dentro da canoa para fazer um susto a vocês.

— A bom diabo te encomendaste hoje que o meu bacamarte mentiu fogo duas vezes — disse Cabeleira.

— Não falemos mais nisso — acudiu Teodósio —; celebraremos depois o caso. Para agora vamos ao que importa.

— Que é que há?

— Não me estão vendo em figura de canoeiro? Vamos a ela enquanto é tempo.

Teodósio inclinou-se para passar aos dois um segredo que em pouco tempo foi por ambos compreendido, e que entrou no mesmo instante a ser posto em execução pelos três. O pai e o filho foram guardar as suas armas de fogo na canoa, e o cabra saltou novamente dentro dela e fez-se ao largo. Quem visse um instante depois o lenho resvalando na vasta superfície do rio à claridade dos astros da noite, juraria que nessa sombra fugitiva, nesse ponto que se perdeu por fim nos seios da escuridão, não ia mais que um canoeiro, sabedor das manhas das águas e senhor dos meios de as vencer. Ia entretanto aí uma maldade muito mais considerável e perigosa, porque era hipócrita e estava disfarçada, do que a malvadez de Joaquim sempre alerta, e a impavidez de José sempre franco até na estratégia e na emboscada.

Estes dois últimos, tanto que o cabra se afastou da margem, atravessaram a ponte da Boa Vista e, ladeando o canal que cercava Santo Antônio pelo lado ocidental e ia encher ao sul as valas da fortaleza das Cinco Pontas, e ao norte as do forte *Ernesto*, hoje inteiramente desaparecido, passaram em frente do palácio do governador e por este forte, o qual ficava pouco adiante do convento de S. Francisco, e entraram na ponte do Recife que apresentava uma vista majestosa e deslumbrante. Colunas e arcos triunfais profusamente iluminados tinham sido ali erguidos a iguais distâncias. Ao som das músicas marciais, o povo percorria o aéreo passeio entre risos e folgares.

Ainda bem não se haviam os malfeitores confundido com os passeantes, quando se ouviu um grito arrancado pelo pânico terror de um matuto que os conhecera.

— O Cabeleira! O Cabeleira! Grandes desgraças vamos ter, minha gente! — clamou o mal-avisado roceiro.

Estas palavras caíram como raios mortíferos no meio da multidão que se entregava, incuidosa e confiante, ao regozijo oficial.

A confusão foi indescritível. Às expansões da pública alegria sucederam as demonstrações do geral terror. Homens, mulheres, crianças atropelaram-se, correndo, fugindo, gritando, caindo como impelidos por infernal ciclone. A fama do Cabeleira tinha, não sem razão, criado na imaginação do povo um fantasma sanguinário que naquele momento se animou no espírito de todos e a todos ameaçou com inevitável extermínio.

Ouvindo aquelas palavras e sendo assim surpreendidos por uma ocorrência com que não contavam, os dois malfeitores instintivamente bateram mãos das parnaíbas primeiro para se defenderem, por lhes parecer que corria a sua liberdade iminente perigo, que para investirem com a massa ingente, a qual aliás fugia como rebanho apavorado pela presença das onças. Os seus gestos concorreram para aumentar o terror da multidão, a qual, mal interpretando-os, imaginou que ia ter começo a carnificina.

— Sim, é o Cabeleira, gente fraca. Ele não vem só, vem seu pai também[1] — gritou José Gomes, cujo rosto começou a anuviar-se.

Joaquim, feroz por natureza, sanguinário por longo hábito, descarregou a parnaíba sobre a cabeça do primeiro que acertou de passar por junto dele. A cutilada foi certeira, e o sangue da vítima, espadanando contra a face do matador, deixou aí estampada uma máscara vermelha através da qual só se viam brilhar os olhos felinos daquele animal humano.

---

[1] A trova popular diz:

Corram, minha gente
Cabeleira aí vem;
Ele não vem só,
Vem seu pai também. (N. A.)

José Gomes, por irresistível força do instinto que muitas vezes o traiu aos olhos do carniceiro pai, voltou-se de chofre e lhe disse:

— Para que matar se eles fogem de nós?

— Matar sempre, Zé Gomes — retorquiu o mameluco com as narinas dilatadas pelo odor do sangue fresco e quente que do rosto lhe descia aos lábios e destes penetrava na boca cerval. — Não temos aqui um só amigo. Todos nos querem mal. É preciso fazer a obra bem feita.

Este homem era o gênio da destruição e do crime. Por sua boca falavam as baixas paixões que à sombra da ignorância, da impunidade e das florestas, haviam crescido sem freio e lhe tinham apagado os lampejos da consciência racional que todo homem traz do berço, ainda aqueles que vêm a ser depois truculentos e consumados sicários.

Seu coração estava empedernido, seu senso moral obcecado.

Nenhum sentimento brando e terno, nenhum pensamento elevado exercitava a sua salutar influência nas ações deste ente degenerado e infeliz.

— Estás com medo, Zé Gomes, deste poviléu? Parece-me ver-te fraquear. Por minha bênção e maldição te ordeno que me ajudes a fazer o bonito enquanto é tempo. Não sejas mole, Zé Gomes; sê valentão como é teu pai.[2]

Tendo ouvido estas palavras, o Cabeleira, em cuja vontade exercitava Joaquim irresistível poder, fez-se fúria descomunal e, atirando-se no meio do concurso de gente, foi acutilando a quem encontrou com diabólico desabrimento. Como dois raios exterminadores, descreviam pai e filho no seio da massa revolta desordenadas e vertiginosas elipses.

---

[2] Dizem os trovadores:

Meu pai me pediu
Por sua bênção
Que eu não fosse mole,
Fosse valentão, (N. A.)

A geral consternação teria cessado em poucos instantes se o povo pudesse escapar pelas duas entradas da ponte. Achavam-se porém estas já tomadas por piquetes de infantaria às pressas organizados para embargarem a fuga aos matadores e reduzi-los à prisão.

À medida que estes piquetes se foram movendo das extremidades para o centro, a populaça obrigada a aproximar-se dos assassinos, preferiu a este perigo atirar-se ao rio, e a baldeação não se fez esperar.

Em poucos momentos os perturbadores da ordem acharam-se debaixo das vistas da força pública. O lugar da cena estava quase inteiramente desocupado. As colunas militares operaram um movimento único, indescritível. Carregaram sem demora sobre os delinquentes que, à vista da estreiteza do passo e do cerco, só nas águas puderam, como as suas vítimas, achar salvação.

Um soldado, impelido talvez primeiro pelo ímpeto da paixão que pela consciência do dever, o qual em ocasiões iguais àquela raramente fala mais alto que os instintos animais, atirou-se de arma em punho após os assassinos com o fim de apreender um dos dois, ainda que custasse a própria vida. Não logrou o seu intento este valente defensor da sociedade e da lei. Quando sua mão tocava em um dos delinquentes, de cima de uma canoa que nesse momento desatracara da ponte, desfecharam-lhe com a vara tão forte golpe sobre a cabeça, que o infeliz, perdendo os sentidos, foi arrebatado pela corrente. Igual cena se presenciou em 1821, figurando como vítima João Souto Maior que procurara salvar-se no rio depois de haver ferido com um tiro de bacamarte na ponte da Boa Vista o governador Luís do Rego Barreto.

Assim se passou na vila do Recife a noite do primeiro domingo de dezembro de 1773, noite memorável, que principiou pela alegria e terminou pelo terror público.

Capítulo II

Por entre as vítimas do terror que lutavam com as águas do Capibaribe nas sombras da noite deslizou indiferente a canoa onde ia o Teodósio, assassino do soldado, que se atirara ao rio em busca dos delinquentes.

Teodósio, como os leitores hão de lembrar-se, viera só mas não voltava agora desacompanhado. José, taciturno e quieto, e Joaquim, rosnando como besta fera que indiscreto caçador irrita em escuso bosque, testemunhavam ao pé do cabra, sentados na popa do fugitivo lenho, com os bacamartes nas mãos, o espetáculo de aflição e desespero; e, como se o fizessem de caso pensado para denotarem a pouca conta em que tinham uma sociedade que eles dois unicamente acabavam de entregar em alguns minutos à perturbação e à dor, pareciam afrontar com olhares insultuosos não somente os homens mas também aquele que ao fulgor das estrelas vê melhor do que os mortais à luz do dia, e que das alturas, onde paira, distribui por todos a sua indefectível justiça, tanto para premiar como para punir. Foi Deus o único que conheceu os três aventureiros, rompendo as águas, o único que em suas frontes manchadas do sangue e do opróbrio recente leu o passado que os condenava e o futuro que por eles esperava para justiçá-los com a excessiva severidade que havemos de ver.

Os náufragos só trataram de salvar-se e fugir; qual se agarrasse aos mangues, então muito bastos e numerosos, que bordam o rio como ilhas de verdura, qual demandasse, a fim de escapar da inclemência da corrente, os bancos de areia formados pelo fluxo e refluxo das marés. Ninguém cuidou mais no Cabeleira senão para se distanciar com horror crescente da sua sombra cruel, do seu vulto fatal e ominoso.

Achavam-se na ponte o pai e o filho, não para serem socorridos, como foram, pelo companheiro, mas para protegerem a sua fuga, caso fosse ele descoberto antes de haver concluído o roubo que assentaram de praticar em um dos armazéns. A denúncia do matuto transtornara esta combinação pela forma que o leitor conhece, não impedindo porém que no essencial viesse ela a verificar-se porque, ouvindo o trovão do alarido e fazendo conta que o conflito fora provocado pelos amigos como meio de concentrar em um só ponto as gerais atenções a fim de deixá-lo ao abrigo de qualquer surpresa, tratara Teodósio de aproveitar o tempo com a prontidão e perícia que lhe eram habituais em semelhante gênero de ocupação.

Na extremidade de uma vara fora acinte atado um ferro adunco para facilitar o escalamento. Prendê-lo na varanda do armazém, subir pela longa haste até a estiva, passar desta à janela, e saltar dentro, fora obra de um instante para o Teodósio. Em poucos minutos quinquilharias preciosas, armas de fogo, perfumarias, miudezas de toda sorte desceram por cordas em suas caixas ou pacotes para a canoa. As gavetas, primeiro que as vidraças, foram violadas e revistadas, e o dinheiro que continham passara a povoar o bolso do atrevido roubador.

São tradicionais os roubos que deste modo se praticaram na ponte do Recife por aqueles tempos e durante muitos anos depois. Segundo contam os antigos, eles reproduziram-se no começo deste século com tanta frequência, que os armazéns ao princípio com razão cobiçados pelos comerciantes perderam de valor, e ficariam de todos depreciados se a polícia, por uma rigorosa vigilância que lhe faz honra, não houvesse impedido a continuação destes atentados.

Quando não houve mais objeto de preço que baldear, Teodósio desceu. Era tempo. Ainda bem não tinha terminado o seu aéreo trajeto, quando dois corpos surgiram dentre ruidoso espumeiro produzido por violenta queda e passaram-se à embarcação. Eram Joaquim e José Gomes que se haviam atirado ao rio para escaparem à prisão, como vimos.

A escuridão que reinava no Capibaribe, as auras da noite e uns restos da enchente favoreceram a evasão dos navegantes. Mantendo-se a igual distância das duas margens, o improvisado canoeiro, ao passo que se subtraía a qualquer inspeção do lado da terra, era arrebatado com os hóspedes pelas águas do canal que são profundas e correm ali com impetuosidade.

Em pouco tempo, contornando o palácio do governador, e deixando à direita o forte *Waerdenburch*, construído em 1631 nas Salinas, hoje Santo Amaro, pelos holandeses que lhe deram esta denominação para honrarem o seu general Diederik van Waerdenburch, seguiu no rumo do sul, rompendo, por entre ilhas de mangues, a escuridão e as águas.

Entre as casas de que por esse tempo se compunha a povoação dos Afogados contava-se a de um colono por nome Timóteo, sujeito pontista, como tal conhecido das vizinhanças, e por isso mesmo buscado sempre que se tratava de realizar qualquer transação ilícita ou simplesmente equívoca.

Era uma casa de taipa como quase todas as outras do lugar, e achando-se a pouca distância do forte tomado pelos holandeses sob o comando do coronel Lourenço van Rembach aos portugueses em 1633 e denominado por estes *Forte da Piranga* e por aqueles *Príncipe Guilherme* em honra do príncipe de Orange. Ficava à direita da entrada da povoação, por detrás das primeiras casas. Foi demolido em 1813, pelo intendente da marinha Siqueira, que com o respectivo material aterrou a camboa que contornava pelo lado do rio a primeira casa, na qual morava.

Timóteo estabelecera ali uma vendola ou bodega aonde ia ter o açúcar, a galinha, a colher de prata, a peça de roupa ou qualquer objeto que era furtado pelos negros dos engenhos da redondeza. No exercício desta criminosa indústria comprava-lhes muitas vezes por dez réis de mel coado objetos de valor que revendia depois pela hora da morte aos boiadeiros e almocreves que acertavam de entrar na venda.

Timóteo tivera por companheira uma mameluca de nome Chica, mulher bem apessoada, ainda moça, metida a valentona, finalmente uma dessas mulheres que tomam satisfações a Deus e ao mundo por dá cá aquela palha. Diziam as más línguas que nos primeiros tempos da sua vida com o colono ela lhe fora por diferentes vezes ao pelo; e que, compreendendo ele que não podia fazer cinco montes, e renunciando à pretensão, que a princípio nutrira, de trazer sopeada a caseira, deixara esta também, por justa compensação de repetir o caridoso ensino com que o edificara logo depois de sua lua de mel.

Uma manhã um rapazito descorado parou à porta da bodega, saltou do cavalo abaixo e mandou medir contrametade de aguardente.

— Olá, menino José. Muito cedo navega você hoje — disse Timóteo ao recém-chegado.

— Parti de Santo Antão na madrugada velha — tornou-lhe o hóspede.

Enquanto o taverneiro aviava o matinal freguês, o cavalo que jejuava desde a véspera pôs-se a devorar a grama do pátio e, sem consciência dos riscos em que se ia meter, foi cair muito naturalmente dentro da pequena roça da mameluca e começou a destruí-la mostrando tenção de dar conta dela.

Mas ainda bem o primeiro jerimum não se havia derretido entre os poderosos molares do faminto animal, quando a dona da plantação desfechou neste tamanho golpe com uma das estacas da cerca, que o pobrezito, dando às popas pelo meio do pátio, foi atirando os sacos aqui, os caçuás acolá, a cangalha além, e desembestou por fim, pela margem afora, em violenta fuga.

Não satisfeita com semelhante desforra, Chica em um pulo ganhou a venda, e investiu com o inofensivo matutinho.

— Amarelo de Goiana! — gritou-lhe ela ao pé do ouvido. — Não sei onde estou que não te ponho mole com este pau para te ensinar a amarrares melhor a tua besta esganada de fome.

O rapaz, volvendo a vista ao volume humano que lhe acabava de falar e cujos olhos pareciam querer saltar das órbitas, respondeu-lhe sem se alterar nem mover:

— Besta! Besta é ela.

E, senhor de si qual se estivesse gracejando com um amigo, levou o copo aos lábios com o maior sangue frio que ainda se pôde mostrar na taverna, onde as paixões se acendem com a prontidão do raio.

Irritada por esta represália que a seus olhos pareceu condensar todo o desprezo do mundo, a mameluca não teve dúvida, não, e levantou a acha para o rapazito.

Tinha este deposto o copo sobre o imundo balcão quando pressentiu a arremetida; pôde por isso fugir em tempo com o corpo à violenta pancada. A estaca bateu a meio no balcão, e metade dela voou pelos ares em estilhaços que foram quebrar as panelas de barro e as poentas botijas com que se achavam adornadas as sujas prateleiras da pocilga.

Ouviu-se então um estalo, e logo o baque de um pesado corpo. José havia desandado com tanta força uma bofetada na mameluca, que a fizera cair redondamente no chão.

Quis Timóteo acudir à companheira na apertada conjuntura que se lhe desenhou aos olhos com as negras cores de um desastre, ou vergonha para o lar e bodega onde nunca sofrera afronta igual ou que com esta se parecesse. Mas quando apercebia o ânimo para dar o arriscado passo, descobriu na mão de José uma faca de Pasmado que o reteve à respeitosa distância.

Julgando-se José, à vista do agravo que recebera, com direito a público e estrondoso despique, arrastou por uma perna a mameluca, ainda tonta, para o terreiro, e aí, com uma raiz de gameleira com que os meninos tinham brincado na véspera, começou a pôr em prática a mais edificativa sova de que nos dão notícia as tradições matutas.

A mameluca tentou por diferentes vezes livrar-se das mãos do rapazito, espernegando como possessa. As mãos de José porém pareciam, pela dureza e pelo peso, manoplas fundidas de propósito para esmagar um gigante. Demais, José havia posto um pé no pescoço da Chica, e com ele comprimia-lhe o gasnete, tirava-lhe a respiração, afogava-a sem piedade.

A estrada estava deserta. Os moradores da povoação, de ordinários madrugadores, por infelicidade da caseira de Timóteo dormiram mais nesse dia do que tinham por costume. Além disso, as casas mais próximas da venda ficavam ainda a distância, sendo todas, como então eram, muito espalhadas. Esta circunstância, tirando toda esperança de pronto socorro, animou José a prolongar o exercício para o qual podia dizer-se estava preparado por diuturno hábito.

Depois de alguns minutos, sentiu Timóteo subirem-lhe enfim às faces os restos do equívoco brio e gritou, sempre de longe:

— Você quer matar-me a Chica, José?

— Deixe ensinar esta cabra, *seu* Timóteo. Ela nunca viu homem, e por isso anda aqui feita galinho de terreiro, ou peru de roda, metendo medo a todos estes papa-siris dos Afogados.

Assim dizendo, José montava-se literalmente na mameluca, e dava-lhe com os restos da raiz da gameleira já sem serventia. A faca, que minutos antes reluzira em uma das mãos, estava agora atravessada na boca do matuto, em quem o ignóbil vendeiro parecia ver, não uma figura humana, mas uma visão infernal que o ameaçava, a ele também, não com igual pisa, mas com a morte, que para ele era mil vezes pior.

De repente José colheu o ímpeto, pôs-se de pé, e inquiriu de si para si:

— E o meu cavalo?

Correu incontinente à margem e soltou um longo assobio que atroou a solidão mal desperta; a margem estava erma, e só o silêncio respondeu ao seu chamamento. Tornou ao pátio onde alguns vizinhos, finalmente atraídos pelos gritos, ao princípio furiosos, depois rouquenhos, e por último cansados e quase imperceptíveis da moribunda mulher banhada em sangue, tratavam de restituí-la à casa.

— É o que te vale, cabra do diabo! — disse José, olhando para o volume inanimado que mãos tardiamente piedosas arrastavam ao casebre. — O que te vale é ter eu que ir em busca do meu cavalo. Se não fosse ele, nunca mais comias farinha.

Dias depois voltou José, montado no seu cavalo, trazendo uma espingarda nova na mão, uma faca de arrasto pendente da cintura, os caçuás cheios de peças de pano e outros objetos que se vendiam nas lojas da vila.

— Boa tarde, *seu* Timóteo — disse ele, pondo-se em terra de um pulo e entrando sem-cerimônia na tasca. — Dá-me notícias da Chica?

— Você ainda vem falar nisso? — redarguiu o vendeiro com semblante hipócrita, mas na realidade sobressaltado.

— Por que não? Queria acabar de dar-lhe a lição que principiei na quarta-feira. Mas desta feita a coisa havia de ser de outra moda. Queria ver se lhe entrava nas banhas da barriga este facão, como entra nesta melancia.

— Pois não sabe que a Chica morreu da sua tirania?

— Ah! fez esta bestidade? Pois então, para celebrarmos o caso, bote aguardente e bebamos.

Timóteo encheu sem demora o copo que apresentou a José.

— Beba primeiro — disse este.

— Não, eu não bebo — respondeu o taverneiro.

— Não bebe? Há de beber. E não se demore que tenho pressa. Atrás de mim vem alguém em minha procura, e eu não estou disposto a fazer mais carniça por hoje.

— Que imprudência a sua, menino! Não bebo, não quero beber, está acabado. Veja se me obriga.

A este rasgo de covarde arrogância que seria digna do riso e não despertasse compaixão, José retrucou, fitando os olhos no colono:

— *Seu* Timóteo, você vai errado. Olhe que eu não posso demorar-me nem sou de graças. Beba a aguardente por quem é.

O taverneiro, sem replicar, pôs o copo na boca, e, depois de haver sorvido alguns goles que lhe souberam a quássia ou jurubeba, restituiu-o ao rapazito, que o esvaziou quase de um trago.

Então, sem cuidar de pagar a despesa, José saltou sobre a cangalha, pôs o cavalo a todo o galope e desapareceu no caminho como desaparece um raio na atmosfera.

Com pouco uma escolta subiu a ponte e foi fazer alto na vendola de Timóteo. Vinha na batida de José, que havia cometido um roubo considerável na praça, tendo, para escapar-se, assassinado um caixeiro e deixado às portas da morte, com um sem-número de golpes, dois soldados que diligenciaram prendê-lo.

Pertencem estas ao número das primeiras proezas do Cabeleira. Não contava ele então dezesseis anos completos. Perpetrava, entretanto, destes crimes, e com esta firmeza que daria renome aos mais hábeis e audaciosos assassinos.

Não obstante o modo por que o tratara desta vez o jovem Cabeleira, nunca Timóteo ficara mal ou se arrufara sequer com ele. Quem não descobre a razão de tal segredo? O colono respeitava e temia o matuto. Por detrás, dizia àqueles de cuja fraqueza estava certo, que o José era uma oncinha que se estava criando e que era preciso, enquanto não passava de tempo, tirar do pasto; na presença do rapaz, que já lhe tinha mostrado por duas vezes de quanto era capaz, só tinha ele atenções e baixezas que bem denotavam os quilates do seu espírito.

José cresceu, reformou, pôs-se de todo homem. Perdeu a cor terrena e pálida com que o vimos da primeira vez na taverna, e tornou-se robusto de corpo e bonito de feições. Cabelos compridos e anelados, que lhe caíam nos ombros, substituíram a penugem que mal lhe abrigava a cabeça nos primeiros anos.

Timóteo fora testemunha de todas estas transformações. O rapaz tinha escolhido para seu ponto de operações contra a vila a taverna dos Afogados. Esta taverna passara a ser um como entreposto onde ele depositava o que roubava com o pai, e mais tarde com o Teodósio que viera associar-se-lhes nos perigos e nos proveitos. O taverneiro achara-se assim em condições de acompanhar dia por dia as diferentes fases, os variadíssimos sucessos de uma das existências mais admiráveis que se conhecem na carreira do crime.

Por sua vez José vira o florescer e o declinar do taverneiro. Quando o livrara da companhia da Chica achava-se Timóteo nos seus quarenta e oito anos. Agora orçava pelos cinquenta e cinco. Tornara-se-lhe o cabelo branco; destendera-se-lhe o abdome, caíram-lhe um pouco as faces, sumiram-se-lhe os olhos debaixo das espessas sobrancelhas, que pareciam espinhos de cardeiro.

Sem que um entrasse nos segredos do outro, os dois diziam-se amigos, e até certo ponto apoiavam-se reciprocamente, havendo a muitos respeitos entre ambos perfeito acordo de intenções e inteira comunidade de interesses.

As barras vinham quebrando quando a canoa dirigida por Teodósio encostou na beira do Capibaribe, junto à ponte dos Afogados. Dentro em pouco a pingue messe da noite, colhida às custas de sustos, sangue e morte, passou para os esconderijos da taverna. Beberam em comum os quatro; celebraram todos a magistral façanha. Timóteo aplaudiu a coragem do pai e do filho, e a finura e as mágicas do Teodósio.

De repente este levou a mão à testa e correu como desesperado à margem. Os companheiros meteram mãos às armas e prepararam-se para o que desse e viesse.

Timóteo, chegando à porta e estendendo os olhos pelo aterro dos Afogados afora, nada descobriu na extensa solidão que pudesse justificar a inquietação do seu digno conviva.

Só o Teodósio, de pé sobre uma das mais altas ribanceiras, olhava para um e outro lado do rio, e dava mostras de querer arrancar os cabelos no auge do desespero. José dispôs-se a arrostar com o que pudesse acontecer e foi ter com o consternado amigo.

— Que diabo tens tu, Teodósio?

— O dinheiro, Cabeleira, o dinheiro!

E o pardo, com o semblante desfigurado por uma dor profunda, apontou o rio que suavemente discorria por entre o deserto, mobilizando as águas azuladas em que se refletia o belo céu pernambucano que disputa a primazia ao céu de Itália.

— O dinheiro que tirei das gavetas do armazém lá se foi no camarote da canoa! — disse o Teodósio, fulo de pesar que se não descreve.

— E que fim levou ela? — interrogou José.

— Fugiu, desapareceu! Lá se foi tudo pela água abaixo.

Não acabava quando, ei-la que aponta movida por dois meninos que, tendo ido encher os potes no rio, se haviam apoderado dela para brincarem como costumavam sempre que davam com alguma canoa sem dono. Pobres crianças!

Tanto que os viu, Teodósio empalideceu. Cabeleira porém correu a encontrá-los aceso em ira, gritando e ralhando como louco. Amedrontados, saltaram na margem os pobrezinhos, e fugiram, ao passo que a canoa, ficando solta, desaparecia novamente impelida pela enchente da maré.

Fazendo conta José que os meninos se haviam assenhoreado do dinheiro, continuou a correr no encalço deles sem ter outra ideia que apanhá-los para arrancar-lhes das mãos o que considerava propriedade sua. Mas como sua cólera aumentou com a fugitiva resistência dos pequenos, atirou ele sobre o primeiro que lhe ficou ao alcance o facão com tanta certeza, que o pobrezinho, cravado pelas costas, caiu banhado em seu próprio sangue.

Não parou aí então a fereza inaudita. José, achando limpas as mãos da vítima, lançou-se com encarniçada fúria atrás do camarada, o qual, tendo já ganho grande distância, e sentindo que era perseguido tenazmente, se lembrou de trepar no primeiro coqueiro que descobriu com os olhos pávidos, crendo escapar por este modo ao terrível assassino. Reconheceu, porém, que se havia enganado, quando deu com as vistas em José que do chão diligenciava feri-lo com o facão.

— Acuda, mamãe, que o homem me quer matar — gritou o menino das alturas aonde havia subido.

— Ah, tu pões a boca no mundo, caiporinha? — observou José. — Pois vou tirar-te a fala em um instante.

Um tiro covarde, cruel, assassino atroou os ares. Sangue copioso e quente gotejou como granizo sobre a areia e no mesmo instante o corpo do inocentinho, crivado de bala e chumbo, caindo aos pés de Cabeleira, veio dar-lhe novo testemunho, de sua perícia na arte de atirar contra seu semelhante.[1]

---

[1] Diz a trova popular:

Lá na minha terra,
Lá em Santo Antão,
Encontrei um homem,
Feito um guaribão,
Pus-lhe o bacamarte,
Foi pá, pi, no chão. (N. A.)

Quem estivesse com os olhos em Teodósio no momento em que Cabeleira correra atrás dos meninos, tê-lo-ia visto atirar dentro em uma moita de muçambés e manjeriobas, que ficava perto da ribanceira, um pesado pacote que tirara do bolso. Neste pacote achava-se o dinheiro roubado ao lojista pelo astucioso ladrão que agora o furtava novamente aos próprios companheiros de rapinas, depois de haver concorrido, por sua trapaça, para a morte das inocentes criaturas.

Quando se soube que Cabeleira estava na terra e tinha sido o autor do latrocínio, a povoação horrorizada tratou unicamente de escapar à sua ferocidade.

Grande parte dos moradores fugiu para os matos e praias circunvizinhas. Outros, dos mais corajosos, fortificaram-se nas próprias habitações, contando que seriam assaltados pelos matadores.

Felizmente estes demoraram-se no lugar unicamente o tempo que lhes foi preciso para porem em boa espécie os objetos roubados segundo usavam depois de suas depredações.

CAPÍTULO III

Como nunca um mal vem desacompanhado, segundo mui bem diziam nossos maiores com aquela autoridade que, entre outros graves ofícios, não se lhes pode recusar na ciência da vida, ao grande contágio das bexigas, que todo o ano de 1775 e uma parte do seguinte levou assolando a província de Pernambuco, sucedeu uma seca abrasadora, mal não menos penoso senão mais funesto que o primeiro em seus resultados.

Se por ocasião do referido contágio subiu o número das vítimas a tanto que os cemitérios e as igrejas já não tinham espaço para lhes oferecer sepulturas, que diremos nós para darmos a conhecer, não unicamente os efeitos da peste, comum a todos os climas e a todas as regiões, mas juntamente com estes efeitos os da seca, flagelo especial de algumas de nossas províncias do Norte?

Excetuada a febre amarela por ocasião de sua primeira invasão, a qual se verificou em Pernambuco em 1686, não consta que alguma outra calamidade de peste haja sido mais fatal àqueles povos do que a sobredita calamidade. Do mesmo modo a seca, chamada em Ceará seca grande, que arrasou Pernambuco desde 1791 até 1793, com ser mais intensa e duradoura do que a de 1776, ficou-lhe aquém nos estragos produzidos nesta última província onde esta seca foi precedida do terrível contágio que levou milhares de almas como já dissemos. Dois flagelos, um imediatamente depois do outro, para não dizermos dois flagelos reunidos, dos quais o primeiro disputava ao segundo a primazia no abater e no destruir, traziam pois a província em contínuo pranto e luto, pranto nunca chorado e luto nunca visto em tamanha extensão, ao tempo em que se passaram os acontecimentos que diremos neste capítulo.

Governava então Pernambuco José César de Meneses que não se demorou a expedir para diferentes pontos recursos médicos e alimentícios, a fim de combater a epidemia, e acudir à pobreza no seio da qual, ao mesmo tempo que a fome, consequência natural da seca, ia ela buscar, como sempre sucede, o maior número de suas vítimas.

Não se fez esperar com seu quinhão de auxílio o poder espiritual, então amigo desinteressado e leal do poder civil, não só em Pernambuco, mas também em todas as capitanias do Brasil. E por que não havia de suceder assim, se sob as abóbadas do Vaticano ainda volteava, representado na pureza e sabedoria de sua doutrina, o grandioso espírito de Ganganelli; se aos jesuítas, expatriados, repelidos do seio de todos os Estados civilizados, faltava a organização que havia antes imposto ao mundo esta companhia como a mais poderosa das até a esse tempo conhecidas, e que veio depois restituir-lhes, não a totalidade, mas uma grande parte do perdido predomínio; se no palácio da Soledade se sentava D. Tomás da Encarnação Costa e Lima que tornou distinto o decênio de seu ministério por sua circunspeção, por sua brandura, por suas virtudes, as quais nos corações dos diocesanos lhe erigiram altares mais naturais e mais sólidos que os dos próprios templos?

Um bispo, que compreende sua missão, é uma das maiores fortunas dos povos que pastoreia; porque um tal bispo, para proceder assim, tem necessidade de saber e de exercitar a caridade; porque um tal bispo não admite em seu coração a mais mínima sombra de ódio, e só possibilita a entrada nele à humildade, à modéstia, aos mais delicados afetos paternais; porque de todos estes predicados só se podem originar grandes e edificantes benefícios para os crentes, e particularmente para os pobres.

D. Tomás dirigiu-se a este ideal, único em que devem ter os olhos aqueles que se acobertam com as vestiduras episcopais antes para representarem, como lhes cumpre, o ofício da piedade e do amor celestial, que a magistratura das mundanas ambições. Ah, esta magistratura é muito mais difícil de contrastar e muito mais cruel quando mói em nome de Deus as consciências, do que quando, agaloada ao sabor de ficções caducas, encorrenta a liberdade em nome da ordem e da razão pública, as quais são um dia as primeiras que proclamam estarem inocentes. Deus porém, com ser tão poderoso e grande, não pode falar, e é por isso que muitas e reprovadas paixões se dizem ecos de sua voz.

Acredito que D. Tomás foi bom, piedoso e justo por efeito de sua própria natureza; há porém quem diga que deve ele seu adiantamento no caminho da perfeição católica de que nos deixou formosíssima estampa ao estudo dos exemplos que lhe legaram seus predecessores e ao empenho com que buscou imitá-los.

O que fica fora de toda dúvida é que D. Tomás achou a cadeira episcopal de Olinda verdadeiramente ilustrada por conspícuas e beneméritas virtudes que não foram até hoje igualadas. Assim, D. Francisco de Lima morreu tão pobre que unicamente se lhe encontraram de seu 40 réis em dinheiro. Ele havia despendido todas as rendas da mitra na sustentação das trinta missões de índios que reunira e visitara no seio de inóspitos sertões, sendo-lhe preciso, para cumprimento deste apostólico dever, transpor mais de duzentas léguas na avançada idade de 70 anos. D. José Fialho não deixou nunca de exercitar as funções pastorais com honra sua e proveito público. Por ocasião de uma epidemia que grassou na província, este respeitável antístite frequentou o púlpito, visitou os enfermos, acudiu aos necessitados, e deu ordem nas boticas para que, por conta dele, se aviassem remédios para os doentes que os médicos e cirurgiões declarassem serem pobres. Exercitou a caridade com tanto fervor que sua família veio a experimentar em casa falta do necessário. D. Luís de Santa Teresa deu começo ao palácio da Soledade, e concorreu para a fundação dos recolhimentos de Olinda, Iguaraçu, Afogados e Paraíba, gastando nas respectivas obras o produto de suas rendas; missionou desde Porto Calvo até ao Rio Grande do Norte. Finalmente D. Francisco Xavier Aranha concluiu o sobredito palácio, realizou diferentes melhoramentos na igreja de Sé e em várias outras igrejas, visitou grande parte da diocese, e foi muito zeloso nos deveres de seu sagrado ministério. Depois de D. Tomás dignificaram ainda aquela cadeira D. Diogo de Jesus Jardim, o esmoler, D. Azevedo

Coutinho, o sábio, D. Marques Perdigão, o piedoso, o pacificador dos cabanos.

Estamos pois em 1776. É no momento em que o fogo da peste mais abrasara a província.

D. Tomás mandou distribuir esmolas pelos pobres de Olinda e do Recife e despachou, como havia feito o governador, socorros em dinheiro e víveres às povoações mais afligidas do mal. Para completo desempenho de seu dever pastoral, ordenou que se fizessem preces em todas as matrizes e em todos os conventos, e convidou o povo a procissões de penitência. As procissões eram então atos majestosos e dignos. Uma delas produziu tão viva e salutar impressão no espírito do povo daquele tempo, que o historiador se julgou na obrigação de transmitir sua memória à posteridade.

Eram sete horas da noite quando esta procissão, que saiu da igreja de S. Pedro, se encaminhou à da Madre de Deus, designada para um rigoroso *miserere*. O bispo acompanhou-a em pessoa, descalço, e confundido com o povo. Todos, vestidos de branco, disciplinavam-se com sincera contrição.

Tendo chegado à igreja, D. Tomás subiu ao púlpito, donde sua palavra começou a cair com a singela eloquência que a verdadeira piedade suscita e a que o amor paternal autoriza. O devoto bispo havia-se inspirado naquela passagem que um dos primeiros luminares das letras portuguesas, fr. Luís de Sousa, nos deixou em sua imortal *História de S. Domingos*, e que se refere ao sermão pregado com idêntico fim pelo visitador fr. João Furtado em Évora.

Antes que o povo começasse a dispersar-se, três penitentes, envoltos nos competentes lençóis e armados com as respectivas disciplinas, tomaram pela Rua Direita abaixo trocando a puridade entre si palavras que davam a entender acharem-se eles penetrados antes de contentamento que de contrição, sentimento que a ocasião autorizava com mais justiça a supor em sujeitos tais. Eram Joaquim, José e Teodósio como o leitor já deve ter compreendido.

Quando D. Tomás se recolheu a seu palácio achou-se roubado. José, Joaquim e Teodósio, que no momento em que ele saíra a cumprir o piedoso mister, se haviam introduzido à sorrelfa, com a facilidade que proporciona o disfarce, em uma das muitas salas ou em um dos muitos corredores desse edifício, tinham tirado, na ausência do venerando proprietário, não os castiçais de prata como fizera João Valjean em casa do bispo Miriel, mas diferentes quantias que D. Tomás destinara para novos auxílios à pobreza do alto sertão mais afligida da fome do que nenhuma outra da diocese. Estas quantias achavam-se repartidas e já devidamente acondicionadas em pacotes distintos, que só esperavam oportunidade para seguirem seu destino.

O digno prelado leu a triste verdade na confusão em que, ao entrar em seu gabinete, achou os ofícios e instruções que, com as esmolas da sua profunda piedade agora desaparecidas, dirigia aos párocos dessas longínquas e desvalidas freguesias.

No dia seguinte, muito cedinho, um cavaleiro esbarrou na vendola de Timóteo e, saltando em terra e batendo com alguma precipitação na porta, perguntou para dentro:

— Ainda está dormindo, *seu* Timóteo?

— Quem é você? — interrogou o vendeiro em resposta à pergunta que deixamos repetida.

— Abra a porta sem demora, que tenho que lhe dizer.

O recém-chegado era um crioulo alto, magro, de boa cara e de jeitos e meneios que revelavam extrema benevolência.

— Olhe, *seu* Timóteo; ouça-me cá. Eu sei que em sua casa está o Cabeleira com o pai e o Teodósio; e por isso corri a avisá-los. Uma tropa vem já do Recife para prendê-los. Diga a eles que se metam na capoeira enquanto é tempo.

— E como soube você disso?

— Sabendo. No começo do Aterro passei eu por ela. O governador ficou muito escandalizado com o que eles fizeram ontem à noite no palácio do bispo, e diz que há de pô-los na corda mais dias menos dias. Tudo isso me contaram na venda de *seu* José do pátio da Ribeira.

— Homem, não posso deixar de lhe agradecer seu aviso.

— Não tem que me agradecer. Eu quis fazer este serviço ao próprio Zé Gomes; com o pai pouco me importa que, aqui entre nós, é muito descortês e desaforado. Mas, tendo meu irmão Liberato visto Zé Gomes menino, e querendo-lhe por isso algum bem, achei que era minha obrigação fazer o que em meu caso faria meu irmão para livrar do risco o antigo conhecido. Diga-lhe isto mesmo. E até à primeira vista, que tenho que ir encher ainda de aguardente estas ancoretas no engenho da Madalena; além disso a soldadesca já deve vir bem perto no faro das cascavéis que estão no ninho.

Quando Timóteo volveu a dar parte do que lhe dissera o negro, não encontrou os três malfeitores (os quais na realidade tinham passado a noite na taverna), senão o Teodósio que, sabendo de tudo melhor do que os outros dois, os quais haviam unicamente ouvido através das portas algumas das palavras do negro, correu sem demora a meter-se em uma espécie de esconderijo que arranjara em Tigipió e cuja existência era só dele conhecida.

Na época em que se passou esta história, fazia o Capibaribe adiante do *Forte da Piranga*, um cotovelo, que foi depois aterrado, e é hoje quintal de uma casa. O ângulo internava-se na direção do sul por entre uns lajedos alcantilados que se sumiam dentro de um capão de mato.

Era uma situação selvagem e encantadora, pela fartura da amenidade e das sombras com que a dotara a natureza, a qual desde os Afogados até ao Peres apresenta uma face monótona e triste — uma imensa planície, coberta de capim-luca.

Por entre as lajes via-se uma vereda de gado que ia ter no engenho da Madalena ou do *Mendonça*, segundo o chamaram antes. Esse atalho encurtava quase um quarto de légua do caminho para quem tinha de ir da margem direita ao dito engenho.

O crioulo, por nome Gabriel, foi marginando o rio até ao ponto em que este fazia sua internação no continente. Nesse ponto o terreno acidentava-se um pouco, e elevava-se até às lajes negras pelo meio das quais o gado tinha aberto sua passagem, melhor e mais naturalmente do que o faria o homem.

No momento em que o negro ia entrar na capoeira que cobria o sítio, alguns ramos se afastaram violentamente de um dos lados, e dois sujeitos literalmente armados surgiram diante de seus olhos.

Vendo-se assim assaltado por Joaquim e pelo filho deste, o crioulo pôde unicamente dizer estas palavras:

— Acabo de lhes fazer um bem, e é deste modo que vosmecês me dão o pago?

— Desce do cavalo, negro. Este cavalo foi teu até este momento; de agora em diante ele nos pertence, e é preciso que no-lo entregues quanto antes.

— Meu cavalo! — exclamou o crioulo com entranhada dor. — Meu cavalo é meu único haver, meus senhores. Se vosmecês mo tomarem, com que darei eu de comer a minha mulher e a meus filhos, que não têm outro arrimo senão eu?

— Que morram de fome como estão morrendo da seca os outros por aí além. Demais, não te custará ganhar com que comprares outro cavalo para continuares em teu ofício. Deste é que deves perder o feitio. Precisamos dele já para fugirmos com tempo à tropa que aí vem.

— Perdão, meus brancos — disse Gabriel com a voz mais doce e terna que pôde. — Eu peço a vosmecês que me deixem ir embora. Em que os ofendi? Não os tenho respeitado sempre? Vosmecês não me conhecem? Sou um pobre preto que nunca fez mal a ninguém, e que segue seu caminho caladinho sem se importar com a vida dos outros filhos de Deus.

Os dois matadores não estavam, ao menos naquele momento, para estas banalidades e, cônscios de que urgia remover o óbice, saltaram sobre o crioulo, e apeando-o com violência, tomaram-lhe o animal, o qual se deixou passivamente conduzir pelo cabresto a um fechado da capoeira onde Joaquim julgou prudente recolhê-lo sem demora.

Gabriel, que de pé e imóvel viu, com lágrimas nos olhos, desaparecer o seu único bem, reflexionou com pesar:

— Então, vosmecês vão montados para sua casa, e eu é que hei de ir para a minha de pé, sem o meu cavalo, hem?

— Ainda estás aí falando, negro? Quererás tomar-nos satisfações? — replicou o Cabeleira voltando-se de chofre e fixando sobre o Gabriel a vista que chamejava como a de um chacal.

— Sim, eu sou negro, é verdade; mas os brancos tomam-me o que é meu, e deixam-me sem caminho nem carreira, com uma mão adiante e outra atrás.

A estas vozes o Cabeleira não pôde mais conter-se, e de um só pulo fez-se sobre o seu interlocutor. Este, porém, já não se achava no mesmo lugar, mas sobre uma das lajes que davam para o rio, tendo em uma das mãos uma faca nua, que refulgia aos raios do sol.

— Se quer brincar na ponta da faca, meu branco, a coisa é outra, e vosmecê encontra homem — disse de cima.

Ainda bem não tinha proferido estas expressões, quando a seus olhos brilhava também a faca de seu feroz contendor.

Travou-se então entre eles um combate de gigantes que durou alguns minutos. A esse combate surdo, medonho, dava lúgubre realce o deserto com sua profunda solidão.

Os dois contendores eram habilíssimos em jogar a faca. Nunca se encontraram competidores mais dignos um do outro.

As lâminas inimigas cruzavam-se a modo de impelidas por eletricidades iguais. O jogo da faca era já nesse tempo uma especialidade característica dos matutos do Norte, máxime dos matutos de Pernambuco.

Na violenta porfia tinham os jogadores percorrido toda a face da laje que, começando no estreito ângulo, ia morrer no Capibaribe por um declive quase abrupto. Haviam-se avizinhado tanto do rio, que o ruído das águas já não deixava ouvir o incessante bater dos ferros assassinos. Estes ferros eram como duas serpentes que mutuamente se mordem sem se poderem devorar.

De repente surgiu Joaquim em cima da pedra a um lado de Gabriel, o qual ficou assim entre dois inimigos capitais.

— Ainda está vivo este negro, Zé Gomes? — perguntou o mameluco ao filho.

— É agora a sua derradeira — respondeu este.

— Com dois é impossível a um só se divertir — tornou o negro, em cuja testa a alvura do suor contrastava com o negror da pele luzidia.

José Gomes estava excitado ao último ponto e rolavam-lhe também pelo rosto bagas de suor alvinitente. Querendo por isso e por outras razões abreviar o duelo, cuja duração realmente excedia a sua previsão, apertou com o crioulo com toda a violência de que era capaz e que, como sempre, levou de vencida todas as resistências adversas. Gabriel, ou porque conhecesse que na realidade estava exposto a iminente perigo, ou por que julgasse ser chegado o momento de pôr por obra a sua traça, deixou-se escorregar, quando menos esperava o inimigo, pela face oposta da laje, e foi cair dentro das águas que passavam ali rápidas e espumosas.

Cabeleira correu, fora de si, após o fugitivo a fim de ver se o apanhava para mitigar no sangue dele a sede que o combate lhe acendera; mas antes que houvesse transposto o espaço que os separava, a detonação de um tiro lhe anunciou que o temerário que lhe resistira acabava de pagar com a vida esta ousadia.

Um momento depois o cadáver de Gabriel, entalado entre duas pedras que sobressaíam às águas no meio do canal, tingia-se com o seu sangue, e Joaquim o mostrava com o cano do bacamarte, ainda fumegante, ao filho, que nunca pôde, como seu pai, matar curimãs a tiro nas águas turvas das enchentes.

Capítulo IV

Segundo as tradições mais correntes e autorizadas, o Cabeleira trouxe do seio materno um natural brando e um coração benévolo. A depravação, que tão funesta lhe foi depois, operou-se dia por dia, durante os primeiros anos, sob a ação ora lenta ora violenta do poder paterno, o qual em lugar de desenvolver e fortalecer os seus belos pendores, desencaminhou o menino como veremos, e o reduziu a uma máquina de cometer crimes.

Como é possível porém que se houvesse abastardado por tal forma a obra que saiu sem defeito das mãos da natureza? Como se compreende que uma organização sã se tivesse corrompido ao ponto de exceder, no desprezo da espécie humana, a fera cerval que se alimenta de sangue e carnes fumegantes, não por uma aberração, mas por uma lei da sua mesma animalidade?

É que a mais forte das constituições, ou índoles, está sujeita a alterar-se sempre que as forças estranhas, que atuam sobre a existência, vêm a achar-se em luta com suas inclinações. Por mais enérgicas que tais inclinações sejam, não poderão resistir a estas três ordens de móveis das ações humanas — o temor, o conselho e o exemplo, que formam a base da educação, segunda natureza, porventura mais poderosa do que a primeira.

No caminho da vida veio encontrar o Cabeleira a seu lado Joana, exemplo vivo e edificante pela ternura, pela bondade, pelo espírito de religião que a caracterizava. Em contraposição porém a este salutar elemento de edificação, do outro lado da criança achava-se Joaquim, não só naturalmente mau, mas também obcecado desde a mais tenra idade na prática das torpezas e dos crimes.

Boa mãe era Joana, mas era fraca. Que podia a sua doçura contrastada pela ameaça, pelo rigor, pela brutal crueldade daquele que estava destinado a ser o primeiro algoz do próprio ente a quem dera a existência?

A mulher é tanto mais forte, e a sua influência direta e decisiva na formação dos costumes, quanto mais puro é o ambiente do meio social onde ela respira, e esclarecidos são os entes com quem coexiste. Colocada em um tal centro, a mulher não é somente uma providência, — sobretudo uma divindade. As suas forças elevam-se à altura das potências de primeira ordem, e ordinariamente são potências triunfantes, onde quer que seja o mundo moral, não um caos, mas uma criação grandiosa e harmônica, em conformidade às leis da estética cristã e às altas conquistas da civilização que possuímos. As suas qualidades delicadas, fontes de grandezas ímpares, tornam-se porém nulas ou são vencidas, sempre que entram em luta com a ignorância, com o vício, com o crime.

Infelizmente para o Cabeleira, grande ânimo que poderia ter vindo a ser uma das glórias da pátria se a sua bravura e a sua firmeza houvessem servido antes a causas nobres que a reprovados interesses e cruéis necessidades, sua mãe dócil, posto que ignorante, de bonitas ações, posto que nascida de gente humilde, não só não pôde exercitar no infeliz lar a ação benéfica que à esposa e mãe reservou a natureza, mas até foi, como seu filho, uma vítima, não menos do que ele, digna de compaixão, um joguete dos caprichos e instintos brutais daquele a quem ela havia ligado o seu destino, não para que fosse o seu tirano mas para que a ajudasse a carregar a cruz da pobreza.

Pela sua organização, pelos seus predicados naturais, o Cabeleira não estava destinado a ser o que foi, nós o repetimos. Os maus conselhos e os péssimos exemplos que lhe foram dados pelo desnaturado pai converteram seu coração, acessível, em começo, ao bem e ao amor, em um músculo bastardo que só pulsava por fim a paixões condenadas. Desgraçadamente estas paixões que nele escandalizaram a sociedade coeva, não desceram com seu corpo à sepultura. Elas estão aí exercitando em nossos dias o seu terrível império à sombra da ignorância que ainda nos assoberba, e que em todas as terras e em todas as idades tem sido considerada com razão a origem das principais desgraças que afligem e destroem as famílias e os Estados.

Joana, a mãe boa e fraca, viveu em luta incessante com Joaquim, o pai sem alma nem coração. José foi sempre o motivo, a causa, desse combate sem tréguas, José, o filho sem sorte que estava fadado a legar à posteridade um eloquente exemplo para provar que sem educação e sem moralidade é impossível a família; e que a sociedade tem o dever, primeiro que o direito, de obrigar o pai a proporcionar à prole, ou de proporcioná-lo ela quando ele o não possa, o ensino que forma os costumes domésticos nos quais os costumes públicos se firmam e pelos quais se modelam.

Aos sete anos de idade o pequeno já sabia matar passarinhos com seu bodoque, presente que lhe fizera o pai com expressa recomendação de amestrar-se em seu uso para que viesse a ser mais tarde um escopeteiro consumado.

— Ó José, ouve bem o que te vou dizer. Quando o sanhaçu ou o bem-te-vi não cair morto da bala do bodoque, mas só com uma perna ou uma asa quebrada, não lhe apertes o pescoço para que não esteja penando. Faze um espetinho de cabuatã, e crava-o na titela do passarinho. Tu não sabes que os passarinhos são diabinhos que nos perseguem, furando as laranjas e destruindo as bananas do quintal?

— Tenho pena, papai, e não farei isso aos pobrezinhos — respondeu o menino.

— Tens pena, tu, José? Pois sabe que é preciso que percas esta pena e que te vás acostumando a ser homem. Se hoje cravas o espeto na titela do bem-te-vi, amanhã terás necessidade de cravar a faca no peito de um homem; e se no momento da execução tiveres a mesma pena, ai de ti! que a mão te fraqueará, e o homem te matará.

Uma manhã José entrou saltando de contente, e trazendo um preá que o fojo tinha apanhado.

— Ó papai, como é que hei de matar este preá?

Joana chamou o menino para junto de si, tomou-lhe a presa que ele trazia, e pôs-se a mirá-la com ternura.

— Olha, meu filho, olha bem para ele. Não achas vivos e bonitos os olhos do preazinho? Que lindo pescoço! Que mãos bem-feitas! Que dizes, José?

— É, mamãe. Acho tudo bonitinho.

— E se o achas bonitinho, para que o queres matar, meu filho?

— Para aprender a matar gente quando eu for grande.

— Matar gente! José, José! Quem te ensinou esta barbaridade? Virgem da Conceição!

— Foi papai, mamãe.

— Não, eu não consentirei, nem o céu permitirá que levantes em tempo algum a tua mão para ofender a alguém. Que desgraça, Mãe Santíssima! Como é que Joaquim ensina semelhantes coisas ao filho?!

— Dê-me o meu preá, mamãe. Quero espetá-lo vivo como fiz ontem com o papa-capim.

— Ainda me vens falar nisso? — exclamou Joana consternada.

E levada de uma inspiração ou de um repente irresistível, chegou à porta que dava para o pequeno cercado onde o capinzal crescia, e aí soltou o inocente prisioneiro.

José chorou, gritou, esperneou, rolou pelo chão com raiva. Irritada por este procedimento, para o qual ela foi buscar explicação antes na inconveniente direção que a José ia dando Joaquim que no impulso de reprovadas paixões de que julgava isento o filho naturalmente dócil e terno, puxou-lhe de leve pelas orelhas, dizendo-lhe que se outra vez judiasse com os passarinhos lhe daria uma surra que ele havia de agradecer.

Quando Joaquim voltou à casa, o menino correu a relatar-lhe o que tinha acontecido. O mau marido, o péssimo pai ralhou com Joana em quem por um triz não bateu; e para completar a lição e o exemplo pernicioso, prometeu a José que o primeiro preá que o fojo pegasse havia de ser sujeito a um gênero de morte que ele ainda não conhecia.

O menino mal pôde dormir aquela noite. Nunca desejou tanto que a armadilha lhe desse caça. A curiosidade de conhecer a nova forma de matar os animais, prometida ao primeiro que tivesse a sorte de se deixar apanhar, o teve por muito tempo na maior excitação e vigília.

Pela manhã correu José ao fojo, onde encontrou, em lugar de preá, um coelho.

Era uma lindeza o animal. Gordo, coberto de macio pelo em que se divisavam ligeiras malhas tão alvas como o algodão que pendia dos capulhos estalados acima de sua masmorra, o filho do campo despertava, pela beleza das formas, e pela harmonia dos contornos, todos os sentimentos benévolos de que é capaz o humano coração. Os olhos reluziam como dois coquinhos polidos. O coração batia-lhe precípite qual se quisesse sair-lhe pela boca. E essa criatura tão cândida e inofensiva ia morrer! Oh, meu Deus, por que extravagante e bárbara interpretação das leis naturais, há de o homem julgar-se com direito à vida de semelhantes entes que mais merecem a sua proteção do que desafiam a sua covardia?

Quando José, irresistivelmente cativo da formosura da inocente criaturinha, estava ainda admirando os seus encantos, um movimento violento arrancou-lha das mãos.

— Meu coelho! — gritou o menino sentido de lhe terem arrebatado a graciosa presa.

— Ah, supunhas que havias de pôr-me terra nos olhos, José? Não, este lindo animal não morrerá.

— Sim, sim, mamãe; eu não o levarei a papai para o matar como ele disse; não quero que o meu coelho morra. Ele é tão bonitinho, que faz gosto. Quero criá-lo para mim, para mim só, já ouviu, mamãe? Meu coelhinho tão bonitinho!

José estava fortemente comovido, e Joana, fixando nele olhos perscrutadores, leu em seu rosto a pureza e a sinceridade da sua comoção, indício irrecusável, senão prova convincente, da excelência das inclinações do filho. Todas as hesitações que traziam seu espírito em contínua inquietação dissiparam-se diante do enternecimento do menino de cuja brandura e natural bondade já não lhe foi lícito duvidar.

— Dê-me o meu bichinho, mamãe — pediu José quase chorando.

— Ele é teu, José, e ninguém, ainda que seja teu pai, te privará dele. Mas, antes que o tenhas contigo, quero saber por curiosidade o que vais fazer do coelhinho.

— Ora! Vou levá-lo para casa. Levo logo daqui capim bem verde para ele comer, e faço lá uma caminha no canto do meu quarto para ele dormir junto de mim.

— E se teu pai o quiser matar?

— Pedirei a papai que o não mate, não. Olhe, mamãe: o melhor é eu ir esconder o coelhinho no mato sempre que meu pai estiver para chegar. Deus me livre de ver meu coelho morrer.

— Deus te livre, atrevido! — gritou ao pé da mulher e do filho o mau marido, o pai desnaturado, carrasco da família antes de sê-lo da sociedade e de si próprio.

E arrebatando com rudeza bruta das mãos de Joana o pobre animal, fez gesto de lhe quebrar a cabeça contra uma pedra que lhe ficava fronteira.

— Que queres fazer, Joaquim? — interrogou Joana, não obstante achar-se aterrada pela presença do marido.

— Ainda mo perguntas, mãe covarde que só sabes dar a teu filho lições de mofineza? Eu não quero meu filho para chorão.

— Mas eu também não o quero para assassino.

— Hei de ensiná-lo a ser valente. Há de aprender comigo a jogar a faca, a não desmaiar diante de sangue como desmaias tu, mulher sem espírito que não tens ânimo para matar um bacorinho. Não sabes que o assassino é respeitado e temido? Queres que não haja quem faça caso de teu filho?

— Mas eu não quero que meu coelhinho morra, papai.

— Que estás tu a dizer, mal-ensinado?

O menino quis chorar, com o que se mostrou escandalizado por extremo o tirano da família que, para o fazer chorar com mais gosto, segundo disse, lhe deu três ou quatro cipoadas fortes, depois das quais José mal se pôde ter em pé. Joana, não podendo ver o filho apanhar sem razão, partiu para Joaquim, a fim de lhe tirar das mãos o pequeno, mas Joaquim repeliu-a com tanta força, que a fez cair por terra; e voltando-se imediatamente para José, perguntou-lhe com gesto e voz de aterrar:

— Então, mata-se ou não se mata o coelho, José?

— Mata-se, papai — respondeu o pequeno com as faces banhadas de lágrimas ainda.

— Não quero que chores. Quem é homem não chora; quem é homem faz chorar.

E dando o andar para a casa, com o filho pela mão:

— Vais ver agora de que modo morre o coelho — disse com expressão que se não pode descrever.

— Meus Deus, meu Deus! Que desgraça esta, que desgraça a minha! — exclamou Joana quando os viu desaparecer na volta do caminho.

Os corações maternais têm inspirações angélicas e grandes. Joana, que não se havia levantado ainda, pôs-se de joelhos no meio da natureza verde e esplêndida que a tinha recebido em sua queda, e, elevando os olhos úmidos e tristes ao céu profundo e belo que se estendia a perder de vista acima de sua cabeça, enviou a Deus esta súplica cheia de amor e filosofia:

— Senhor, Senhor, protegei meu filho. Inspirai-lhe sentimentos brandos por quem sois, meu Deus. Que ele seja bom, e que vos conheça e tema.

Não pôde ir adiante a desventurada mãe cuja voz fora embargada por lágrimas violentas que lhe saltaram dos olhos contra o seu querer. Mas de repente, como se tornasse em si de um sonho penoso e achasse de novo todas as suas ideias um instante obliteradas pela intensa dor, Joana fez em pedaços a tábua, e entupiu com pedras e maravalhas o buraco que com aquela armava ciladas aos inofensivos filhos do deserto. Tendo assim destruído a armadilha, tomou o caminho de casa na qual se lhe deparou um espetáculo em que ela nunca imaginara e que por um triz não abateu de todo o seu cansado espírito. Uma forca havia sido levantada com ramos verdes no terreiro em sua ausência, e dela pendia por uma embira o coelho, minutos atrás cheio de vida, agora morto, o pescoço distendido, os belos olhos empanados. José, não só não chorava, mas até se mostrava indiferente ao espetáculo repugnante, como se já não fosse o mesmo que poucos instantes antes havia manifestado os mais generosos sentimentos a favor da vítima. O reverso deste recente passado representava-se agora aos olhos de Joana: o pequeno prorrompia em aplausos a cada balanço que dava o corpo inanimado do animal que Joaquim, por entre chufas grosseiras e de mau gosto, impelia de quando em quando com a mão ensanguentada e torpe.

Joana não pôde conter, diante da cena final daquela tragédia infame, a sua justa e bela indignação:

— Homem cruel, onde aprendeste esta lição indigna que acabas de ensinar a teu filho?

A esta angélica exprobração Joaquim respondeu com uma gargalhada de desprezo que retumbou por toda a vizinhança.

— Quem matou o coelho, José? — perguntou Joana ao menino, para o qual tinha a autoridade que não podia exercitar sobre o principal responsável do estranho delito.

— Fui eu, mamãe. Papai mandou que eu matasse, e por isso matei o coelho.

Joana volveu novamente os olhos entristecidos a Joaquim, o qual não se demorou a retorquir com a imprudência que o caracterizava:

— Fui eu mesmo que o mandei. Que tens com isso? Quererás tomar-me contas, Joana?

— Eu não, Deus sim; Deus há de tomar-tas um dia, homem sem coração.

— Deus! Quem é Deus, toleirona? Quem já o viu? Quem já ouviu a sua voz? Estás caducando, mulher.

Sem ter para o seu tirano outra resposta que o silêncio, Joana resignou-se a dar-lha, e foi cair sobre um tamborete, com o rosto inundado novamente de lágrimas.

Tempos depois entrou José em casa gritando e chorando. Foi o caso que, tendo ele querido tomar de um menino do vizinho uma xícara de arroz-doce, o menino, que tinha mais idade, mais corpo e mais força do que ele, não só não se deixou esbulhar de sua propriedade, mas até bateu em José com vontade, sem contudo se sair ileso, porque José lhe pôs a cara em sangue com as unhas, e lhe arrancou da coxa um pedaço de carne com os dentes.

Sabendo do acontecido, Joaquim fez de uma folha de facão velho um punhalzinho e, chamando o filho, entregou-lhe a nova arma, mediante este discurso:

— Sabes para que fim te dou este ferro, José? É para não sofreres desaforo de ninguém, seja menino ou menina, homem ou mulher, velho ou moço, branco ou preto o que te ofender. Se alguma vez entrares em casa, como entraste hoje, apanhado, chorando, ouve bem o que te estou dizendo, dou-te uma surra de tirar pele e cabelo, e corto-te uma orelha para ficares assinalado. Toma o ferro.

José tinha então seus nove para dez anos, e ouviu a advertência do pai com toda atenção, prometendo cumprir fielmente as suas ordens.

Joana, que tudo presenciara, e de certo tempo atrás adotara o alvitre de não contrariar abertamente o marido para o não incitar a maiores excessos, aguardou a sua ausência, e quando foi tempo pregou a José as lições de moral que seguem:

— Meu filho: Deus, nosso pai, que está no céu, não pode receber bem os feios atos a que teu pai, que está na terra, te aconselhou há pouco. Para os mais velhos não tenhas nunca expressões descorteses e muito menos ações ofensivas; ainda que seja um negro, deves ter, embora não sejas de sua qualidade, respeito pela idade dele. Seja a tua única vingança, quando alguém te ofender, pacífica retirada; não há vingança maior, nem mais digna: procedendo deste modo, terás, meu filho, agradado a Deus e dado aos homens mais bonito exemplo do que se houveres proferido, em resposta, palavras injuriosas ou insultuosas contra o teu ofensor. As armas só servem para excitar à prática de crimes; os homens bons não trazem consigo armas. Dá-me o punhal, de que teu pai te fez presente e recebe em troca este rosário que te dou para tua consolação nas tribulações.[1] Reza por estas contas, e encomenda-te todas as manhãs e todas as noites a Deus. Assim praticando, virás a ser estimado de todos e darás prazer a tua mãe que morreria de dor e vergonha se te visse apartado do caminho do bem.

De que serviram porém estes bons conselhos, se Joaquim, vendo mais tarde o rosário no pescoço do filho, fez em pedaços a enfiadura, espalhou as contas pelo chão, e chamou a mulher feiticeira?

---

[1] A trova popular diz:

Minha mãe me deu
Contas pra rezar.
Meu pai deu-me faca
Para eu matar. (N. A.)

Não ficou aí a manifestação do seu desagrado. Voltando-se para Joana:

— Se continuares a fazer asneiras como esta — disse ele — acabas queimada, bruxa; e eu não respondo pelo que venha a praticar para impedir que continues a contrariar as minhas determinações. Quem avisa amigo é.

O pároco, a cujo conhecimento chegou, por portas travessas, o escândalo, mandou chamar Joaquim à sua presença, e lhe disse que se ele repetisse a cena do rosário, ou obrasse ato idêntico, seria ele Joaquim quem deveria de morrer queimado por crime de heresia.

Joaquim tornou à casa tão furioso, que puxou pela faca para matar Joana, a quem atribuiu o mexerico; esta, porém, não correu nem pediu que a socorressem; limitou-se a chorar em silêncio a sua desgraça e a apelar para Deus a quem não cessava de encomendar o filho em suas orações.

Depois de haver esgotado o vocabulário dos epítetos infamantes contra sua mulher, e dos convícios imundos contra o vigário, determinou Joaquim de deixar a casa para se ir meter com José no *oco do mundo*, palavras suas.

Que noite passou Joana!

Não houve rogativa, não houve lágrimas que abrandassem o coração do mameluco. Desgraçada mãe, que pediste e choraste em vão, em vão como sempre!

— Vai só, Joaquim, já que me queres deixar; deixa porém comigo meu filho; peço-te esta graça por tudo quanto há sagrado na terra e no céu — disse ao marido a infeliz mulher com angelical doçura, momentos antes da partida fatal.

— Nessa não caio eu — replicou Joaquim. — Se José ficasse em tua companhia, quando eu voltasse um dia por aqui, achava-o servindo ao vigário, ou, pelo menos, feito sacristão.

José entretanto, como querendo escusar-se às saudades da despedida, encaminhou-se para o quintal donde se pôs a olhar para os araçazeiros e goiabeiras em que ele foi encontrar novo motivo de pesar com que não contava. Eis que uma menina de longos cabelos castanhos, que estava brincando em um dos quintais contíguos, foi tirá-lo da sua contemplação.

— Que está você fazendo, José?

— Ora! Não sabes que vou sair de casa, Luisinha?

— Não sabia, não.

— Pois vou, e não sei quando voltarei. Estou triste. Tenho pena de deixar mamãe.

— E de mim não tem também pena? — perguntou ela com suave ingenuidade.

— Tenho também, sim; eu estava lembrando-me de você agora mesmo. Olhe, Luisinha: se eu algum dia voltar você me quer para seu marido?

— Eu lhe quero muito bem, José. Mas não gosto quando você judia com os passarinhos e dá pancadas nos meninos.

— Pois eu lhe digo uma coisa: se algum dia eu chegar aqui de volta, tenha logo por certo que não faço mais mal a ninguém. Se pareço mau, Luisinha, não é por mim.

Deste inocente colóquio os veio tirar a voz de Joaquim que chamava por José para partirem. Pouco depois o pai e o filho deram as costas à povoação. Joana ficou de cama.

Data desse dia a vida que levaram até o momento de caírem no poder da justiça. Não foi ela nada menos do que uma longa série de atentados que dificilmente se acreditam. O número destes atentados e as circunstâncias que os revestiram, não há quem os saiba com individuação e clareza. Muitos deles foram de todos esquecidos, na longa travessa de mais de um século que se conta de sua perpetração; e dos que assim se não perderam chegou aos nossos dias uma notícia vaga, incompleta e por vezes tão escura, ou tão confusa, que temos lutado com grandes dificuldades para, por ela, recompor esta história.

É que as tradições do crime são menos duradouras que as da virtude.

Há nisto uma lei salutar da Providência.

Capítulo V

Luisinha era uma menina branca, órfã, de índole benigna e de muito bonitos modos. Compadecida da pouca sorte da pequena, uma viúva recolheu-a em sua casa à conta de filha, e começou logo a ter para ela maternal solicitude. Luisinha era digna deste amparo, não só pelos predicados sobreditos, senão também pelos seus encantos naturais que a todos cativavam com justa razão.

Florinda, a viúva, deu à menina a educação que então se usava e que, com poucas modificações, e alguns acrescentamentos, ainda hoje se usa no campo. Assim, não se demorou muito que Luisinha soube fiar, coser costuras chãs, fazer bicos e rendas, respeitar os mais velhos e encomendar-se a Deus. Como era dotada de excelente coração, dentro em pouco era estimada por todos do lugar, e até pelos comboieiros e boiadeiros que se arranchavam no povoado para deixar passar a força do sol do meio-dia, ou aí pernoitarem quando não podiam, ainda com ar de dia, romper a mata onde se acoitavam negros fugidos e malfeitores.

A mata tinha mais de légua de comprido, e ninguém lhe sabia os esconderijos.

Quando se divulgou que Joaquim havia deixado a mulher, todos, a uma voz, logo prognosticaram que ele ia estabelecer dentro da mata virgem o seu novo domicílio. À vista da sua má índole de todos conhecida, houve quem assegurasse que ele estava de mãos dadas com os facinorosos de Pernambuco, de Paraíba e de Rio Grande do Norte, que ali se homiziavam. Muitos destes eram conhecidos por seus nomes e pessoas, e uma vez por outra faziam sortidas sobre os povoados, saqueavam as vendas, perpetravam mil desatinos, e escapavam sempre à ação da justiça, ineficaz naquele tempo, como ainda o é hoje a nossa polícia nos povoados longínquos, para não dizermos nas próprias capitais segundo sabemos.

A voz do povo não era senão o eco da verdade.

Não se meteu muito tempo que crimes de nova espécie, revestidos de circunstâncias que revelavam a maior perversidade de parte dos delinquentes, vieram a atestar que os negros arraiais estabelecidos no centro da espessura haviam feito novas aquisições que primavam, nas ciladas, no manejo das armas, na firmeza das execuções.

A princípio não se soube a quem atribuir o sangue novo levado às veias dos grupos dos criminosos aí asilados, os quais bem que numerosos, nunca manifestaram a audácia, a ferocidade inaudita que surpreendiam e aterravam agora as populações. Para maior confusão destas, tinha sido visto mais de uma vez o Joaquim, ora de companhia com o filho, ora cada um sozinho, montado no seu cavalo, vendendo legumes, macaxeiras, farinha, açúcar pelas povoações, e fazendo compras no Recife; o que deixava, pelo menos supor que eles se davam ao trabalho da lavoura, e passavam a vida honestamente à custa do suor de seu rosto. Mas em menos de dois anos não se pôde mais pôr em dúvida que fossem consenhores dos vastos e virgens domínios, onde figuravam talvez como os primeiros e mais respeitados de todos os outros conquistadores, seus iguais.

Algumas vítimas que tinham conseguido, por felicidade ou acaso, escapar com vida das garras dos ferozes algozes, deixando-lhes unicamente dinheiro, fazendas ou gêneros, declaravam que o mais audaz e o mais terrível dentre eles era um jovem de cabelos tão crescidos que lhe batiam nos ombros, assemelhando-se aos de uma dama. Outros diziam que tinham visto por muitas vezes o Joaquim na mata dos salteadores, e que na pessoa do jovem dos cabelos compridos ou do *Cabeleira*, segundo começaram logo de chamá-lo, haviam reconhecido seu filho José Gomes.

Notou-se também uma espécie de moderação, ou de suspensão de hostilidades, ou ao menos de cessação de crueldade nestas, de parte dos salteadores em certas quadras do ano, durante as quais não figuravam nos acometimentos nem o

Cabeleira nem seu pai. Daí se inferiu, com todo o fundamento, que os dois matadores não limitavam as suas correrias àquelas redondezas, mas, que pelo contrário, deixando os seus esconderijos, visitavam novos termos, percorriam outros lugares, como os selvagens mudam de região quando na que preferiram para a sua transitória residência, não encontram mais com que alimentar a sua indolência e bárbara voracidade.

Esta conjuntura foi dentro de pouco tempo confirmada pelos clamores que se levantaram nas freguesias e termos vizinhos, e nos lugares remotos aonde o Cabeleira e seu pai foram levar o assombro e o terror de que já tinham enchido a província natal. As pacíficas ribeiras do rio Paraíba e do Rio Grande do Norte, os engenhos, povoações e vilas das duas províncias, que trazem os nomes destes dois grandes rios, começaram a pagar, como as ribeiras do Capibaribe, e as propriedades rurais e os pontos populosos de Pernambuco, o terrível imposto a que por mais de uma vez nos temos referido no correr desta narrativa. Os bandos dos salteadores escolheram para centros das suas operações as matas próximas dos rios, as caatingas pegadas aos caminhos donde podiam facilmente espreitar e acometer a seu salvo os inofensivos viajantes que, com o fruto do trabalho honesto e da indústria esforçada, deixaram muitas vezes nessas medonhas solidões o seu sangue, a sua própria vida.

Cresceram a par a idade de Luisinha e o nome odioso do Cabeleira, nome que, principiando como um boato ou uma dúvida, se foi de dia em dia condensando e se constituiu afinal uma fama que ecoou, com os uivos das feras carniceiras, do sul ao norte, do sertão ao litoral, engrossando sempre com as novas façanhas, como um fraco regato acrescenta o volume das águas e se faz rio caudal com os subsídios que cada dia recebe em sua longa e demorada passagem pelo deserto.

Do fundo da obscuridade, que envolvia a sua existência, a menina acompanhou com os olhos inundados de lágrimas as fases sucessivas que atravessou esse nome destinado a ter uma página enlutada na história da pátria. É que bem dentro no seu coração estava a imagem do companheiro de infância a quem ela nunca pôde esquecer, ainda quando esta imagem lhe aparecia, como tantas vezes aconteceu, envolta em uma nuvem, de sangue, e acompanhada de uníssonas maldições.

À notícia de um novo atentado cometido pelo moço que por uma lei natural da imaginação sempre se lhe representava com as feições do menino de outrora, Luisinha sentia no coração uma dor semelhante à que produz a dentada de uma serpente.

No terço, que se rezava de noite em casa de Florinda; na missão que o coadjutor celebrava de madrugada: em qualquer ocasião própria para elevar o pensamento às regiões onde flui a eterna fonte das consolações em cujas águas se retemperam das dores da vila os espíritos resignados e crentes, a pobre moça tinha sempre uma oração para que Deus abrandasse a natureza de José e o tornasse, pela contrição e pela emenda, digno do perdão da sociedade. Ela não podia crer que, tendo sido esta tantas vezes indulgente para outros criminosos, fosse inexorável para o mancebo que por algum tempo andara apartado do caminho do dever. Pobre, ingênua e crédula criança!

Mal sabia que, para grande lição da sociedade do futuro, estava escrito que o cometa que assim abrasava a terra, percorreria a vastíssima órbita que a Providência lhe traçara, e se afundaria nos espaços, não entre refulgentes auroras, mas dentro de profundas e medonhas escuridões.

Uma tarde Luisinha foi buscar água no rio Tapacurá, que banha a cidade da Vitória, então povoação de Santo Antão, à qual pertencia Glória de Goitá donde era natural o Cabeleira. Santo Antão distingue-se na história pernambucana pela circunstância de lhe estar próximo o Monte das Tabocas no qual se verificou em 3 de agosto de 1645 a batalha que iniciou a insurreição portuguesa contra o domínio holandês, e exercitou direta e decisiva influência no futuro político, comercial, industrial e religioso do Brasil. Esta memorável batalha, depois de seis longas horas de fogo, declarou-se em favor dos nossos primeiros dominadores. Em comemoração deste acontecimento, uma lei provincial de 6 de maio de 1843 erigiu a antiga povoação em cidade a que chamou da *Vitória* como acima se vê.

O Tapacurá, que de inverno tem enchentes formidáveis, estava então cortado pelo rigor da seca de que tratamos no capítulo anterior. No seu largo leito viam-se unicamente, a espaços como de ordinário, pequenos poços onde os habitantes mal achavam água para o consumo diário.

Luisinha, não querendo levar para a casa água chafurdada, passou pelos primeiros poços, já muito remexidos, e foi encher a sua vasilha em um que distava pouco menos de quarto de légua da povoação.

O poço ficava à beira de um capão de mato. De um lado o terreno elevava-se gradualmente, e acidentava-se mais adiante, formando ziguezagues quase inacessíveis e esconderijos escuros, a que a espessura das árvores dava um aspecto medonho. Do lado oposto a margem plana, igual e descampada, formava com a banda fronteira um admirável contraste.

Quando Luisinha, da areia do rio onde se sentara a descansar, se dispunha a levantar-se para tornar à casa, deu com os olhos em um homem que da borda do mato a observava em silêncio com tal interesse que parecia querer atraí-la a si com a vista.

Sem demora correu ela ao pote, mas já foi tarde. Formando um pulo do outro lado do rio onde estava, o desconhecido veio cair no mesmo instante entre ela e a vasilha, sem perder, no rápido voo, uma só das armas com que se achava apercebido.

— Em vão, meu bem, pretendes fugir-me. Antes que o diabo esfregasse um olho, eis-me aqui ao pé de ti, disposto a não te deixar ir embora senão por minha livre vontade.

O sítio era inteiramente deserto, e as trevas da noite não tardavam a envolver de todo a natureza.

Luisinha, lançando os olhos pela margem afora, não viu viva alma. Teve então tamanho medo, que involuntariamente caiu sentada aos pés do terrível desconhecido. Lembrou-se de gritar por socorro, mas logo viu que seria inútil esta tentativa, visto que as suas vozes se perderiam no vasto ermo onde unicamente ecoava o coaxar dos sapos e das rãs, o silvo das cobras, o canto agoureiro dos bacuraus.

— Meu Deus! — exclamou ela. — Não haverá um cristão que me valha nesta aflição?

— Ninguém, ninguém te valerá, bonita rapariga — respondeu o desconhecido, levantando-a por um braço e como querendo arrastá-la na direção da língua de terreno por onde se podia ir, a pé enxuto, à margem fronteira.

— Mas, meu senhor — tornou Luisinha achando em si mesma coragem de que nunca se julgara capaz —, por tudo quanto é sagrado lhe peço que me deixe ir embora. É quase de noite e, se me demorar mais tempo aqui, arrisco-me a encontrar algum malfeitor que me ofenda no caminho.

— Queres maior malfeitor do que eu?

— Vosmecê não é um malfeitor. Vosmecê veio caçar por estas bandas e, como me encontrou neste ermo, está me metendo medo para divertir-se à minha custa. E creio até que havia de defender-me se alguém quisesse fazer-me mal.

— Certamente. Nenhum gavião seria capaz de tirar-me das unhas a minha formosa juruti. Ora, vem comigo; não tenhas medo. Atravessamos por este limpo, ganhamos a capoeira, subimos pela aba da serra e...

— Deus me livre! — exclamou Luisinha assaltada por novos terrores.

— Olhe: se você não quiser vir por bem, vem por mal — disse o desconhecido.

— Por mal? E onde está Deus? — interrogou Luisinha, elevando todo o seu espírito aos pés daquele que está em toda a parte para acudir aos atribulados que o invocam com sincera confiança. — Nem por mal nem por bem. Eu não vou com vosmecê ainda que me custe a própria vida. Eu sei que Deus me está ouvindo de dentro deste mato, de cima deste céu. Ele há de lembrar-se de mim.

Diante da firmeza na realidade admirável, com que a frágil moça respondeu à sua ameaça, o malfeitor sobresteve involuntariamente. Tornando logo em si, porém, continuou com certo disfarce de mau anúncio:

— Ora, menina, deixe-se de asneiras e vamos para diante enquanto o caso não fica mais sério. Se você é bonita, eu também não sou feio; assim, podemos ter filhos galantes como os têm os passarinhos no seio da solidão.

— Meu Deus, meu Deus, compadecei-vos de mim enquanto é tempo! — exclamou ela quase vencida de terror.

Então à luz crepuscular que enchia a planície como uma neblina, lobrigou Luisinha um vulto que se dirigia para o lugar onde ela se achava com o malfeitor. Não foi preciso mais para que recrudescesse o seu valor que a ia desamparando.

— Cuidas que não vejo quem ali vem? — perguntou o desconhecido, apontando o vulto que, como vinha pelo rasto da moça, com pouco mais estaria com eles. — Eu podia agora mesmo meter-me contigo pelo mato adentro. Se tentasses gritar, tapava-te a boca, e ninguém saberia o teu fim. Mas quero ficar, para, em vez de uma, levar em minha companhia duas mulheres para o mato, onde há grande necessidade desta fazenda.

— Estou aqui, minha mãe, estou aqui — gritou Luísa quase ébria de prazer pela sua salvação, que teve por indubitável desde que na mulher recém-aparecida reconheceu Florinda.

O malfeitor, porém, seguro de seu poder, nem se moveu, nem se alterou sequer; e para dar testemunho irrecusável de que não fazia caso do inesperado adjutório, chasqueou de Florinda, por se apresentar armada com um cacete e um facão.

Querendo Luisinha correr ao encontro da viúva que, tendo ouvido as palavras da rapariga, fora em seu socorro com gestos e meneios de louca, o desconhecido, cujos olhos cobriram de repente com uma expressão indescritível a pobre vítima, não lhe consentiu arredar o pé de junto de si.

— Não irás — disse rudemente, assentando a mão sobre o braço da moça com tanta força e violência, que a ela se afigurou que ele lhe tinha dado um golpe com o coice da arma.

Florinda passava por ser a mulher mais forte de toda aquela ribeira.

Ela derrubava grossas árvores a machado, abria roçados por empreitada, cortava na mata virgem lenha que vendia na povoação, e até tarrafeava nas lagoas como um hábil pescador. Não se distinguia só nos serviços do campo, mas também em fazer excelentes tapiocas e ótimo arroz-doce que eram as delícias dos matutos e sertanejos nas feiras.

Era curiboca, reforçada, não feia e de boa estatura. Acreditava na existência do diabo, no inferno e nas penas eternas como ainda hoje acredita a gente do campo e uma grande parte dos habitantes das cidades; mas em compensação tinha uma fé viva e fervorosa em Deus, e era de costumes irrepreensíveis, fé e costumes que desgraçadamente faltam a muitos dos que têm hoje aquela primeira crença.

Tendo ficado viúva, sem filhos, na flor dos anos, não se quis casar segunda vez, e nunca ninguém achou motivo de pôr em dúvida a sua honestidade. A Luisinha, a quem pouco depois de ter casado, tomou sob sua proteção, como já referimos, consagrava ela todos os seus afetos, e nela fazia consistir o seu orgulho, o seu prazer e a sua felicidade.

Não sendo de meias medidas quando se julgava ofendida, Florinda botou-se com todo o ímpeto, que trazia, ao desconhecido, o qual, sem soltar Luisinha, que se torcia ao aperto da mão de ferro que a segurava, rebateu o golpe do facão de Florinda com o cano do bacamarte. Com o choque o facão partiu-se, e a folha inteira foi cair dentro no poço, ficando na mão da curiboca o cabo imprestável da infame arma.

Florinda era prudente. Tanto que se viu desarmada, sobresteve, dominou a sua justa indignação e, com voz masculina que lhe dera a natureza, assim falou ao malfeitor:

— Que quer vosmecê fazer com minha filha?

— Quero levá-la comigo para meu divertimento. Se tens força para impedires o meu intento, é agora a ocasião.

Ouvindo estas acerbas expressões, Florinda, que com a vista medira de cima a baixo o seu adversário, meteu-lhe o cacete com todo o ânimo que lhe dava sua vida sem mancha, e a justa defesa da filha, seu único tesouro, de todos acatado e querido. No mesmo instante o ar sibilou, e ouviu-se o som de uma pancada contra um corpo sonoro. Um grito, antes urro medonho, ecoou pela vasta solidão, e uma massa, que se parecia, na forma e no peso, com um tronco de angico anoso, tombou sobre a areia. O desconhecido acabava de obrar uma ação vil. Com a coronha do bacamarte tirara os sentidos àquela digna mulher, que o encarara sem medo.

Vendo sua mãe cair desfalecida, Luisinha quis correr em seu amparo, mas não lho permitiu a mão do malfeitor que a puxou para trás com força hercúlea.

— Ah! não conheceste o Cabeleira, cascavel? — acrescentou ele com os olhos fitos em Florinda. — Vêm meter-se na boca da onça, e depois dizem que a onça é cruel.

Aos ouvidos de Luisinha aquele nome passou como uma chama elétrica, que lhe deu forças para volver à vida.

— Cabeleira! — repetiu ela.

Só então viu os longos cabelos que caíam em ondas por debaixo das abas do chapéu de palha sobre os ombros do assassino.

— De que te admiras? Não sabes que o Cabeleira está em toda parte onde não o esperam? Vem comigo.

E sem mais contemplação, o matador arrastou a menina contra a vontade, a resistência, os sobre-humanos esforços que esta lhe opunha, por junto do corpo de Florinda e seguiu em busca da margem fronteira, onde a noite era já fechada, e o aspecto do sítio pavoroso.

— Agora te conheço, José malvado — disse a moça. — Mata-me também, já que mataste minha mãe que nunca te ofendeu.

— Ah, conheceste afinal o Cabeleira?

— Tanto me conheceste tu, desgraçado!

— Que queres dizer com estas palavras? — perguntou o bandido.

— Olha-me bem. Até de Luísa te esqueceste! Assassino, eu te perdoo a morte: mata-me.

Tinham chegado à beira do capão de mato. O Cabeleira estacou. O que acabava de ouvir tê-lo-ia prostrado mais depressa do que um golpe igual ao que descarregara, havia pouco, sobre uma das fontes de Florinda, se no mesmo instante não lhe houvesse chegado aos ouvidos um assobio agudo, sinal de extrema aflição no couto próximo.

— Ah! era você? Perdoe-me, Luisinha. Eu não a esqueci. Perdoe-me. Eu não sabia que era você — disse então, com brandura, soltando a moça sem mais demora.

— Só Deus te poderá perdoar, assassino de minha mãe — respondeu, abafada em lágrimas e soluços, aquela que se considerava órfã e desvalida pela segunda vez.

— Perdoe-me, Luisinha. Nem eu a posso levar comigo, nem posso demorar-me por mais tempo. O meu rancho está em perigo, e os camaradas chamam-me em socorro deles. Mas, espere por mim um pouco debaixo deste juazeiro, que eu quero que você me ouça. Eu volto já.

E, sem perder mais um momento, desapareceu dos olhos de Luísa como uma vã sombra.

Capítulo VI

Não se pode escrever o abalo que experimentou Cabeleira ao reconhecer Luísa, menina até aquele momento em sua imaginação, moça de então por diante aos seus olhos deslumbrados do esplendor daquela beleza correta, natural, irritada e crente.

Pela primeira vez depois de tantos anos, o músculo endurecido que ele trazia no peito dobrou-se a uma impressão profunda, a uma força irresistível e fatal, como a cera se dobra ao calor do lume.

À medida que se internava na espessura ia caindo em si, e mais difícil de transpor se lhe ia tornando a via dolorosa por onde nesse momento arrastava os pés menos pesados que sua cabeça cheia de encontrados pensamentos.

Pouco a pouco o passado se lhe foi desenhando na tela, ao princípio escura, depois diáfana e resplandecente da imaginação vivamente excitada pela violenta comoção. Por último todas as cenas infantis, tão afastadas, que poderiam considerar-se senão de todo desvanecidas, ao menos vagas, confusas e de impossível ressurreição, reapareceram aos seus olhos com o vigor de outrora senão mais vivas e animadas que dantes.

Luísa representou-se-lhe sorrindo e brincando nas campinas, por junto dos açudes, à sombra dos juazeiros. Era a mesma menina meiga e amável, com quem ele folgara à beira dos poços e valados, e para quem tantas vezes apanhara camarões nas enxurradas.

O bandido lembrou-se de que uma quadra tinha havido em sua vida, na qual ele só cuidava em armar arapucas por entre os leirões do roçado para pegar juritis, em abrir fojos debaixo das moitas, ou armar quixós e mundéus na capoeira com o fim de apanhar preás para a menina.

A conhecida cena do coelho pendurado da forca de ramos, obra de Joaquim, se lhe estampou novamente, por natural associação de ideias, na tela do pensamento, e veio acrescentar-lhe o vexame que lhe oprimia o coração.

Viu depois Luísa encostada na cerca do quintal, ao pé de uma goiabeira, os cabelos soltos, os pezinhos descalços. Esta última visão recordava-lhe a cena da despedida que o leitor conhece. José estava tão vivamente excitado, que lhe pareceu ouvir as vozes, as queixas, as rogativas, os prantos de Joana, e as recusas, os remoques, as asperezas, o desprezo que para ela tivera Joaquim na manhã fatal, em que o pequeno fora arrancado dos braços de sua mãe quase alucinada pela dor da separação. Pareceu-lhe ouvir as palavras de Luísa: "Quero-lhe muito bem, mas não gosto quando você judia com os passarinhos, e tenho medo de sua faca". Pareceu-lhe escutar distintamente o som das suas próprias expressões: "Quando eu chegar de volta, não maltratarei mais os animais".

E a menina a quem tanto amara, a quem nunca esquecera, e cuja imagem indecisa e vaporosa os olhos do seu pensamento tinham por mais de uma vez surpreendido junto de si testemunhando a perpetração de algum crime, essa menina crescera, pusera-se moça, chegara à idade em que todos têm no critério natural um corpo de leis e na consciência um juiz para julgar as suas e as alheias ações.

— Que juízo ficaria fazendo de mim Luisinha? perguntou de si para si o Cabeleira, insensivelmente arrastado por esta ordem de ideias. Ah! que pode ela pensar de mim senão que sou um assassino?!

Luísa tinha-o, de feito, nomeado por esta palavra, havia poucos instantes, entre as lágrimas que lhe arrancara o desespero. Era pois certo, e o bandido bem o compreendia, que o abismo que já na meninice de ambos os separava, longe de se ter arrasado, se tornara mais fundo com o correr dos anos. Agora ele não judiava só com os animais como em outro tempo; ele saqueava povoações e matava gente; e desta verdade era irrecusável prova o que acabara de praticar com Florinda. Se até aquele momento Luisinha lhe votara afeição ou se condoera da sua pouca sorte, era natural supor que estes sentimentos se tivessem modificado, se não de todo extinguido, depois do último acontecimento. A afeição deveria ter sucedido o desprezo, à pena, o ódio.

Não eram outras as ideias que ,tumultuavam na cabeça de Cabeleira. Estas ideias produziram no seu ânimo tão profunda impressão que ele sentiu lágrimas nos olhos, ele o grande assassino que sempre se mostrara insensível ao longo pranto que por toda a parte fazia correr.

Sem se poder governar, achou-se de repente voltado para o rio. Seus pés, primeiro que sua vontade, o queriam guiar de novo ao lugar onde tinha achado motivos para tamanha transformação. Eis que novo assobio, precedido da detonação de alguns tiros, rompeu os ares e veio diverti-lo destas preocupações. O esconderijo, não havia que duvidar, precisava de seu socorro. Então uma nuvem de sangue envolveu a vista do infeliz mancebo. O passado caiu-lhe novamente em pedaços aos pés. O espírito de vingança fustigou-o com veemência no coração, teatro de encontradas e profundas paixões. Cabeleira volveu a ser outra vez fera, e rápido deslizou-se como uma cobra por entre as árvores e por debaixo da folhagem.

Com a mata que dava asilo aos malfeitores confinavam as terras onde Liberato, irmão de Gabriel, tinha uma engenhoca.

A princípio Liberato viveu muito satisfeito em suas terras. Tendo-se, porém, anos depois formado o couto ali junto, foi-se ele desgostando a ponto, que só por não ter outro remédio continuou a morar nelas.

As terras eram muito férteis, e a sua situação não podia ser melhor do que era; mas, pela péssima vizinhança, estavam, como nenhumas, expostas em todos os sentidos a serem usufruídas, como eram constantemente, pelos malfeitores, o que as havia inteiramente depreciado.

Na realidade quem menos se gozava das suas plantações era Liberato, dono delas. A macaxeira mais enxuta, a melancia mais madura, o melhor milho verde, o feijão de melhor qualidade eram para a boca ou antes, ao dizer popular, para o papo dos pesados vizinhos. A galinha gorda anoitecia no poleiro nas não amanhecia no terreiro, não porque a raposa a tivesse pegado, mas porque os raposos a tinham tirado para a sua panela, que estava quase sempre fervendo dentro da mata virgem.

A vaca leiteira, o quartau carnudo desaparecia do pasto quando menos pensava o crioulo, que os ia recomprar em segunda mão, se, como quase sempre acontecia, os animais furtados eram da sua particular estimação; não escapavam da rapacidade dos malfeitores as próprias bestas do serviço da engenhoca. Dentro dos canaviais apareciam vastas camarinhas, obra dos ladrões; as canas passavam para a mata aos feixes. Enfim era uma calamidade aquela gente, era uma desgraça para o Liberato, mais do que para nenhum outro, aquela vizinhança.

Liberato propôs a venda das terras a mais de um morador do lugar, mas todos se escusaram a comprá-las. De que valiam elas em realidade, com serem tão boas, estando sujeitas, como estavam, àquela omnímoda servidão? Não tendo para onde ir, nem outro algum recurso, resignou-se Liberato à sua sorte, e botou para Deus, juiz supremo, que dá provimento a todos os recursos interpostos com justo fundamento. Era de índole pacífica, tinha mulher e filhos, não queria rixas com ninguém, e muito menos as queria com matadores de profissão.

Quando lhe aconselhavam em família, a mulher, ou os filhos, para que reagisse contra os ladrões, ele respondia sempre com estas palavras, ou com outras equivalentes:

— Deus me livre. Se os brancos e o rei não podem com eles, eu, que sou negro, é que hei de poder? Vamos passando assim mesmo conforme Deus nos ajudar. Pode-se dizer que vivo trabalhando para eles. Paciência! Um dia isto há de ter fim, ou com a vida, ou com a morte. Será quando Deus quiser.

Liberato não procedia deste modo por fraqueza, mas por boníssimo discernimento. Ele era até valente por origem. Vinha a ser neto ou bisneto de Henrique Dias; com cuja fama se gloriava. Do ilustre guerreiro lhe vinham por sucessão as terras que possuía nas proximidades do Monte das Tabocas, onde o negro herói conquistara brilho inescurecível para seu nome que ficou sendo uma das primeiras glórias da pátria. Mas bem estava vendo que não podia avantajar-se a quadrilhas de ladrões e assassinos afeitos à prática de toda a sorte de depredações.

Havia já muitos anos que ele vivia sem ter neste assunto outras ideias. Pouco a pouco se habituara a repartir o seu pelos ladrões. Esta partilha ele a considerava tão forçada, tão fatal, que, sempre que abria um novo roçado, ou encoivarava terras para algum novo partido de canas, dizia, entre gracejo e resignação:

— É preciso fazer mais acrescentado para que os meus vizinhos não levem tudo, e eu não venha a ficar sem ter com que remir as minhas necessidades.

Estava Liberato um dia consertando uns covos para os meter em um poço onde os camarões saltavam em cardumes, quando, banhada em pranto, carpindo a sua desgraça lhe entrou pela porta a mulher de Gabriel.

— Mataram meu marido, Liberato. Estou viúva, e você já não tem seu irmão.

— Quem lhe contou isso, Aninha? perguntou o negro quase esmagado da dor que lhe trouxe a repentina e fúnebre nova. Não é possível. Há de ser mentira. Quem havia de matar Gabriel, que nunca se importou com os outros?

— Desgraçadamente não é mentira, não. Eu soube de tudo. Foi o Cabeleira quem o matou. E o malvado aí vem com o pai, roubando e esfaqueando a quem encontram. Previna-se, Liberato, que eles já devem estar na mata. Ai de mim! Que desgraça, meu Deus! Que será de mim sem Gabriel que era tão bom marido?!

— E onde estou eu, Aninha? Não chore. Eu ainda não creio neste conto. Mas se suceder a desgraça que você diz, nem por isso deverá desesperar, que os homens ainda não se acabaram na terra.

Seguiu-se um longo pranto na casa do crioulo. Ao carpir de Aninha vieram juntar-se as lamentações de Rosalina, mulher de Liberato e irmã da viúva.

Liberato passou três noites sem pregar olhos, pensando consigo só. A dor acerba a que ele, sem dar mostras, talvez por prudência, mal tinha podido resistir com sobre-humano esforço, veio despertar os longos ressentimentos e antigos desgostos que jaziam como arrefecidos no fundo do seu coração. Aqueles que quotidianamente o despojavam dos produtos do seu trabalho e da economia, tinham-lhe roubado uma vida preciosa. Quem lhe podia assegurar que eles não viessem mais tarde a tomar-lhe a mulher, a tirar-lhe a filha, a arrancar-lhe a própria vida se ele se opusesse à sua vontade criminosa?

Liberato refletiu maduramente sobre este grande assunto, e ao cabo de três dias tomou a resolução que lhe pareceu melhor. Não se contava na distância de três, ou quatro, ou dez, vinte léguas da povoação um só proprietário, lavrador, foreiro, almocreve ou morador que não tivesse queixas dos malfeitores, especialmente do Cabeleira que a todos excedia na petulância e fereza. Aqueles a quem faltavam motivos de ofensa pessoal, tinham razão de sobra para quererem a dissolução do couto nas ofensas feitas pelos facinorosos aos parentes e amigos. Só uma população cansada de lutas sanguinolentas, e um governo que cuidava menos de proteger eficazmente a propriedade e a vida na colônia do que de adquirir grossas rendas para a metrópole, e riquezas para si próprio, poderiam sofrer bandos de sicários que, assim fortificados ao pé das famílias, roubavam impunemente bens, honra e vida.

Liberato entendeu-se com três ou quatro cios vizinhos mais próximos, e depois de lhes haver dado parte do golpe de que fora vítima na pessoa de seu irmão, propôs-lhe coligarem todas suas forças para tentarem a expulsão dos malfeitores. Não obstante haver por essa ocasião recordado os danos irreparáveis que a cada um desses vizinhos tinham eles ocasionado, não houve um só que estivesse pela proposta do negro, tal era o terror de que todos se achavam penetrados.

Nenhum queria arriscar-se a pagar com a vida semelhante ousadia aconselhada aliás pelo instinto da própria conservação.

Liberato voltou à casa triste e desanimado, mas não dissuadido de tentar o assalto, único meio que se lhe oferecia de vingar-se dos assassinos de Gabriel, e libertar-se do violento imposto que sobre sua fraca fortuna, já muito depauperada, os malvados faziam pesar sem tréguas nem piedade.

Concertou seu plano consigo mesmo debaixo de rigoroso sigilo. Na tarde seguinte com o pretexto de tirar uma abelha e encovar tatus, encaminhou-se para a mata, acompanhado de seus dois filhos Ricardo e Sebastião, e de seu genro Vicente, todos apercebidos com espingardas, facões e chuços.

Conhecia algumas das veredas que levavam ao covil. Acostumados a verem nele uma vítima paciente de que mais tinham que tirar do que temer, não cuidaram os malfeitores em ocultar-lhe essas veredas. Liberato e os seus embocaram por uma delas sem hesitações nem temores, perfeitamente senhores de si e conhecedores do terreno onde pisavam.

Antes de chegarem ao rancho foram pressentidos. A vereda, antes picada aberta a machado, era estreita, e passava por um embastido de árvores colossais, que formavam natural estacada, impossível de romper.

Liberato sabia o perigo a que se expunha com este passo. Estava, porém, disposto a dar aos malvados uma lição de mestre, ainda que lhe custasse a própria vida, desmoralizando, quando outro sucesso não pudesse obter, o fatal valhacouto.

Ainda bem não tinham chegado ao ponto em que a picada se bifurcava, quando ouviram um assobio que repercutiu com estranho som na profunda selva.

— Ah! disse Liberato aos seus — perdemos a diligência. Estão prevenidos e esperam por nós.

Ele não se enganava. Um dos moradores a quem convidara para o assalto, pondo-se em secreta inteligência com um dos criminosos, delatara por medo a intenção de Liberato. Dupla covardia, tanto mais digna de ser execrada quanto foi parte para que viessem a dar-se lamentáveis cenas!

Posto que logo conhecesse que não havia salvação possível para nenhum deles, Liberato, não querendo dar o braço a torcer, prosseguiu com firmeza em sua marcha como se nada houvesse.

Pouco diante, a vereda estava completamente tomada por grossos troncos ligados às árvores paralelas por fortíssimos cipós.

— Estamos encurralados — disse ele com serenidade. Melhor um pouco; havemos de bater-nos a faca e a chuço. Voltemos, já que não podemos por aqui avançar. Cada qual trate de matar para não morrer.

— Não podemos abrir caminho através destes paus? perguntou Sebastião.

— De que modo? É impossível — respondeu Liberato.

— Só se nós trepássemos, e fôssemos saltando de galho em galho até deixarmos atrás de nós a estacada — lembrou Ricardo.

— Eles nos deixariam fazer isto? — observou Vicente.

Mal tinha acabado estas palavras quando uma descarga da trincheira, deitando por terra o genro de Liberato, veio anunciar-lhes que para eles tudo estava acabado.

Afastarem-se da trincheira para ficarem ao abrigo de seus traiçoeiros tiros foi a primeira coisa em que todos entenderam.

— Covardes! — exclamou Liberato com raiva concentrada. Têm gente como farinha, e encurralam quatro homens que eles não se animam a bater em campo aberto. Onde está a valentia destes ladrões que, não satisfeitos com o que me furtam, mataram meu irmão para lhe roubarem seu único bem?

Depois de se haverem alongado alguns passos mais da trincheira onde reinou logo profundo silêncio, perceberam que os inimigos vinham a seu encontro para lhes embargar a saída. Achavam-se deste modo os assaltantes entre a espada e a parede.

Era medonha a escuridão dentro da mata.

— Facas em punho, e avancemos — gritou, não obstante Liberato aos filhos, certíssimo de que poucos instantes de vida restavam a todos eles.

Para dar o exemplo precipitou-se, como um raio, contra a mó de malfeitores que dificilmente lobrigou a pouca distância diante de si. Sebastião e Ricardo praticaram o mesmo, e dentro em pouco as armas inimigas cruzaram-se com fúria tal de parte a parte, que delas saltavam chispas, e o som dos seus embates ia perder-se ao longe no seio da vasta selva.

Depois de alguns minutos que decorreram em incessante lutar, terceiro assobio sibilou por entre a folhagem. A este sinal caiu de cima de uma das árvores mais próximas a luz sinistra de dois fachos cujo clarão encheu o estreito passo.

Metia horror o teatro da luta. Dos assaltantes só restava o Liberato que se batia, como um bravo que era, com o próprio

Cabeleira; dos salteadores muitos faziam companhia com seus cadáveres aos de Ricardo, de Sebastião e de Vicente.

— Eu logo vi que tinha pela frente o ingrato Cabeleira — disse Liberato, que só a seu grande ânimo devia estar ainda de pé. Já que mataste meu irmão, miserável, podes também tirar-me a vida agora; mas fica sabendo que não lograrias o teu intento se não fosse o adjutório de teus covardes companheiros.

A palavra ingrato José sentiu surgir-lhe espontâneo remorso na consciência, e instintivamente recolheu o ímpeto com que ia dar em Liberato o golpe de honra.

— Não fui eu que matei Gabriel — disse sem se sentir, sem o querer o malfeitor.

— Fui eu, fui eu — trovejou Joaquim com fúria aterradora. E que tem isso? Pois ainda estás dando satisfações a este negro, Zé Gomes?

Ouviu-se então o estalo de galhos e cipós que se romperam com violência inesperada para deixarem passar um corpo ágil, que foi cair de um salto a frente de Liberato. Esse corpo, ou antes essa onça petulante, irritada e cruel, não era se não o pai de Cabeleira.

— Rende-te, negro — gritou Joaquim ao infeliz, descarregando-lhe sobre a cabeça, já em diferentes partes mutilada, o facão que trazia na mão esquerda, enquanto coai a faca presa na direita, aparava o golpe que vibrava como último arranco a sua vítima.

Liberato, de feito, não pôde mais resistir. Tinha o corpo crivado de facadas. Cambaleou e caiu.

Joaquim atirando-se ao desgraçado, embebeu-lhe no peito, sem hesitar, antes com a firmeza de cínico sicário, a folha de sua faca, que lhe atravessou o coração.

— Por este guariba fico eu — disse. Não há de vir mais perturbar o nosso sossego.

Os cadáveres dos assaltantes foram examinados entre risos, insultos e galhofas ímpias, à luz dos fachos sinistros. Completou-se por este modo a tragédia.

Capítulo VII

A vitória, não obstante o lugar, e o número que deram superioridade aos fortificados, custou-lhes consideráveis danos. Com outra investida da mesma força que a primeira, ou ainda menor, o couto arriscava-se a ser dissolvido. Os malfeitores não eram muito numerosos e qualquer perda, por pequena que fosse, os expunha a desastres certos e quiçá fatais. Além disso, achavam-se divididos por diferentes pontos donde protegiam as correrias empreendidas pelos mais destemidos. A organização protetiva era tal, que o mameluco e o filho, dentre todos os mais temerários e valorosos, percorriam, não já somente a província donde eram naturais, mas Paraíba e Rio Grande do Norte em todas as direções sem maior perigo, porque, quando as justiças os perseguiam, eles achavam sempre perto de si um refúgio amigo onde se acolhiam, e se aí eram buscados, como muitas vezes aconteceu, resistiam, ajudados por seus iguais, com tanta energia e denodo que sempre a vitória ficava de seu lado.

Desta vez porém não lhes fora muito favorável o lance. O Cabeleira, cuja bravura estava acima de todo o encarecimento, e seu pai que a nenhum cedia o lugar na crueldade, tinham ficado cobertos de golpes, alguns deles mortais. Maracajá, cabra de más entranhas e por isso de créditos colossais entre eles, ficara com uma mão horrivelmente destruída, e o ombro esquerdo mutilado. Ventania, outro matador de fama, apresentava no rosto e peito feridas extensas e profundas. Jurema, Jacarandá, Gavião e dois negros fugidos tinham morrido nas pontas das facas dos assaltantes.

À vista de tudo isso, tanto que considerou restabelecida a ordem na lôbrega estância. Joaquim reuniu o restante das suas forças, e lhes falou nestes termos:

— A luta foi feia, camaradas, e devemos dar um exemplo de estrondo para que ela não venha a repetir-se tão cedo. É certo que dos cabras que se atreveram a vir bater-nos, não voltou um só que fosse contar a sua derrota, mas o abalo que padecemos foi grande, e, se a justiça vier por aí nestes dias, correremos grande perigo, só não se nos ausentarmos. Entendo que devemos obrar um feito que a todos dê que falar, que aterre a população e o capitão-mor, que faça crer que nunca estivemos tão fortes nem mais dispostos a sustentar o nosso posto.

— Estou pronto para ir pôr fogo agora mesmo na povoação — disse Manuel Corisco, calceta evadido da cadeia do Recife por ocasião do segundo arrombamento praticado nos últimos tempos da administração do governador Henrique Luís.

Este sentenciado tinha tomado parte, aos dezesseis anos, no levante dos soldados que se verificou quando governava Pernambuco D. Manuel Rolim de Moura. Do dito levante existe ainda viva lembrança na província, pelo grande saque a que procederam, não só na vila do Recife, mas também na rica e populosa cidade de Olinda, a pérola de Coelho. Os sessenta e seis anos, que contava, ainda lhe permitiam forças e ânimo para atentar contra os bens e a vida com tanto maior firmeza quanto era fragueiro no crime por uma prática de longos anos.

— Em vez do incêndio, o saque — acudiu Miguel Mulatinho.

— Para tanto não temos forças, mas se o querem, encontram-me pronto, como sempre — observou Manuel Corisco.

— A minha opinião é que apanhemos os cavalos e gados que ainda existem por estas beiradas. Eles devem render na feira dinheiro fresco para irmos resistindo à seca. Feito isto, levantemos o acampamento por algum tempo — tornou Miguel.

— Que é que resta por aqui? — perguntou Corisco. Na fazenda de Liberato poucas reses se contam. Antes de morrer, o ladrão do negro já estava limpo; só tinha em casa os cachorros, os gatos, a mulher e a filha.

— Boa ideia, boa ideia — gritou Joaquim, cujos olhos nadavam em ferocidade. Terão vocês coragem para darem conta da empresa?

— Diga lá, Joaquim. Você não está com patativas choronas, você está com carcarás que têm boa vista, boas asas e melhores unhas — acudiu Miguel Mulatinho, equilibrando-se nos pés para imitar o pássaro quê quer voar.

— Vamos lá ver o que propõe você — acrescentou Manuel Corisco.

— Proponho o roubo das melhores raparigas da povoação. Isto, sim, há de dar a todos a medida da nossa audácia, e por todos será considerado uma prova de que estamos fortes como nunca estivemos.

— Sim senhor, muito bem lembrado — disse o Mulatinho, melhor não podia ser, mas a coisa é séria, Joaquim.

— Ora! Tens medo?

— Medo! O medo comi eu com as papas que minha mãe me deu quando era pequenino — retrucou o malfeitor como por demais.

— Dito e feito, Joaquim. Quando será isso? Hoje? Amanhã? perguntou José Trovão, negro hediondo, cuja cara apresentava profundas cicatrizes e cujos olhos, vermelhos como tomates, padeciam de estrabismo divergente.

— Hoje não. Amanhã, ou depois, conforme entender melhor Zé Gomes — respondeu Joaquim.

E logo acrescentou:

— Mas onde se meteu Zé Gomes que o não vejo aqui?

O lugar onde se achavam reunidos os bandidos era um dos pontos mais centrais da mata.

Tinham eles assentado o seu arraial ao pé de um olho--d'água que não secava ainda no rigor do verão. Este arraial compunha-se de meia dúzia de ranchos abertos por todos os lados e unicamente cobertos de palhas de pindoba. Dos caibros pendiam surrões, véstias e chapéus de couro. Algumas redes estavam armadas dentro das palhoças. A noite alumiavam-se ordinariamente com fogueiras; tinham porém sempre em quantidade fachos de que se serviam nas suas idas e voltas por dentro da mata, quando fazia escuro. Tudo anunciava que o ponto era sempre provisório, e podia ser deixado de um momento para outro sem prejuízo nem saudades.

O Cabeleira estava longe deles naquele instante.

Apenas viu passada a borrasca, reapareceu-lhe a imagem de Luísa em quem ele via dois tipos, cada qual mais sedutor, em um a menina de oito anos com o rosto banhado da expressão da meninice, que agradável até aos olhos dos que tem o coração mais endurecido do mundo; no outro a moça ingênua, corajosa, banhada em pranto, de rojo a seus pés, pedindo-lhe misericórdia, insultando-o, amaldiçoando-o, bela, tanto mais bela quanto mais aumentavam sua dor e sua indignação, ambas tão profundas como era o afeto que ela votava ao bandido.

Este não tinha tido até aquele momento predileção amorosa para alguma outra mulher.

Sua vida nômade, arriscada, cheia de sobressaltos, ensopada em sangue só lhe tinha permitido querer bem à imagem da menina que ainda na véspera se debuxava em seu espírito com um vago e pálido reflexo do passado. Inesperadamente porém, este reflexo se ilumina com todos os brilhos do mais primoroso íris. A reminiscência desmaiada, quase desaparecida, tomou corpo, forma, cor, contornos suaves, olhos matadores, cabelos escuros, voz harmoniosa, enérgico sentimento, e com soluços o comove, e com exprobrações o faz conhecer e sentir a dor, nunca talvez experimentada, de um remorso cruel. Seu coração, que se havia convertido em foco de paixões sanguinárias, era agora ninho de doce e indefinível sentimento.

O bandido estava experimentando, não a lascívia bruta que proporciona rápidos prazeres, dele conhecidos como a aguardente que bebia nos dias quentes e nas noites frias, mas uma fatalidade benévola, branda e terna que o impelia para o moça, primeiro pelo espírito, e só depois pela beleza da forma que o atraía; e essa fatalidade era tão poderosa que ele não achava forças em si para lhe resistir apesar do seu querer.

Chegando à beira do rio para onde se dirigira correndo em busca da visão que aí deixara, achou em seu lugar a solidão infinita, a solidão só.

Era em maio. Frouxo estava o luar. Elevava-se das margens, com os ruídos do deserto, fresca e grata emanação que teve para o seu peito abrasado o efeito do bálsamo fragrante.

Pareceu-lhe que debaixo da folhagem do juazeiro onde, segundo o seu pedido, esperava encontrar a moça, um corpo indeciso e vago se agitava brandamente.

— Luisinha? Luisinha? chamou ele.

Ilusão! Estava ali o vácuo mais cruel do que um raio que o houvesse fulminado. A sombra da árvore movida pela brisa noturna representava a forma graciosa que o bandido acreditou ser Luísa.

— Foi-se embora! disse o Cabeleira esmagado.

Então com olhar de gavião abrangeu a vasta planície que se estendia diante de si. Ninguém! Nem sequer um vulto que por um instante ao menos lhe desse o prazer de uma nova esperança, falaz embora como a que se despedaçara a seus pés naquele momento. Só o deserto lhe apareceu, menos vago, mais real com sua taciturna imensidade, só o deserto lhe respondeu com a mudez do descampado, das selvas profundas, e das águas mortas.

Assim desmascarada em plena natureza, a realidade o fez voltar a si. Sentiu as dores dos golpes recebidos, pouco havia, dentro na mata. Lembrou-se de banhar as feridas como costumava depois de idênticos desastres. Mas a água fresca que tantas vezes lhe havia servido de bálsamo refrigerante, produziu-lhe agora diferente efeito. A vista do bandido foi pouco a pouco escurecendo, a cabeça pesou-lhe mais do que o corpo, e ele caiu sem sentidos à beira do poço.

Deste modo passou horas. Quando tornou em si de seu delíquio, a aurora vinha rompendo as nuvens do horizonte, com sua luz extensa e vasta que se confunde no infinito. A viração matutina transmitiu-lhe aos ouvidos uns sons cadenciados que vinham de longe. Era o eco das loas cantadas pelas meninas e raparigas da povoação que vinham encher os potes nos poços como de costume.

Levantou-se ainda aturdido. Seus olhares foram logo cair sobre o lugar onde na tarde anterior ele havia deitado Florinda em terra com o coice do bacamarte. Não se achava, porém, ali o cadáver da curiboca. O bandido deu então o andar para a estância, com o pensamento concentrado em Luísa que, tendo-se visto livre de suas mãos, correra em socorro de Florinda.

— Minha mãe? — minha mãe? — chamara ela, abraçando o corpo da vítima, e chorando como criança.

No seu prantear e no seu carpir, Luísa tivera todavia espírito para lembrar-se das últimas palavras do Cabeleira. "Com pouco ele estará aqui outra vez, pensou ela. Deus me livre de que ele venha ainda encontrar-me neste ermo. Que seria de mim se tal acontecesse? Mas posso eu deixar aqui o corpo de minha mãe só e desamparado?! Não, não; não o deixarei ainda que me matem. Ficarei até que amanheça. Há de aparecer alguém que me ajude a levá-lo para casa".

E aflita, e consternada, Luísa olhara ao longo da margem a ver se descobria quem a socorresse. Por mais de uma vez uns vultos escuros moveram-se sobre a areia, à beira dos poços. Ela sentira então voltar-lhe o ânimo, falara, perguntara quem estava ali, pedira quê a fossem amparar em tamanha aflição, mas ninguém a ouvira, ninguém acudira ao seu chamamento. Tudo fora ilusão. Esses vultos foram as sombras das árvores movidas pelo vento, as quais enganaram depois o bandido como vimos.

A noite, porém, corria com rapidez. A lua que descia a ocultar-se por detrás da floresta, dentro em breve deixaria em trevas toda a natureza. O silêncio tornava-se mais profundo, tornava-se absoluto. O sítio, de si ermo, estava agora lúgubre por se haver convertido em mansão de morte e luto.

Luísa lembrara-se de ir chamar alguém, visto que ninguém lhe aparecia para a tirar daquele aflitivo transe. Mas a casa que ficava mais próxima era a de Liberato, a qual distava, entretanto, pouco menos de meio quarto de légua do lugar. Além disso, ela não queria deixar o corpo de Florinda desacompanhado ainda que fosse por momentos quanto mais por horas.

De uma vez correra ao longo da margem a ver se o céu lhe tinha enviado algum protetor. Mas logo voltara, lembrando-se de que o cadáver podia, de um instante para o outro, ser ofendido por algum animal.

— Não, não, minha mãe! — exclamara ela. Não te deixarei, haja o que houver.

Então ela vira que o cadáver erguera os braços para conchegá-la, ao que parecia, ao seu seio. A moça fizera conta que estava sonhando e delirando, e que o movimento de Florinda fora como ilusão dos olhos dela.

— Abraça-me, minha mãe, abraça-me. Leva-me contigo que eu, sem ti, sou o ente mais desgraçado do mundo. Mas, sentindo a pressão física e irrecusável dos braços que tinha por mortos, recuou para à pálida claridade do escasso luar, certificar-se da verdade.

— Não fujas, Luísa. Vem. Não estou morta. Ajuda-me, que me levantarei.

Não podia ser mentira dos seus ouvidos. Era a voz de Florinda, aquela voz branda e benévola que ela estava acostumada a escutar desde a infância como o eco de maternal providência.

— Minha mãe! Vive ainda, minha querida mãezinha? — perguntara Luísa, chorando e sorrindo alternativamente, beijando, como louca, sem ordem nem moderação, aquele cadáver que se tornara vivente, aquela vida que ressuscitara no seio da natureza onde lhe parecera que se havia afundado para nunca mais voltar como se afundam as borboletas que as tempestades arrojam aos charcos e marnéis.

— Vê se podes levantar-me, Luisinha.

— Sim, saiamos já daqui antes que tornem os malfeitores. Eles não tardam por aí, creio eu. Vamos já, minha mãe. Está-me parecendo que dali, daquele mato traiçoeiro, um homem nos acomete, ou um tiro nos vem ferir.

Cambaleante e trôpega, Florinda dera o andar arrimando-se no ombro da filha.

— Que tens, Luisinha, que olhas tão horrorizada para aquela banda? Fez-te algum dano o assassino?

— Não, nada me fez. Mas eu tenho medo destes lugares. Nunca mais virei buscar água aqui.

— Conta-me tudo, Luisinha. Como te livraste do malfeitor? Quem era ele? Não, o conheceste? Seria o Cabeleira?

— Não sei, minha mãe. Estava já tão escuro quando ele apareceu... Sei porém, que ele se compadeceu de mim.

— Estás dizendo a verdade, Luisinha?

— Sim, minha mãe, ele não me ofendeu. Dando mostras de estar arrependido, fugiu logo depois, e não voltou mais.

— Malvado! — disse Florinda. Que pancada me deu ele! Põe a mão em minha fonte. Vê como fiquei. Virgem Santíssima! Não sei como não me saltaram os miolos. Mas... ampara-me bem, que uma nova perturbação me vem tirar os sentidos. Ampara-me, se não caio. Não posso andar mais.

— Temos de feito andado muito, minha mãe, e deve estar cansada.

Luísa, novamente aflita, volvendo os olhos em torno de si, viu, a poucas braças, uma sombra imóvel que brilhou aos seus olhos como um astro de proteção e conforto.

Estavam salvas. Era a casa de Liberato.

Capítulo VIII

A casa de Liberato estava situada dentro do cercado que, beirando o rio em linha reta, de norte a sul, ia morrer na mata virgem, limite natural das terras pertencentes à engenhoca. Era fraca de construção, mas podia considerar-se uma verdadeira casa de campo por sua bonita aparência, pela vista que tinha para todos os lados, pelo alpendre circular e pelo meio peitoril de madeira que não contribuía pouco para sua rústica elegância.

A pequena distância tinham sido edificadas três casas menores e menos vistosas do que a primeira. Em uma destas morava o genro, e nas outras duas os filhos do crioulo. Nos fundos do cercado via-se outra casinha que na forma arremedava a casa grande. Pertencia a Gabriel — que, a sombra do irmão, aí vivia com sua mulher e filhos, na paz do Senhor.

Sem ter escravos nem dispor de grandes meios pecuniários, com o auxílio de Gabriel, Sebastião, Ricardo e Vicente, plantava canas, fazia roçados e vazantes, e, no tempo próprio, fabricava açúcar e rapaduras, destilava aguardente, e desmanchava mandioca que lhe dava, farinha para todo o ano.

Viviam em perfeito acordo aquele pai, aquele irmão, aqueles filhos, aquele genro, cada um com sua mulher e seus filhos, e todos dando os mais bonitos exemplos, que se conhecem, de união, auxílio mútuo, recíproco respeito e comum felicidade.

Na engenhoca ficaram todos ignorando o verdadeiro motivo da jornada à mata. Liberato, para maior segurança dos seus desígnios, havia recomendado aos companheiros o mais rigoroso segredo. E como tinham eles por costume caçar pacas e tatus uma vez por outra, quando fazia luar e o tempo estava enxuto, não houve quem duvidasse da palavra dos caçadores. Quando, porém, se soube do acontecido por boca de Luísa, e pelo vestígio da atrocidade que Florinda trazia na face, a qual bem estava dizendo donde havia procedido, a inquietação e o susto vieram tomar o lugar ao sono e ao repouso a que se achavam entregues os habitantes da engenhoca.

Raiou finalmente o dia longamente suspirado pelos que da meia-noite até o amanhecer não haviam tido olhos para dormir, mas para chorar.

O sol espargiu a luz suave sobre o sertão, e com ela despertou a natureza. Inspirando as aves, colorindo os campos, e permitindo ver rio espelho sereno das águas do Tapacurá o belo céu que nele se refletia com seus esplêndidos matizes, essa luz vivificadora restituiu ao deserto o movimento e a vida que as trevas tinham ocultado debaixo de seu espesso véu.

Com a tornada do dia, ressurgiu em todos a confiança, só não em Luísa, que via próximo o termo da vida de sua mãe privada novamente do uso da fala por lhe haver voltado a congestão.

Chegou a hora do almoço, a do jantar, e finalmente escureceu de novo sem que os caçadores houvessem volvido a seus lares. Então a consternação tornou-se geral e verdadeiramente cruel.

As famílias reuniram-se todas na casa grande para se protegerem em caso de perigo que fogo tiveram por iminente. Três dias se passaram nessa aflição que se não pode descrever mas que facilmente se imagina.

Rosalina pensou de uma vez em ir pedir socorro no povoado, mas a quem? O capitão-mor achava-se no Recife, e o povoado, que um século antes constava de uma capela dedicada a Santo Antão, e de meia dúzia de casas, pouco mais era do que isto na época em que se passou esta história; precisava também de proteção.

De sua agonia a veio tirar um caboclo velho, que morava no caminho do povoado, em terras da engenhoca, e que era o estafeta do lugar. Vivia só em uma palhoça à beira da estrada. Chamava-se Matias mas era mais conhecido pela alcunha de Veado, a qual se originara de ser ele muito ágil e andador.

Matias, achando-se sem fumo para o cachimbo, dirigiu-se à casa grande no pressuposto de encontrar aí o Liberato que uma vez por outra lhe dava do melhor que tinha alguns pedaços para seu gasto. Só então soube do que havia, e logo se ofereceu para ir dar com o crioulo a quem devia muitas obrigações e respeito. Havendo Rosalina aceitado o oferecimento, Matias voltou à choupana a buscar uma espingarda velha, e um minuto depois estava no rasto dos caçadores.

Antes de transpor os limites da fazenda, viu ele para as bandas do Monte das Tabocas um bando de urubus esvoaçando como costumam quando sentem carniça. Seria alguma rês morta o objeto da inspeção dessas aves? Talvez fosse. A seca estava fazendo no gado vítimas aos centos.

O Veado porém, naturalmente suspeitoso, acreditou logo que estava ali o cadáver do Liberato ou de alguns dos seus. Para ir ter à grota sobre a qual se libravam os urubus, não era preciso entrar a mata, mas unicamente contorná-la pelo lado oposto ao rio. O terreno apresentava desse lado um vasto tabuleiro, e depois ia gradualmente alteando até à grota, que se interpunha entre o tabuleiro e a mata, formando um fosso natural que protegia, o couto. Só quem tivesse grande coragem, e fosse perfeito conhecedor dos acidentes do solo, se animaria a arriscar o pé no profundo despenhadeiro.

Matias em pouco tempo atravessou toda a planície e chegou à borda do abismo. Cheiro de carnes putrefatas feriu-lhe logo o olfato agudíssimo que sentia, à distância, o quati, o veado, a anta, e até a cobra.

De cima nada pôde ver, porque do fundo do vale e das encostas da montanha se levantava uma vegetação secular cuja folhagem basta e enredada parecia destinada a conservar perpetuamente oculta às vistas do homem a escusa região. O cheiro da carne corruta porém foi um indício, um raio de luz para o índio que, havendo tomado a peito descobrir a verdade, estava no propósito de não hesitar, para o conseguir, diante da perda da própria vida.

A seus pés mostrava-se um sulco deixado no terreno pelas águas que, descendo ao longo do estreito espinhaço, aqui se escoavam para o tabuleiro, ali para dentro do precipício. Por ele se encaminhou Matias, arrimando-se na espingarda, e com ela rompendo a custo os cipós que formavam diante de sua passagem uma rede quase inextricável.

Passou-se uma hora. O sol chegou ao poente. Veio o lusco-fusco, e com ele aumentaram as tristezas, os medos e as agonias das mulheres recolhidas na casa grande.

Rosalina, tendo posto todos os cães da banda de fora, e fechado todas as portas da casa, abriu o seu tosco oratório, e convidou as outras ao terço tradicional, agora mais do que nunca necessário para fortalecer os espíritos abatidos.

Florinda estava expirando. Ao lado dela achava-se Luísa desfeita em lágrimas, e Aninha que ajudava a enferma a morrer. A porta do aposento inteiramente aberta deixava ver as outras mulheres de joelhos na sala, aos pés do oratório, cantando as rezas que constituem o terço, essa parte do culto externo que, depois de longamente usada em quase todo o norte, desapareceu das capitais, e já não tem no próprio interior das províncias a prática geral a que em grande parte se deve referir o adoçamento dos costumes dessas povoações antes de haverem sido dotadas com as escolas e com os institutos de educação que atualmente as disputam à ignorância com mais vigor e proveito.

De súbito o ladrar dos cães veio interromper o concerto das vozes femininas que enchiam o âmbito da sala, e iam repercutir no vasto pátio. O ladrar aumentou, e com ele tornou-se mais distinto, mais próximo, ao princípio um estrupido de passos, depois um ruído de vozes surdas do lado de fora da habitação.

Nesta a alegria e a aflição, a primeira quando se lhes afigurou que os caçadores chegavam, a segunda quando, em lugar destes, pensavam serem os malfeitores que as vinham assaltar, disputaram um instante em violenta porfia os espíritos das pobres mulheres naturalmente expostas, pelas suas circunstâncias especiais, a estas cruéis alternativas.

Depressa porém se dissiparam todas as dúvidas. Com fúria indômita, os cães deram mostras de querer despedaçar os visitantes. Semelhante indício foi uma prova evidente de que, não de casa, mas estranhos eram estes.

De repente ouviu-se uma voz que, ecoando no terreiro, veio ressoar dentro de casa:

— Aqui estou. Sou eu. — Era a voz de Matias.

Rosalina, ébria de violenta alegria, correu à porta para a abrir, mas logo sobresteve a este novo falar do caboclo:

— Não digo, não digo isto, ainda que me matem.

— Dize que abre a porta, se não te varo com esta faca, Veado do demo — disse Joaquim a meia-voz.

— Não digo — repetiu o caboclo.

E alteando a voz, trêmula e como abafada, gritou com toda a força que pôde:

— Não abram, não abram. Eu trouxe os malvados enganados até aqui para poder avisá-la, sinhá Rosalina. Liberato, Ricardo, Sebastião e Vicente são com Deus. Fujam, se podem, que eu sei que morro.

— Ah! miserável, que nos iludiste — vociferou Joaquim. E com a faca atravessou incontinente o coração de Matias que, sem soltar um ai, caiu envolto em um turbilhão de sangue.

Não é sem grande constrangimento, leitor, que a minha pena, molhada em tinta, graças a Deus, e não em sangue, descreve cenas de estranho canibalismo como as que nesta história se leem. Aperta-se-me naturalmente o coração sempre que me vejo obrigado a relatá-las. Entre os motivos da minha repugnância e da minha tristeza sobressai o seguinte: Eu vejo nestes horrores e desgraças a prova, infelizmente irrecusável, de que o ente por excelência, a criatura fadada, como nenhuma outra, para altíssimos fins, pode cair na abjeção mais profunda, se o afastam dos seus sumos destinos circunstâncias de tempo e lugar que, nada, ou muito pouco valendo por si mesmas, são de grande peso para a perturbação do equilíbrio moral do rei da criação, tal é a fragilidade da realeza, ou antes das realezas humanas. Mas desgraçadamente estas cenas não são geradas pela minha fantasia. São fatos acontecidos há pouco mais de um século. Se só alguns deles foram recolhidos pela história, quase todos pertencem à tradição, que no-los legou, antes como límpido espelho, que como tenebrosa notícia do passado. Não estou imaginando, estou, sim, recordando; e recordar é instruir, e quase sempre moralizar. Com estas razões considero-me justificado aos teus olhos, leitor benévolo.

Gritos, queixumes, imprecações e prantos que nenhuma pena humana pode descrever, seguiram-se, de dentro da casa, às últimas palavras do Veado.

Teresa, mulher de Vicente, abraçou-se com Rosalina, menos madrasta do que mãe, e começou a carpir com ela a desgraça comum, dando mostras de ter enlouquecido. Não se demoraram a imitá-las nas demonstrações de dor e desespero Josefa, mulher de Ricardo, e Cândida, mulher de Sebastião.

Da sua angústia, para a qual será difícil encontrar paralelo na história das desgraças humanas, vieram tirá-las uma fortíssima pancada contra a porta, e estas formais palavras de Joaquim:

— Se não abrem por bem, hão de abrir por mal.

— Quando for tempo de tocar fogo na capuaba, é só dizer, Joaquim, acrescentou Manuel Corisco.

— Querem queimar a casa, Rosalina, disse Cândida. Estamos perdidas, minha gente. Meu Deus, meu Deus, socorrei-nos.

Rosalina poderia ter vinte anos. Suas formas eram arredondadas, os cabelos crespos e negros, os olhos admiravelmente fendidos, a boca impossível de descrever-se, porque exprimia graça, volúpia soberba e desdém ao mesmo tempo. Era o tipo da mulata ardente, caprichosa, cheia de vivacidade e energia, tipo que está destinado a desaparecer dentre nós com o correr dos anos, mas que há de ser sempre objeto de tradições muito especiais no seio da sociedade brasileira, pelo muito que tem figurado no campo, na cidade e no lar.

— Sim, querem tocar fogo na casa para nos obrigarem a sair. Mas não sairemos, disse Rosalina com firmeza.

E acrescentou sem demora:

— Sair para onde? Os nossos maridos desapareceram para sempre dentre os nossos braços. Não temos mais quem olhe por nós neste mundo de amarguras e misérias. Somos cinco desgraçadas a quem a vida já não pode oferecer prazer nem sossego, mas só desgostos e lágrimas. Não, Cândida, não sairemos daqui.

— Mas que faremos, Rosalina?

— Que faremos! Pois você ainda pergunta?

— Sim, porque os malvados estão aí, e é tempo de tomarmos a nossa resolução.

— Está tomada — respondeu Rosalina. Morreremos, e não nos entregaremos aos malvados.

— Meu Deus! Meu Deus! — exclamou Teresa.

— Não, não, Rosalina — acrescentou Josefa. Vamos ver se nos salvamos.

— Se nos salvamos!... disse a mulata com ironia e desdém. Não ouves os malfeitores bateram na porta?

— Mas então... balbuciou Teresa.

— Morreremos todas, Teresa, morreremos todas, mas com honra, ao pé deste oratório — gritou Rosalina com tal energia e decisão que nenhuma das outras se animou a proferir uma palavra sequer contra a sua sentença de morte. Para dar o exemplo, a mulata caiu de joelhos diante do santuário, tendo no rosto a serenidade que faz belos e venerandos os mártires, os verdadeiros mártires.

Teresa foi a primeira que imitou sua madrasta, e as outras não se demoram a acompanhar Teresa. Quem poderia resistir à heroica decisão de Rosalina inspirada no sentimento da honra, e na oração?

— Abrem, ou não abrem? — perguntou nesse interior de fora Joaquim impaciente.

A resposta que a esta pergunta deram as mulheres foi o continuarem o terço alguns minutos antes interrompido, resposta que há de perdurar nas tradições populares, como um traço característico da firmeza e do valor das gentes do norte naqueles tempos de grandeza de ânimo que raro aparece hoje.

— Ah! estão rezando. Fogo, Manuel Corisco, fogo, Mulatinho, fogo, Trovão!

De repente um clarão afogueado inundou o terreiro, e indicou que a ordem do capitão do bando ia ser prontamente executada.

— Depressa, depressa — gritou Joaquim.

— Enquanto o diabo esfrega um olho, o mocambo fica torrado, e as caiporinhas, são nossas — respondeu José Trovão, chegando a chama do seu facho a um montão de cangalhas, tripeças, gamelas e outros objetos encontrados no alpendre, e que ele havia apinhado de propósito, para servirem de combustíveis, ao pé das quatro janelas da casa.

Esta operação reproduziu-se na porta fronteira, nas portas e janelas laterais, no peitoril de madeira e nas toscas colunas que sustentavam de espaço a espaço o telheiro do alpendre.

Quando o espírito racional ultrapassa os limites que o separam dos instintos da fera; quando o homem deixa atrás de si, na sua marcha descendente, o animal cerval que bebe o sangue por natural fatalidade a que não pode resistir, não raro figura de protagonista de dramas que, como este, enlutam a história e envergonham a humanidade.

A porta principal tinha sido respeitada. Diante dela estendeu-se pelo chão, formando-se em semicírculo, o bando dos salteadores, os quais ao espetáculo das chamas que do peitoril passando às paredes e destas à coberta, envolveram em poucos momentos a casa e formaram uma só chama, uma fogueira única, gigantesca e medonha, só tinham infames graçolas e indecentes insultos para as vítimas. Sujos, maltrapilhos, nas mãos as facas nuas e os bacamartes sinistros, semelhavam, ao clarão da fogueira imensa, uma legião de demônios que só as crepitantes labaredas separavam dos anjos.

— Quando se resolverem à não morrer assadas na coivara, como lagartixas, abram a porta e saiam sem susto que não havemos de brigar — disse Joaquim.

O estalido da madeira, do barro, das telhas abafou em poucos momentos as vozes das mulheres.

— Que fazem, que não saem logo? — perguntou o Mulatinho depois de alguns minutos de espera infrutífera.

— Venham para fora, raparigas — acrescentou o Trovão. Ainda bem não tinham proferido estas palavras, quando a frente da casa vinha abaixo, atirando torrões abrasados contra as feras que, afrontando o pudor com expressões obscenas, assistiam, ébrios de ferocidade, a medonha representação.

— Parece-me que as caiporinhas se escaparam — disse Joaquim.

A esta voz todos os malfeitores correram à porta principal sobre cujos portais descansavam uns restos de caibros incendidos.

Descarregando então os coices dos bacamartes sobre a porta, fizeram-na em pedaços, e invadiram o estreito espaço aonde as chamas ainda não haviam chegado.

Ao mesmo tempo um grito, a que melhor se chamara o eco de uma angústia longamente recalcada e de súbito desprendida, dominando o estrondear do incêndio, veio ressoar no pátio.

— Minha mãe, minha mãe não morrerá no fogo! Então viu-se uma cena horrivelmente bela. Luísa, saltando por cima da caliça e dos enxaimeis abrasados, ganhava o pátio com Florinda às costas, semelhando uma visão ígnea, fantástica e sobrenatural.

Os malvados, sem se poderem governar, voltaram um passo atrás, não tanto pela estranha e fugitiva aparição, como principalmente por verem no lugar ocupado, havia pouco, por aquelas contra cujo pudor a sua brutal concupiscência se aguçava, pequenos troncos carbonizados em tôrno da mesa sobre a qual ardia nesse momento última imagem.

— Diabo! bradaram com raiva concentrada os algozes, mais dignos de compaixão do que as vítimas.

— Todas mortas! — acrescentou o Mulatinho com uns longes de pesar que acusava a malograda e lasciva esperança.

— Só nos resta uma — disse o Trovão, correndo, em busca de Luísa que havia caído quase sem sentidos no terreiro junto do cadáver de Matias.

— Cá está ela.

— São duas, são duas.

— Esta é minha —, exclamou o Trovão, acercando-se de Florinda para assenhorar-se dela.

— Trovão do diabo! — exclamou o Mulatinho com indescritível expressão. Não vês que é uma defunta.

Florinda estava na realidade morta.

— Resta-me a outra.

— A outra? Não vês que o Joaquim já a tem em seus braços?

— Há de ser minha, custe o que custar, redarguiu o negro.

— A outra é minha — disse um terceiro a cuja voz estremeceram irresistivelmente os dois bandidos.

Era o Cabeleira.

Capítulo IX

Profunda revolução se havia operado durante uma noite no íntimo do bandido.

Quando ele chegou ao couto, estava já resolvido o assalto à família de Liberato, a qual por se achar mais próxima do que qualquer outra, estava no caso de merecer as honras da prioridade na provação.

Cabeleira não deu mostras de que aprovava, ou reprovava semelhante resolução.

Seu ânimo, ordinariamente prestes para toda sorte de temeridades e investidas, mostrava-se agora frio diante do assentado acometimento. Viração suavíssima passara por cima do férvido charco das suas paixões, e deixara, se não purificadas, decerto quietas as águas que aí se enovelavam turvas e lodosas. Essas águas nunca jamais viriam a ter a limpidez do regato que se desliza em manhã de verão, por cima de prateadas areias; podiam, porém, perder o lodo e os vermes que se geram e alimentam em pútridos pântanos; podiam tornar-se mansas, como as dos lagos, azuis como as dos golfos.

A princípio os companheiros do bandido atribuíram o seu silêncio, a sua tristeza e a sua abstração aos ferimentos recebidos na Juta.

Mas mudaram de opinião tanto que o viram pegar da viola, seu instrumento querido que, não só a ele, mas também a todos os do couto proporcionava, nas mãos do inspirado tocador, momentos de prazer e consolação.

Era de tarde. Os bandidos tomaram por uma vereda que ia ter à borda da grota aonde chegava levemente a aragem do tabuleiro, donde se descortinava o vasto sertão opresso e abrasado.

Aos sons da viola puseram-se uns a cantar, outros a dançar, como brincam saltando as crianças nas campinas.

De repente Manuel Corisco fez sinal para que se calassem.

— Estou vendo ali embaixo um homem que vem na direção da grota, disse ele aos camaradas.

— Você não se engana, Manuel. Ele vem tomando chegada tão gacheiro e amedrontado, que não pode ser amigo nosso.

Os salteadores tinham razão, porque o desconhecido era Matias.

Um deles quis imediatamente estendê-lo por terra com um tiro do seu bacamarte. Assentaram porém ocultar-se a fim de verem primeiramente o que pretendia.

Quando Matias desapareceu por um lado, segundo já dissemos, os malfeitores sumiram-se pelo lado oposto, pé ante pé, na embocadura do profundo abismo.

Tinha o Cabeleira avançado já alguns passos após os companheiros, quando uma ideia súbita, atuando sobre sua vontade por modo irresistível, o fez sobressaltar-se. Ele se lembrara de que se os companheiros conseguissem apoderar-se do desconhecido, não o deixariam com vida. Mas o bandido sentia-se naquele momento tão pouco disposto a contribuir para a morte de um homem que não pôde acabar consigo que voltasse à beira da grota.

— Se eu quisesse, esse desconhecido não morreria, disse de si para si. Mas não. Se não vou ajudar os outros a lhe tirarem a vida, também não o irei salvar.

O lodo tinha já desaparecido da superfície do charco imundo que ele trazia no coração; restava, porém, ainda no fundo, como se vê, a vasa corruta e pestilencial.

Para que Matias declarasse o fim que o levava àquele ponto, preciso foi primeiro que o ligassem com cipós a um tronco, e batessem nele sem piedade. Suplício atroz e covarde que o índio sofreu com estoica resignação característica de sua raça.

— Então dizes, ou não dizes a que vieste, Veado do inferno? — perguntara Joaquim.

— Vim em procura daqueles que ali estão para os urubus comerem, respondera o velho.

— Até que enfim deste com a língua nos dentes

— Quiseste primeiramente provar o cipó de rego.

— Mas não nos dirás quem foi, que te mandou a isso?

— Quem me mandou! Tive pena daquelas mulheres que choravam por seus maridos, e larguei-me a ver se os encontrava.

— Tiveste pena das mulheres, hem? Maganão! Havemos de lá ir hoje de noite para também termos pena como tu tiveste.

— Elas não serão tão tolas que apareçam a qualquer que lá chegue — retorquiu Matias com segunda tenção.

— Mas a ti abriram elas a porta, velho mandingueiro.

— Para mim hão de ter sempre franca a sua casa, porque sabem que eu sou incapaz de as ofender.

— Então, se lá formos, não nos deixarão entrar? — perguntou Joaquim.

Matias, depois de um momento de reflexão, respondeu:

— Só se forem comigo.

— Pois está dito. Iremos contigo — disse o Mulatinho.

— Mas tu irás amarrado, bem amarrado, jia de lagoa — acrescentou José Trovão.

— Como quiserem, com tanto que não me matem no caminho.

— Se nos facilitares a entrada, podes ter por certo que não haverá quem se atreva a tocar-te em um cabelo sequer. Bem sabes que não precisamos do auxílio de pessoa alguma para tomarmos conta de uma casa onde só há mulheres choronas — observou Joaquim. — Mas sempre é melhor entrar sem fazer barulho para não dar que falar à vizinhança.

Era quase noite, e já a lua espargia a luz suave por sobre a solidão, quando se acharam novamente na beira do despenhadeiro. Segundo um plano assentado entre eles, quatro seguiram com Matias pelo lado por onde havia descido, enquanto os outros, subindo pelo lado oposto, se dirigiram ao esconderijo a fim de se proverem dos instrumentos necessários para o assalto. Os primeiros esperariam pelos últimos na boca da mata para, reunidos, seguirem a seu destino.

No momento em que os malfeitores tomaram a direção da engenhoca, um cavalheiro, que entrara na mata por secretos atalhos, fora dar com o Cabeleira em seu retiro. Era o Teodósio.

— Arrumem as trouxas e mudem de acampamento. Foram estas as suas primeiras palavras.

— Donde vens tu? Que diabo tens, Teodósio?

— Vem aí soldados que nem terra.

— Quem te contou semelhante coisa?

— Eu que sei. O governador está comendo fogo pelo que fizemos na noite da procissão.

— Ora!... Pois que venham. Hão de saber para quanto presto. Nunca torci a cara a homem nenhum, e não morro de careta, como sagui.

— Eu também não tenho medo deles, disse o cabra. Mas é bom a gente estar prevenido para não cair no mundéu como bicho do mato.

O Teodósio unicamente suspeitava o que dizia estar para acontecer. Fino, matreiro, como era, facilmente previra que não ficaria sem punição o crime que haviam eles cometido na vila.

— Ora, Teodósio! — redarguiu José com mostras de fazer pouco do que lhe dizia o camarada. Eu, por ser bicho do mato, é que não hei de cair no mundéu. Olha tu: enquanto houver mata virgem por esse mundão de meu Deus, podem eles mandar contra mim os soldados que quiserem, que não me apanham, ainda que sejam tantos como formigas. Não me hão de ver nem a fumaça.

— Não digo menos disso — respondeu Teodósio.

— Eu sou cabra mesmo danado — prosseguiu Cabeleira. Quem se engana comigo é porque quer. Meto a unha no chão, e entro no oco do mundo para nunca mais ninguém me pôr o olho em cima. As matas de Serinhaém, Água Preta, Goitá, Goiana, Paraíba, Rio Grande ai estão bem fresquinhas para esconderem em seu seio a onça pintada. É bom que não me assanhem. Se o governador duvidar do meu sério, sou capaz de me largar daqui, pi, pi, até à vila, e lá mesmo vou mostrar-lhe com quantos paus se faz jangada.

— Pois afia bem a tua faca, e escorva de novo o teu bacamarte, que o trovão não tarda a roncar.

— Eu nunca deixei de trazer a faca e o bacamarte, prontinhos para o serviço. Quem quiser, venha ver.

— Está bom. Até já — disse o Teodósio, despedindo-se para sair.

— Aonde vais? — perguntou-lhe o Cabeleira.

— Tenho cá uma ideia. Vou passar pela porta do capitão-mor.

— O capitão-mor está na vila — disse José.

— Não, senhor, está ai. Veio antes de mim, que não me escapou. Vou passar-me pela porta, e tirar conversa com algum soldado bisonho que aí se ache de serviço a fim de ver se pesco notícia que nos oriente.

— Não é mau o que queres fazer. Mas olha bem, não caias em alguma ratoeira.

— Macaco velho não mete mão em cumbuca — respondeu Teodósio, preparando-se para montar novamente.

— Faço-te companhia até o cercado da engenhoca do defunto Liberato — acudiu Cabeleira.

E saltou sobre a garupa do cavalo que Teodósio pôs a passo pela vereda secreta que ia dar na via pública.

— Ué! — exclamou Teodósio, voltando-se para o companheiro a fim de melhor saber dele a verdade. — Pois morreu o Liberato, tão bom amigo nosso, que nunca nos faltou com jerimum, canas e criação?

— Ele era camarada, é verdade. Mas meteu-se-lhe na cabeça que havia de tirar-nos o couro, e há três dias veio bulir conosco.

— Que estás dizendo?

— Não só ele, mas também os filhos e o bom do genro.

— Foi a sua derradeira deles, hem?

— É verdade. O Zé Rufino, que o negro fora convidar para o ajudar na tragédia que tinha ideado contra nós, correu logo a dar-nos parte de tudo ainda em tempo. Quando os cabras apareceram, encontraram gente. Fizemos o bonito em poucas horas. Estão todos dentro do grotão.

— E que vais tu ver à engenhoca?

— Vou reunir-me com os outros que lá estão fazendo uma das suas. Mas onde arranjaste tu este quartau passeiro e passarinheiro que se vai derretendo na estrada depois da grande caminhada que traz da vila?

— Falta aí engenho onde se vá buscar um animalzinho fora de horas para a gente fazer sua viagem?

— Pois então vai logo pondo de olho alguns outros para fazermos a nossa mudança se a tropa vier perseguir-nos.

— Amanhã pela manhã teremos um lote, e poderemos meter terra em meio antes que o tropão bata por cá. Tinham deixado a vereda, e achando-se já na estrada que, fazendo pouco adiante um ângulo, seguia em linha mais ou menos reta até o povoado.

Ao passarem por baixo de uma pitombeira que no ângulo apontado agitava no ar a sua copa gigantesca, súbito ruído espantou o cavalo que por um triz não tirou o cabresto da mão do Teodósio. Com o violento arranco, partiu-se a cilha da cangalha, e os dois cavaleiros vieram à terra.

— Diabo! — exclamou o Teodósio contrariado e perturbado. — Foi alguma coruja que abalou da pitombeira.

Não se havia partido só a cilha, mas também a armação da cangalha.

— Sabes que mais, Teodósio? Acho melhor, que não vás ao povoado.

— Por que não?

— A cilha partida, a cangalha arrebentada, tudo me parece aviso para que não faças a viagem — disse o Cabeleira.

— Estou já em outro acordo. Deixo-te o cavalo e vou a pé. Este cavalo é quem me está encaiporando.

Enquanto o Teodósio seguia pela beira do rio, o Cabeleira, que havia tomado a direção da engenhoca, dava a volta do caminho, e descobria a casa envolta em chamas cujo clarão sinistro iluminava a estendida solidão. Em breves instantes achava-se entre os companheiros, e cortava, como vimos, a porfia do Trovão e do Mulatinho sobre a posse de Luísa.

— Luisinha! — exclamou o bandido. — Tu me pertences.

— Que dizes, Zé Gomes? — interrogou Joaquim sem poder bem compreender o que ouvira ao filho, que lhe pareceu alucinado.

— Digo o que é. Houve tempo em que juramos, eu e ela, pertencer-nos na mocidade. Chegou a ocasião.

— Atreves-te a falar-me em juramento! Não sabes o que estás dizendo. Esta mulher é minha, e quem for homem que se meta a vir tomar-ma.

Ainda bem não havia proferido estas palavras quando o Cabeleira puxava da faca dando mostras de querer ferir com ela o seu interlocutor.

— Zé Gomes, olha bem o que dizes! — redarguiu Joaquim, teu pai.

— Não tenho pai; só tenho mãe que me ensinou o caminho do bem; pai nunca tive nem tenho. Não é meu pai aquele que só me ensinou a roubar e a matar.

— Zé Gomes, olha bem o que dizes! — redarguiu Joaquim, medindo o filho com olhar ameaçador e terrível.

— Já lhe disse, retorquiu o mancebo sobre-excitado pela oposição do velho, ao qual se atirou com fúria brutal para lhe arrancar das mãos os pulsos de Luísa afogada em prantos e soluços.

Joaquim resistiu. Os outros malfeitores reuniram-se em torno daquelas duas hienas que ameaçavam despedaçar-se mutuamente. Mas não houve um só dentre tantos que tentasse compor os discordes.

Cabeleira brandiu enfim a faca contra o velho.

Neste momento voz chorosa e soluçada ressoou na solidão. Foi a voz de Luísa.

— Cabeleira — disse ela — terás ânimo para ferir teu pai?! O braço do bandido descaiu incontinente como se aquela voz lhe tivesse cortado os músculos atléticos.

— Meu pai! — exclamou o desgraçado. — Um pai não toma a mulher de seu filho. Mas já que o queres, fica-te com ela, acrescentou voltando-se para Joaquim. Cabeleira vai desaparecer para sempre, e sem o seu auxílio hão de cair nas mãos da justiça todos os que me cercam. A tropa aí vem.

— A tropa! — gritaram os malfeitores sobressaltados, olhando uns para os outros, e todos para a solidão que, ao declinar do incêndio, retomava seu aspecto equívoco e medonho.

Tendo assim falado, Cabeleira deu o andar na direção da estrada. Seu espírito estava abatido, seu coração despedaçado pelo golpe cruel que lhe havia vibrado a desgraça.

Então Luísa, vendo assim perdido o último raio de esperanças, que ainda a guiava no meio das trevas do seu infortúnio, exclamou:

— Meu Deus, meu Deus, que será de mim?

Joaquim entretanto tinha-se atravessado diante do Cabeleira. Todo assassino é covarde.

— Por que nos queres deixar? — perguntou ele ao filho. — No momento em que mais precisamos de ti, é que tu, nos desamparas? Não sejas mau, Zé Gomes. Eu te perdoo a desobediência, e te restituo a mulher. Fujamos todos.

Cabeleira atirou-se a Luísa, e tomou-a nos braços com frenesi de alucinado.

Volvendo um instante depois os olhos ao redor, não viu um só sequer dos companheiros. Penetrados de pânico terror, todos tinham corrido, sem exceção de Joaquim, a ocultar-se na mata.

— Vamos, Luisinha — disse o bandido à moça, com ternura. — Ninguém a ofenderá, ninguém.

— E minha mãe?! — soluçou Luísa caindo que a eternidade se ia meter entre ela e Florinda, e que sobre a terra estava tudo acabado para ela.

O bandido conchegou-a ao peito e abafou-lhe as últimas palavras com um beijo.

Capítulo X

Que valeu a Luísa ter-se libertado das mãos de Joaquim, se o Cabeleira a prendia em seus braços possantes e atléticos.

— Solte-me, solte-me — disse a moça ao bandido.

— Quer ficar aqui? Não a deixarei só.

— Não se importe comigo. Siga seu pai, que eu irei para minha casa. Não preciso da companhia de ninguém.

Com esforços sobre-humanos Luísa tentou libertar-se das suas prisões. Foram inúteis esses esforços.

— Se não me soltar, há de ver-me cair morta a seus pés. Ela tinha podido apoderar-se do facão do malfeitor, e o voltava contra si mesma.

O Cabeleira parou, e soltou-a.

— Que pretende você fazer, Luisinha? Não tem pai, não tem mãe, não tem quem por si olhe. Para onde quer ir?

— Quero matar-me aos pés de minha mãe.

— Isso nunca.

Sem esforço nem luta ele a desarmou em um momento. Depois perguntou, com a voz mais branda do mundo:

— Matar-se por quê, Luisinha? Não se lembra que me prometeu ser minha mulher quando um dia nos encontrássemos?

— Eu fiz esta promessa com uma condição, que você não cumpriu.

— Pois bem. Estou pronto a cumpri-la agora — tornou ele com ternura.

— Quer enganar-me, José? Para que eu acreditasse em suas palavras fora preciso não o ter visto levantar há pouco a faca para seu pai.

— É verdade; assim foi. Eu estava fora de mim — respondeu com ar pesaroso que indicava remorso, vergonha e arrependimento do feio ato que tinha praticado. Mas que importa isso? continuou ele. O tanto matar já me aborrece, e eu quero mudar de vida.

— Não creio, não posso crer no que você diz — observou Luísa.

— Nem se eu jurar?

— Eu sei!...

— Que razão tem para duvidar tanto de mim, Luisinha? Estou vendo que você nunca me quis bem.

— Eu é que posso dizer isso de você.

— Se eu não lhe quisesse bem, não a tinha deixado livre como está. Se eu só a quisesse lograr como fazem com as outras, quem me poderia impedir de realizar a minha vontade? Ninguém.

— Podia, e pode ainda matar-me, mas fazer isso, nunca, nunca. Só depois de me haver tirado a vida.

— Como se engana! Assim o quisesse eu; mas não quero. Eu sei que você me quer bem, e por isso não me vexo nem apresso.

Com os braços trêmulos o Cabeleira apertou Luísa novamente contra o peito onde lhe ardia o coração em chamas de entranhado amor.

— Deixe-me, José. Aquela que você ofendeu, aquela que você arrancou dentre os meus braços, dali o está vendo e amaldiçoando.

— Perdoe-me, não me odeie, Luisinha, por sua bondade, e pelo muito que nos queremos nos primeiros anos. Se eu a privei de sua mãe, estou pronto a protegê-la de agora por diante. Pelo corpo de sua mãe, juro que farei isso, Luisinha.

— Jurará também que não há de tirar mais a vida de ninguém, ainda que seja de um passarinho?

O bandido refletiu um momento.

— E se me quiserem matar? — perguntou depois.

— Fugirá — respondeu Luísa.

— E se não puder fugir?

— Eu quero que você jure, Cabeleira, que em caso nenhum derramará mais sangue sobre a terra, ouviu? Se não for assim, tudo estará acabado entre nós.

— Pois bem, Luisinha. Eu juro. O malvado será de hoje em diante homem de bem.

Luísa fitou-o como um anjo deve fitar um demônio que promete ser anjo. O Cabeleira, porém, não lhe deu tempo para grande contemplação, porque de chofre a tomou pela terceira vez nos braços febris, e desapareceu com ela no meio da escuridão.

Saltar ao cavalo, vencer o vasto pátio, galgar a cerca, e, em vez de ir em demanda da mata, voltar ao rio e descer pela margem esquerda na direção do norte, foi obra de um instante para o destemido sicário. Luísa deixou-se conduzir em silêncio ao meio do fatal desconhecido.

Ainda bem não tinham vencido uma milha na veloz corrida, quando o Cabeleira descobria uma cinta escura que se desenhava e movia, como nuvem de tormenta, no confuso horizonte.

Seu primeiro cuidado, ao ver aquela visão aterradora, foi afastar-se da margem, e meter-se em um alagadiço que ficava a alguma distância do rio. Com a grande seca o brejo estava em pó, e a poderosa vegetação aquática reduzida a raras touças que mal encobriam uma pessoa sentada.

— Esperemos aqui, Luizinha, que passe a tropa que vai para o povoado.

Luísa conheceu que estavam em perigo, e não fez a menor oposição. Atravessando o cavalo diante de si, acomodaram-se ambos de pé, do melhor modo que puderam, Luísa a rezar como costumava nos momentos arriscados, Cabeleira observando em profundo silêncio, através da escuridão da noite, a mata que aparecia, como gigantesca e estendida mole, do lado oposto da planície deserta e medonha.

O mancebo não se enganara. Era de feito uma tropa que vinha em busca dos salteadores.

Os pelotões encaminharam-se para as embocaduras das veredas. Não havia mais que duvidar. O segredo da encoberta estava no poder da justiça.

— Estão perdidos — disse o Cabeleira comovido. Se foram tomadas as saídas que ficam do lado do poente, nenhum se salvará.

Como impelido por força irresistível, o Cabeleira deu o andar para o mato.

— Que vai você fazer? Perguntou-lhe a moça com inquietação, atravessando-se na frente dele.

— Não se assuste, Luisinha. Vou defendê-los.

— Diga antes que vai morrer.

— Não, o que eu vou fazer é matar gente sem piedade, acudiu o bandido.

— Matar gente! repetiu Luísa. Que valeu então o juramento que fez há pouco?

— Ah! — disse ele, caindo em si. — É verdade, Luisinha. Mas que quer que eu faça? Pois não hei de ir ajudar os meus a saírem da tribulação em que se acham?

— Eles são muitos e valentes, respondeu Luísa; podem bem dispensar o seu adjutório. Demais, você não pertence mais a eles, mas a mim, a mim só; ouviu José?

— Sim, eu sou seu, Luisinha; eu pertenço a você pelo coração, pelo amor.

Ouvindo estas palavras, ela inclinou ao chão seus olhos mais belos que as estrelas que brilhavam no céu.

— Mas, você fez bem em lembrar o juramento que há pouco fiz — prosseguiu o Cabeleira. — Eu não podia ver meus companheiros em perigo sem correr para junto deles a defendê-los. Se não fosse você, Luisinha, eu já não estava aqui. Mas agora me lembro: saiamos sem demora, que talvez seja ainda tempo de os salvar por outro meio.

Em menos de um instante acharam-se montados no cavalo que o bandido pôs a galope em direitura ao rio.

— Para onde vamos nós? perguntou Luísa, agarrando-se, sobressaltada, ao destemido matador. Aonde me leva você, José?

— Não fale, Luisinha, não fale, que pelas suas palavras podem vir sobre nós.

Nesse momento a detonação de alguns tiros e as vozes de um clarim, pregoeiro de não sei que operação militar, indicaram que a força tinha dado com os bandidos, e que qualquer aviso para que fugissem seria inútil.

— É tarde, disse o Cabeleira. Já não é possível a salvação. Mas hão de ter-me ao pé de si na sua derradeira — exclamou, saltando do cavalo abaixo e dando mostras de querer correr ao lugar do perigo.

— Cabeleira! — exclamou Luísa penetrada de terror. — Você terá ânimo de desamparar-me neste deserto? Não, não há de fazer isso comigo. Veja que eu sou hoje só no mundo.

O bandido parou incontinente. Estas palavras foram grilhões que o prenderam aos pés da adolescêntula.

— Tem razão, Luisinha.

— Fujamos sem perda de tempo — acrescentou ela. Nesse momento uma das escoltas saía da mata.

Grande vitória tinha sido ganha pelas armas reais contra os destruidores da propriedade, honra e vida de inofensivas povoações.

Inúmeras partidas militares já tinham sido expedidas contra os malfeitores sem resultado.

Pouco depois do canibalismo perpetrado no primeiro domingo de dezembro de 1773 na ponte do Recife, o governador Manuel da Cunha de Meneses fizera seguir contra eles uma força considerável.

Esta força chegou a Afogados alguns minutos depois da retirada dos autores da desordem; e daí não passou, por não ter sido possível, apesar das mais minuciosas indagações, saber o rumo que haviam tomado os criminosos.

Timóteo, cuja taverna foi varejada, declarou unicamente que eles tinham de feito estanciado aí, mas que se haviam retirado sem lhe dizerem para onde. Não houve promessas nem ameaças bastantes a obter dele declaração mais formal e menos lacônica do que esta.

Tempos depois novas partidas foram mandadas a ver se se conseguia o fim desejado.

Tanto a que seguiu ao norte, como a que seguiu ao sul, bateram matos, atravessaram rios cheios, empregaram enfim os maiores esforços inutilmente. Em mais de um lugar, ou de um pouso encontraram vestígios da recente passagem dos bandidos, ou da sua ação destruidora e fatal, mas nunca lhes foi possível dar com os três personagens, tipos legendários que todos conheciam pelos seus tristes feitos, que todos tinham visto, a quem quase todos tinham pago pesado tributo, mas que iludiam a vigilância e zombavam dos esforços de todos, sem exceção do poder público. Nuvem miraculosa envolvia-os, ocultava-os, aos olhos da justiça e da lei, que tem em toda a parte vistas penetrantes e perscrutadoras a que ninguém se encobre por muito tempo. Nos seus tenebrosos antros saboreavam o corrosivo prazer que proporciona o roubo, e a impunidade. Esta animava-os à prática de novos crimes, e expunha ao público descrédito a administração menos digna de temer-se, ao parecer deles, do que o particular que muitas vezes resistia, defendendo a sua propriedade, e na defesa e resistência os feria, embora tivesse de cair aos golpes descarregados por eles com tal firmeza, que nunca deixou de ser fatal.

Cunha de Meneses, convicto da ineficácia dos seus esforços contra os quais se levantava, além da audácia e cinismo dos malfeitores, um tríplice embaraço que mais do que estes contrastava aqueles esforços, — a falta de população, de tropas e de estradas, embaraço que era favorecido indiretamente pela indiferença dos mais fortes, e diretamente pelo temor da maior parte dos moradores, renunciou ao empenho, que por muito tempo alimentou de reivindicar os foros da administração assim afrontados diária e ostensivamente pelos sobreditos malfeitores.

Com esta mudança de resolução coincidiu a sua promoção ao lugar de governador da Bahia. Em 31 de agosto de 1774 entregava ele a José César de Meneses, a quem já nos referimos, as rédeas do governo de Pernambuco, então, como ainda hoje, difíceis de sopesar.

José César teve de voltar a sua atenção para a guerra com a Espanha; e quatro meses depois de haver tomado conta do governo, fez partir para a Colônia do Sacramento, então novamente no poder dos espanhóis, bem como os fortes brasileiros de S. Miguel, Santa Teresa e S. Pedro do Rio Grande do Sul, um regimento de infantaria.

Em 1776 tinham seguido do Recife para aquela colônia cerca de 1 100 pernambucanos.

À guerra seguiu-se a peste, e à peste a fome como vimos. Quando se achava assim a braços com este tríplice flagelo, teve ciência de que diferentes ambulâncias que, em parte às custas dó régio erário, e em parte às custas dos negociantes mais ricos da vila haviam sido expedidas por ordem sua para os pontos onde o mal se manifestava com maior intensidade, tinham caído nas mãos dos salteadores. O governador mal pôde dominar a sua cólera, e na prática íntima com os que tinham muito lugar diante dele, declarou que daquele momento em diante o principal empenho do governo ficava sendo dar cabo dos criminosos que devastavam a província.

Desgraçadamente faleciam-lhe gente e dinheiro para pôr por obra este louvável empenho.

A terrível epidemia tinha desolado povoações inteiras.

A fome continuava a gerar os males que em toda a parte são seus companheiros naturais e inevitáveis.

A seca devastava ainda o interior da província como chama que irrompe do seio da terra, e tudo abrasa e destrói. Mas José César era ativo, enérgico, esforçado e de grandes espíritos. Confiava no poder da autoridade, e tinha por certo que havia de restaurar a tranquilidade e a segurança privadas, e restabelecer o domínio das leis.

Enfim, depois de haver pensado com madureza sobre o grave assunto, deu ordem a seu secretário para que impedisse em seu nome aos capitães-mores de Iguaraçu, Itamaracá, Várzea, S. Lourenço, Santo Antão, Tracunhaém, Nossa Senhora da Luz, Jaboatão, Muribeca, Cabo, Ipojuca e Serinhaém a circular seguinte:

"Ordena o Sr. Governador e capitão-general que, para um negócio que entende altamente com a paz pública, se achavam no dia 8 do corrente mês, pelas nove horas da manhã, neste palácio, onde se há de celebrar junta a fim de tratar-se do mesmo negócio.

Vm. fará igual aviso aos coronéis das ordenanças que houver em seu distrito."

No dia designado acharam-se presentes onze capitães-mores e outros tantos coronéis.

Depois do almoço, durante o qual lhes disse, explicou e particularizou todo o seu pensamento, convidou-os o governador a chegarem até aos paços do senado da câmara de Olinda.

Uma galeota, que estava às ordens em uma das rampas do palácio, os recebeu e os conduziu à capital ilustre.

A sessão da junta foi secreta.

Todos presumiram que a fome e a peste eram os motivos principais da reunião, mas dificilmente conciliaram esses motivos, que estavam no público domínio, com o sigilo que se guardou durante a sessão, e continuou a ser mantido depois do seu encerramento.

Seguiram-se, como é fácil imaginar, diferentes versões e fizeram-se longos e variados comentários.

Falou-se de guerra no exterior, de geral recrutamento, e de novos impostos.

Veio logo a pelo lembrar igual ajuntamento que se verificou em 1727, sob o governo de Duarte Sodré Pereira, e o imposto decretado nessa ocasião pelo dito ajuntamento, imposto calculado em um milhão e cinquenta mil cruzados, que se tornou efetivo em vinte anos, e foi destinado a ocorrer aos gastos com o casamento dos príncipes de Portugal.

Cuidou-se em opor à forçada contribuição, caso viesse a verificar-se, a resistência que naquele tempo apresentaram os povos da ribeira de S. Francisco.

Mas passaram-se dias e semanas sem que ato algum, público, oficial, ou simples revelação particular viesse confirmar as suspeitas. A deliberação continuou trancada debaixo dos selos do mais rigoroso segredo.

Uma manhã um batalhão de infantaria, devidamente municiado, moveu-se, e pôs-se em ordem de marcha na direção do sul.

Este batalhão fez alto em Afogados.

— Temos guerra, gritaram os meticulosos pelos ângulos da vila.

Alguns parasitas, plantas conhecidas e existentes em todas as regiões, mas muito mais abundantes nas regiões oficiais, ou governativas, correram a palácio a verem se podiam, pelos meios que sabe a astúcia pérfida e servil, inferir das palavras de José César, ditas na intimidade, o destino a que se dirigia a coluna militar, inesperadamente posta em armas e a caminho. O semblante do governador, porém, semelhava uma superfície, plana; não apresentava uma só ruga que pudesse trair oculto desgosto, ou indicar grave apreensão. Se da fronte passavam a estudar as palavras de José César, não descobriam no sentido destas menos discrição e reserva do que tinham encontrado na expressão daquela. Os lábios do governador guardavam com a severidade da disciplina militar e das práticas do governo naqueles tempos silêncio absoluto a respeito do acontecimento que preocupava os grandes e o popular.

A curiosidade pública mostrou-se dentro em pouco ainda mais excitada com certas notícias trazidas do interior pelos boiadeiros, almocreves e estafetas. Em todos os distritos, por ordem dos respectivos capitães-mores, de acordo com os coronéis de ordenanças, se tinham levantado milícias locais que evidentemente se aprestavam para um fim de grande importância, a julgar pelas aparências.

Das sedes de alguns desses distritos já os destacamentos haviam marchado para certos e determinados pontos que os informantes não sabiam dizer.

Enfim, tendo reunido todos estes elementos de duvidar e de decidir, e os tendo pesado na balança da crítica, arte ou ciência comum a todas as sociedades ainda as que se acham no estado mais rudimentar, julgou-se o público autorizado a afirmar que se tratava de efetuar urna diligência de alta monta, para a qual tinham de concorrer simultaneamente as diferentes forças locais, de combinação com algum destacamento da capital.

Capítulo XI

Antes de se haver movido da capital o destacamento que foi estacionar em Afogados, grande confusão dominara nos espíritos dos habitantes desta localidade.

Foi o caso que pelas oito horas da noite, pouco mais ou menos, dois vultos se tinham ido colocar defronte da taberna do Timóteo.

A alguns fregueses e frequentadores do taberneiro causou reparo o misterioso par que ninguém se animou a ir reconhecer, não obstante a todos parecer ele equívoco e digno de receiar-se.

Não se podia confiar no tempo, principalmente nos lugares afastados da vila.

Roubos e assassinatos repetiam-se a cada canto. Na própria capital os habitantes não tinham por seguras nem sua propriedade nem sua vida. Por isso, qualquer sujeito duvidoso suscitava, com razão, desconfianças e medos nos homens pacíficos que por interesse próprio se apartavam sem demora dos pontos onde tais sujeitos apareciam ou podiam aparecer.

Quem menos se inquietou com os desconhecidos foi o Timóteo que, acostumado a tratar, de instante a instante por assim dizermos, com essa espécie de gente, se considerava fora de todo risco ainda quando este se desenhasse, como em certas ocasiões, com as mais vivas e medonhas cores. A seu parecer, de indivíduos tais só tinha ele que esperar favor e proteção, visto que, sendo sua taberna ponto obrigado das relações da capital com o centro, quer fosse de dia quer de noite, assim de inverno como de verão, tinham eles, como ele próprio, grande interesse, se não maior do que ele tinha, em conservar, defender, amparar esse poderoso ponto de apoio para os seus dolos, violências e infames ciladas de que era vítima o matuto simplório, o sertanejo de boa-fé, o mascate, enfim quem quer que passava por aquela infernal estância.

Apontavam-se no lugar outras tabernas, das quais algumas tinham à sua frente patrões mais hábeis do que o Timóteo; a do velho, porém, mestre no mister como nenhum outro, tinha fama extensa, quase geral na província. Era uma taberna tradicional por ter servido muitas vezes de teatro a cenas de sangue e morte.

Pelas festas de arraial, o jogo, a crápula aí se praticavam com prejuízo considerável da ordem pública, da fortuna particular, do sossego e honra das famílias.

Estas circunstâncias, este passado davam-lhe certo prestígio que atraía para o imundo balcão, ou para a lôbrega camarinha da tasca, o vicioso por hábito, o filho da viúva, a rapariga infeliz, os quais iam encontrar debaixo das quatro telhas do casebre largo campo onde dar expansão a suas paixões reprovadas.

Quando algum frequentador, exaltado pela cachaça, ameaçava esfaquear o vendeiro por alguma das suas, respondia ele, abrindo a camisa, e mostrando o largo peito coberto de espessos e avermelhados pelos:

— Pode fazer do peito do velho Timóteo bainha da sua faca. Já bebeu a minha aguardente, não será para admirar que queira agora dar meu sangue a seu cachorro magro. Mas de uma coisa tenha você certeza; ainda que me mate, ainda que me esfole, não passa o gadanho no meu zimbo. Poderá comer mais sardinhas, chupar do meu vinho, mas de dinheiro nem ceitil há de cair na sua unha.

Timóteo dizia a verdade. Ele tinha todo o seu haver amoedado em lugar só dele conhecido.

Ficara só no mundo depois da morte da Chica, e entesourava sem destino o que ilicitamente adquiria. Seus únicos companheiros de casa eram um cão, e dois gatos. Estes últimos comiam com ele à mesa, quase no mesmo prato, e, para bem dizermos, dormiam na mesma cama.

Por isso, quando viu os misteriosos vultos parados defronte da taberna; quando os viu mais tarde dirigir-se para esta no momento em que ele ia fechar as portas por se haver de uma vez retirado a freguesia do dia, disse Timóteo com a maior fleugma:

— Podem entrar sem susto, que o Timóteo é amigo. — Os desconhecidos ganharam de um pulo a tasca, e trataram de fechar as portas.

— Fazem bem, disse-lhes o vendeiro, sem se dar por achado. O tempo não está para graças. Mas se vosmecês estão aqui de emboscada a algum tonante, será bom deixarem aberta esta janelinha da porta.

— Não estamos de emboscada a ninguém, porque quem queríamos já está seguro — disse um deles, trancando com a taramela a janelinha indicada.

— Ah! Já sei. Querem cear comigo. Não ponho dúvida. Os desconhecidos entreolharam-se como se se consultassem.

— Não façam cerimônia, camaradas. Naquela mesinha, que ali veem, muito fidalgo tem feito a sua. refeição. Tirem os capotes, se querem estar à vontade; e esperem um momento, que não há demora.

Sem esperar resposta, o velho tomou o interior do casebre, e voltou logo, trazendo pães, postas de peixe frito, e uma cuia com farinha.

— Então? Que fazem? Vão sentando-se, e toca a comer. Não esperem por mim, que soei de casa e não tenho etiquetas.

E entrou novamente, manifestando, pela prontidão com que tratava de pôr a ceia, a melhor vontade de ser agradável aos estranhos hóspedes.

Não eram estes no todo simpáticos, mas também não eram mal-encarados.

O que representava ser mais moço era seco de corpo, tinha boa estatura, cor fula, olhos cintilantes e redondos, cabelo chegado ao casco. O nariz um pouco rombo estava em desarmonia com as outras partes da cara onde se lia uma expressão de audácia, que respondia bem à agilidade do corpo.

O outro era feio de feições, baixote e roliço. A cor, o ângulo facial, o cabelo carapinha estavam claramente denunciando a sua proveniência africana.

Por baixo dos capotes, já velhos, cingia-lhe os rins um cinto de couro donde a cada um pendia uma espada de ponta direita. Eram as espadas as únicas armas que traziam à vista.

Sentaram-se à mesa sem tirar os chapéus de palha com que estavam cobertos.

— Vinho ou cachaça? — perguntou o velho, apontando, de volta, na porta, com uma penca de bananas que lhe vinham caindo das mãos de maduras.

— Vinho — disse o mais moço.

— Traga da cana para mim, acrescentou o outro.

— Muito bem — respondeu Timóteo. — Olhem: o pão e da padaria do Zé Braga, o peixe é do Viveiro do Muniz, a farinha é de Muribeca, e as bananas são do meu quintal. A cachaça é do engenho Mendonça, e o vinho é puro de Lisboa.

No fim da ceia, que as reiteradas libações prolongaram, e que correu animada, por mais de um dito, um gracejo, uma sentença licenciosa, o Timóteo dirigiu estas palavras aos hospedes:

— Não está má esta. Dei-lhes da minha ceia sem saber quem são vosmecês. Agora, os seus semblantes, se não me falta a memória, não me são de todos estranhos.

— Assim deve ser — disse o cabra. — Mais de uma vez tenho comprado aqui o meu vintém de aguardente.

— Isto é outro cantar; já vejo que somos conhecidos velhos.

— Tão conhecidos somos, seu Timóteo, replicou o cabra, que tomo a liberdade de o convidar para um passeio agora mesmo por esta estrada afora.

— Nossa Senhora da Paz livre-me tal — disse Timóteo empalidecendo. — Sair a esta hora, por este tempo, deixar a minha casa à revelia, Santo Deus! Nem pensem nisto, meus bons amigos.

Não tem que recear, meu caro. Cada um de nós traz, como vê, uma espada à cinta, e a sabe manejar.

— Bem estou vendo — disse Timóteo. — Mas sempre lhes quero dizer: o crioulo Gabriel sabia muito bem jogar a espada, e melhor a faca, mas o Cabeleira o lambeu.

— Ah! o Cabeleira? — disse o negro.

— Sim, senhor; ele aparece por aqui às vezes; eu o tenho visto fazer proezas de espantar.

— Seu Timóteo — disse o cabra, levantando-se — fez bem em falar no Cabeleira. Eu quero perguntar ao senhor uma coisa...

Antes que terminasse a sua oração fez-lhe um sinal o negro, e ele disfarçou por este modo:

— Mas é já tarde, e nós não podemos demorar mais. Vem ou não vem?

— Para onde, senhor? — perguntou o vendeiro, levantando-se aterrado por haver finalmente compreendido que tinha diante dos olhos dois inimigos.

— Saberá depois. O essencial é que nos acompanhe.

— Não posso fazer tal coisa.

Timóteo recuou instintamente quando ouviu as últimas palavras do desconhecido. Este porém, em um instante o tinha segurado pelos pulsos enquanto o negro lhe passava uma corda nos braços.

— Como é que me fazem isto? — perguntou Timóteo. — Querem matar-me?

— Não, senhor —, disse o cabra. — Você há de chegar vivo, bem vivo a seu destino, ainda que o Cabeleira se meta a tirá-lo das nossas unhas, o que eu duvido.

— E a minha venda?

— A sua venda fica aí; nós não a levamos.

— Mas... roubam-me tudo, tudo.

— Não tem você roubado a tanta gente?

— Ora! Feche bem as portas, e avie-se que é tempo. Se não quer ir pelos pés, irá amarrado como um porco. — Timóteo aceitou, contra vontade, já se vê, e por não ter outro remédio, a situação que lhe afigurou irrevogável.

— Vista o seu gibão, que você vai ser apresentado a gente nobre.

— Ah! — disse o vendeiro, respirando, mas não sem grande espanto, que mal disfarçou.

Pouco depois os três convivas seguiam, a marcha batida, pela estrada de Santo Antão. Tendo deixado a taberna, cujas chaves o Timóteo levava consigo por permissão dos desconhecidos, haviam estes pouco adiante entrado com ele no mato para tomarem dois cavalos que ali tinham deixado ocultos. Em um deles montou o negro, e no outro montaram o cabra e o vendeiro, este passado de medo, que o acaso não era para menos, aquele guardando-o na garupa, e tendo uma faca nua na mão. Tomaram novamente a estrada, e logo desapareceram como sombras fantásticas, no fundo da escuridão.

Conforme a deliberação tomada no senado da câmara pelo governador, capitães-mores e coronéis de ordenanças, a busca dos malfeitores tinha de ser dada ao mesmo tempo nas matas dos respectivos distritos.

— Estes bandidos —, dissera o governador — fazem-nos maior dano do que a fome, a peste e a guerra. Matam a sangue ,frio, para roubarem a fazenda àquele que pacificamente a ganhou com o suor do seu rosto. Penetram nas casas, nas lojas, nos engenhos, nos próprios templos, e, tirando daí o fruto da economia e o trabalho honesto e esforçado da propriedade alheia, vão consumi-lo nas suas orgias e delírio. A sua passagem o pobre não fica privado somente das suas migalhas; fica também privado da sua honra, da honra das suas filhas; se se não atrevem a fazer hoje o mesmo aos ricos e nobres, amanhã o farão, animados por um longo passado para o qual não posso volver os olhos senão com tristeza, porque ele diz que aos meus predecessores faltou ânimo para esmagar a hidra do crime, ou que foram eles indiferentes aos males privados e publicados que resultaram da sua impunidade dela. Não quero que o meu nome passe à história de envolta com essa impunidade; há de passar com o lustre da autoridade que se faz respeitada por cumprir com zelo e coragem os seus deveres, entre os quais se conta o de castigar os delinquentes. Fio que os senhores capitães-mores e coronéis hão de auxiliar a administração, que nestes intuitos, não atende senão à glória de sua majestade, que Deus guarde, e a paz e felicidade dos povos. A falta de tropas será suprida pela criação de milícias provisórias; e locais para o fim único de, acabar com os coutos dos facinorosos; e a de dinheiro sê-lo-á pelo erário régio, que segundo me autorizou sua majestade por carta firmada por sua real mão, adiantará por empréstimo a quantia necessária para a mantença dessas tropas até que de todo se tenham aniquilado os coutos. O erário será ressarcido das quantias que houver adiantado, por meio de um imposto que se lançará para o dito fim sobre os povos dos distritos rurais, ou dos que ficam distantes desta vila duas léguas, atendendo-se a que a estes o benefício da extinção dos coutos ocasiona particular proveito.

Nenhum dos convocados teve que opor ao pensamento e vontade do governador, conhecido como uma autoridade arbitrária. Todos, ao contrário, votaram por estas ideias, certos de que se atendia por tais meios a uma necessidade pública da maior magnitude. "José César governou arbitrariamente, é verdade, diz um historiador, mas as suas arbitrariedades raras vezes deixaram de ter um fundo de justiça. Na punição dos delinquentes foi infatigável".

Chegado a seu distrito, cada capitão-mor tratou de levantar a milícia volante, a qual foi formada dos indivíduos solteiros, maiores de vinte e menores de quarenta anos, com exclusão somente daqueles que por si dessem outrem.

Não foram poucas as dificuldades que tiveram de vencer para que se formassem os contingentes, destinados a pacificar o interior.

Não sabendo o verdadeiro fim que se propunha a autoridade com a fundação desses contingentes, suspeitaram os povos uma grande leva para fora da terra para combater o estrangeiro. Mas os capitães-mores conseguiram desvanecer as suspeitas por meio de afirmações sob palavra de honra. Naqueles tempos a palavra do homem equivalia a jurídica obrigação ou a solene tratado, e a honra era digna e eficazmente representada por um cabelo da barba. Hoje, as próprias palavras dos reis tornam atrás, as convenções diplomáticas não passam de ciladas internacionais, a honra tem-se refugiado nos retiros com medo da publicidade, que a expõe a geral pouco-caso.

Temos subido muito nas ciências, indústrias e artes, sem exceção da arte de governar; mas, em ponto de honra, em virtudes cívicas, em moral doméstica, a nossa decadência, impossível de recusar, atesta que temos levado a obra da reformação além dos limites pertinentes, e prova a necessidade de transplantarmos das ruínas do passado, onde vicejam esquecidas, algumas plantas modestas, cujas flores purificam o ar com seus perfumes, e cujos frutos formam sangue novo e são.

O capitão-mor de Santo Antão, querendo avantajar-se aos outros, antecipou-se nos meios de pôr a mão nos malfeitores. Sabia ele das assíduas relações do Cabeleira com o velho taberneiro, a princípio por mera suspeita, e posteriormente por informações que tomou de agregados e ordenanças seus, alguns dos quais, de passagem para o Recife, entravam na taberna, bebiam nela o seu grogue, e algumas vezes até ali pernoitaram. No dia fatal, em que o famigerado bandido tirava a vida aos dois meninos, passara por Afogados o capitão-mor momentos depois do dobrado delito.

O comércio ilícito do taberneiro, a sua má fama, as suas estreitas ligações com sujeitos mal vistos de todos, principalmente com o Cabeleira, deram-lhe a convicção de que qualquer diligência, que tivesse por fim a prisão dos delinquentes, não poderia sortir efeito se não fosse precedida da prisão do taberneiro.

Duas praças de sua confiança foram por ele encarregadas de levarem o velho a sua presença sem que se soubesse para onde nem como ele fora. Alexandre, o negro, e Valentim, o cabra que vimos ceando com Timóteo e que por sobremesa o prenderam foram as tais praças; e a vista do modo como se houveram, cabalmente justificaram a confiança do capitão--mor.

Ia amanhecendo quando os três cavaleiros se apearam na porta deste.

As casas do povoado estavam ainda fechadas, e ninguém os viu entrar; o capitão-mor que levara a noite em claro, à espera dos seus comissários, foi abrir-lhes, a porta em pessoa.

Timóteo posto em confissão, negou tudo ao princípio, saindo-se, com várias evasivas, das redes que lhe lançava o capitão-mor, perito em interrogar.

Quando porém viu a sua vida ameaçada; quando formalmente se lhe declarou que a sua morte seria inevitável se não auxiliasse com lealdade a ação da justiça na busca dos criminosos; quando o Alexandre de espada desembainhada, e o Valentim de faca na mão, receberam do capitão-mor ordem para infligir-lhe a pena última dentro da capoeira próxima; quando se viu arrastado por eles ao teatro onde se lhe destinara o trágico fim que horroriza todo homem — a morte natural, o instinto da própria conservação retomou ao cálculo e às manhas do vendeiro os seus direitos. Confuso e abatido, Timóteo aceitou o odioso papel que lhe foi distribuído naquela grave representação em que importantes interesses e muitas vidas iam correr iminente risco.

Timóteo conhecia todos aqueles lugares onde tinha andado na sua mocidade em dias de feira de gado.

A seca que estava devastando a província tinha-lhe proporcionado ocasiões de conhecê-los melhor. A escassa farinha, os poucos legumes e outros comestíveis que apareciam nas feiras gerais, eram logo comprados por atravessadores que os iam revender com usura no Recife.

Nos primeiros tempos Timóteo resignou-se a ver passar os produtos no poder dos atravessadores; mas faltando-lhe esses produtos, não só para os expor na sua taverna, senão também para o próprio uso, tomara o acordo de ir pessoalmente um sábado por outro a Santo Antão prover-se do necessário para a semana. Quando o Cabeleira estava na mata, Timóteo ia ter com ele e lhe comprava por quase nada o que muitas vezes tinha custado a vida do pobre roceiro, que deixava mulher viúva e uma infinidade de filhos na orfandade.

Destarte estava ele senhor dos caminhos e carreiras que iam ter à encoberta onde entrava com familiaridade, e donde saía como amigo.

Ele sabia que o Cabeleira se achava na terra por haver estado de passagem na sua taverna, conforme vimos. De tudo informado, o capitão-mor aguardou ansioso a noite seguinte, para dar começo à batida da mata. Com o fim de iludir porém a vigilância dos assassinos, e escusar as suas suspeitas, mandou notificar as praças do contingente para que se achassem em um ponto das matas do seu engenho, ao qual cada um devia dirigir-se desacompanhado a fim de não dar na vista de quem quer que fosse.

Tanto que anoiteceu, o capitão-mor deu ordem para que Valentim, Alexandre e dez matutos experimentados se trepassem em árvores próximas das quais pudessem observar o rumo que os malfeitores tomassem depois do escurecer. Estas sentinelas perdidas deviam dar aviso à tropa que estava no engenho, para que ela, guiada por Timóteo, corresse a tomar as entradas, e pudesse prender os malfeitores em sua volta ao couto. Foi o que sucedeu.

Quando Valentim viu os ladrões tomarem, à boca da noite, pelo caminho da engenhoca, desceu-se da pitombeira onde se trepara, montou no cavalo que tinha preso de prevenção dentro de uma moita, e correu ao engenho. A tropa moveu-se incontinente, sob o imediato comando do capitão-mor.

Dividida a metade dela em tantos piquetes quantas eram as picadas secretas, tomou todas estas, e achou-se em condições de interceptar a passagem daqueles para o ponto central. A outra metade, colocada a um lado da mata a distância conveniente; pôde acudir aqueles pontos logo que o Valentim, que depois do aviso havia voltado ao seu posto, foi informá-los da volta dos malfeitores. Assim, acharam-se estes, quando voltaram da engenhoca, entre duas colunas inimigas, às quais forçado foi entregarem-se, quase todos com a morte. Ao Joaquim se poupou a vida, a fim de se cumprir a determinação do governador, não só a respeito dele, mas também do Cabeleira e do Teodósio para fins de alta justiça.

Quando o Cabeleira, se afastou com Luísa da beira do rio para o alagadiço, o Valentim estava dando o seu segundo aviso, e eles puderam, por isso, escapar à sua inspeção.

Tinha ele, porém, ouvido antes, de cima da pitombeira, o diálogo do Cabeleira com o Teodósio, e sido causa do ruído que espantara o cavalo deste último. Tinha visto aquele encaminhar-se à engenhoca, o que o fizera acreditar que entre os malfeitores, que tinham de tornar, e efetivamente tornaram à mata, se achava o famigerado bandido, alma do couto, terror das povos. Não lhe parecendo, por isso, necessário vigiar o terrível salteador, que ele considerava seguro com os outros na armadilha que lhes havia armado, consagrou-se todo a evitar que lhe escapasse o Teodósio. E como queria ter grande parte na glória que resultasse da extinção dos célebres assassinos, voltou sobre seus passos à estrada, e encaminhou-se ao povoado.

Valentim era bravo como uma onça, e tinha deste animal a agilidade e a destreza no mais alto grau. Confiava, não só nestes dotes naturais, mas também na sua espada de ponta direita que muitas vitórias já lhe havia proporcionado. Ele jogava com insigne habilidade esta arma.

Pouco adiante ouviu vozes. Apressou os passos, e encontrou-se face a face com o Teodósio, que, nada sabendo do que havia, demandava o couto.

Com ímpeto de fera botou-se a ele, não para vencê-lo mas para matá-lo.

— O seu gracejo é pesado, camarada — disse o Teodósio, recuando ante a brutal investida.

— Valentim não graceja. Rende-te, cabra Teodósio; ou então reza o ato de contrição, que esta é a tua derradeira.

— Se eu trouxesse a minha espada, não lhe enjeitava o bote. E se quer saber para quanto presta o cabra Teodósio, embainhe o seu ferro, e vamos decidir da sorte pela faca.

— Não estou para tuas parolas, cabra safado. Se não te entregas já nas mãos do Valentim, que nunca escolheu armas para provar que é homem, tiro-te o couro antes do amanhecer.

Teodósio, vendo aquela decisão ante a qual poucos ânimos, talvez unicamente o do Cabeleira, deixariam de curvar-se; e conquanto nos recursos do seu gênio astucioso que nunca o havia desamparado ainda nos maiores apertos, respondeu com voz melíflua:

— Não me mate, meu amo — o Teodósio rende-se.

No momento em que assim falava, o Valentim descarregou-lhe tamanha pranchada na cara, que ele caiu redondamente no chão.

Quando voltou a si, tinha nos pulsos enrodilhada uma corda de couro cru, em cuja ponta segurava o cabra.

— Levanta-te, que quero olhar para a tua cara — disse-lhe Valentim, fustigando o prisioneiro com a ponta da espada. Onde está a tua fama, cabra Teodósio?

Este não respondeu.

Súbita tristeza invadira-lhe o espírito ordinariamente expansivo como o de uma criança.

Tinha ouvido tiros na mata, e conhecido que a situação era mortal.

Capítulo XII

Ao amanhecer a região litoral da província, desde Alagoas até Paraíba, estava separada do sertão por cordão sanitário, formado pelas milícias volantes dos diferentes distritos rurais.

Todas as matas compreendidas na zona que fica entre a costa e o sertão, foram batidas ao mesmo tempo.

Os piquetes que penetraram nas de Serinhaém, Água Preta, Muribeca, Merueira, S. Lourenço, Catucá, Iguaraçu, Goiana, Pau-d'Alho, Limoeiro recolheram-se mais tarde às respectivas sedes, depois de terem realizado importantes capturas.

Assassinos de profissão e de fama que, protegidos pelas trevas da noite e pelas sombras das selvas virgens, tinham horrorizado durante muitos anos as povoações pacíficas, apareceram à luz do dia, trazendo nos pulsos cordas e algemas que bem denotavam que a justiça dos homens, reflexo ainda que pálido da justiça de Deus, cedo ou tarde restaura os seus foros e faz-se respeitar como uma fatalidade reparadora.

O capitão-mor de Santo Antão, justamente vangloriado por ver no seio de sua força o Joaquim e o Teodósio, cuja fama ofuscava a de todos os criminosos, com exceção somente do Cabeleira, seguiu imediatamente, à frente dela, para o Recife a apresentar-se ao governador.

No caminho de Afogados reuniu-se ela com a força que, tendo aguardado nesse lugar aquele dia, designado para a geral batida das matas, se movera pela manhã em direitura às que lhe ficavam nos limites ocidentais. As duas forças chegaram ao Recife formando uma só expedição que foi recebida pelos habitantes com inequívocas demonstrações de consideração e reconhecimento pelo relevante serviço que haviam feito.

Tantos eram os crimes cometidos pelo Cabeleira, e estes crimes haviam sido revestidos, na sua maior parte, de circunstâncias tão odiosas que, quando se divulgou que o afamado bandido tinha escapado às malhas da rede da justiça, mostras de justo pesar vieram substituir-se nos semblantes de todos à expressão do regozijo recente que havia manifestado a população.

Com raras exceções, não se contava família, desde o Recife até o alto sertão, a quem a peia, a faca ou o bacamarte do terrível matador não houvesse roubado uma existência querida.

Por isso, era ele o alvo em que todos haviam posto a mira, e perdê-lo montava perder a diligência, ao parecer da maioria.

Alguns, não sem razão, mostraram-se receosos de que, quando menos se esperasse, ele viesse forçar a cadeia do Recife onde tinham sido postos a ferro os novos presos, e restituindo-lhes a liberdade de que tão mau uso haviam feito, se pusesse com eles novamente em campo para matar com maior ferocidade que dantes, roubar sem tréguas, incendiar povoações, reduzir tudo a sangue, ossos e cinzas.

O governador entretanto mal podia conter a sua satisfação diante do resultado das providências que ele próprio havia indicado para a extinção dos bandos dos criminosos que infestavam a província.

Ele conhecia melhor do que o povo e os figurões da vila e da capital, as dificuldades, algumas delas invencíveis, que se atravessam naturalmente diante de expedições semelhantes. Ele sabia que perseguir através do deserto, para reduzi-los à prisão, homens que vivem como as feras, e com elas, no seio de escusas brenhas, de regiões inóspitas e desconhecidas, é empresa para grandes ânimos, raros em todos os tempos e em todas as terras, máxime naquelas terras em que, como em todo o Brasil então, o importante serviço da polícia está por ser organizado, à míngua de pessoal apto para isso, de recursos pecuniários, de vias de comunicação interior, de prisões e de outros muitos elementos indispensáveis a este grande mister.

A cadeia, que por poucas alterações passou há poucos anos a fim de servir, como serve, para casa do júri e do tribunal da relação, tinha sido dada por pronta pelo coronel de engenheiros Costa Monteiro, à câmara nos fins de 1732, e preenchia todas as condições de segurança pela sua solidez. Não obstante, ordenou o governador que a sua guarda fosse confiada a forças duplas que tornassem impossível qualquer tentativa de invasão ou de arrombamento. As vizinhanças ofereciam o aspecto de uma praça de armas, principalmente dos lados do norte e leste onde a vigilância nunca seria demasiada, por oferecer o rio destes lados fácil e natural acesso ao edifício.

Às pessoas de sua intimidade que lhe manifestavam descontentamento por não ter sido preso o Cabeleira, respondia o governador:

— Há de chegar a sua vez. Confio muito em Cristóvão de Holanda Cavalcanti que ainda não deixou de corresponder aos intuitos do governo sempre que se trata do proveito da colônia.

Cristóvão de Holanda Cavalcanti, que trazia, como se vê, o nome que seu pai, sargento das ordenanças, ilustrara por ocasião da memorável guerra dos mascates, era o capitão-mor de Itamaracá, e achava-se a esse tempo em Goiana.

Goiana pertencia então à jurisdição de Itamaracá, que deixara de ser em 1763 capitania independente, por havê-la comprado D. João V a José de Góis, para incorporá-la na capitania de Pernambuco, vendida à coroa em 1716 pelo conde de Vimioso, D. Francisco de Portugal, único genro de Duarte de Albuquerque Coelho, 4º donatário de Pernambuco.

Era uma modesta povoação em 1636, quando os esforços de Antônio Filipe Camarão que a defendeu com o valor que o caracterizava, não foram bastantes a tolher que ela caísse no poder dos holandeses, povo cheio de grandeza e digno da admiração e do reconhecimento dos pernambucanos. Tendo-se mudado em 1685 para esta povoação a câmara da capitania de Itamaracá, passou ela por este fato à categoria de vila. Em 1742 deu-lhe D. João V um ouvidor que foi substituído em 1808 por um juiz de fora. A sua crescente prosperidade foi parte para que pela lei provincial de 5 de maio de 1840 fosse elevada a cidade.

De presente é Goiana a cidade pernambucana de mais nota, depois do Recife, a capital, e de Olinda que figurou com brilho e bizarria inexcedíveis nos tempos coloniais.

Está em condições, não só de competir com as primeiras cidades interiores do norte e do sul do Império, e de se avantajar às capitais de algumas províncias que, por motivos de alta conveniência, deixamos de apontar aqui, mas até de rivalizar com algumas cidades europeias de que não pouco se fala nas narrações de viagens.

E se não, vejamos.

Tem um paço municipal muito decente na Rua Direita, e uma matriz e mais oito templos que podem pertencer sem desaire a uma capital.

Tem uma praça de comércio, a qual se estende desde a rua chamada Portas de Roma (denominação do tempo dos jesuítas) até ao Beco do Pavão, para não dizermos até à Rua do Meio, ou à Rua do Rio.

Tem um teatro onde já tive ocasião de ver representar-se o *D. César de Bazan*, os *Dois Renegados*, a *Corda Sensível* e o *Judas em Sábado de Aleluia*.

Tem cafés e bilhares, brinca o carnaval pelo inverno, toma sorvetes pelo verão, dá alguns saraus pelo natal; enfim, para estar inteiramente na moda, trata de iluminar-se a gás, de fundar uma biblioteca popular, e tem já fundada uma loja maçônica, denominada *Fraternidade e Progresso*, a qual tem prosperado notavelmente depois das últimas excomunhões que o público sabe.

É uma cidade onde se pode viver com poucos meios, porque os habitantes são hospitaleiros, os senhores de engenho fazem pingues presentes, os negociantes vendem fiado e não executam os devedores.

É plana, limpa, elegante e espalhada. Dela não poderia dizer Ampère o que disse de Goteborg, cidade da Suécia que tanto o encantou de tarde com suas casas altas e regulares, quanto o desiludiu pela manhã sendo vista da torre da catedral, por não ser mais do que uma rua.

Goiana, não só tem muitas ruas, mas também muitos becos, verdade seja que alguns deles sem saída. Merecem particular apontamento as suas casas brancas que lhe dão certos ares de novidade, ou de noivado, ares que infundem indefinível alegria no espírito do hóspede. Se este é lido, entrando em Goiana, logo sabe que não entrou por engano em Saint Jean de Luz, ilustre cidade onde se celebrou por procuração o casamento de Luís XIV com Maria Teresa de Espanha, e que, ao dizer de um escritor, apresenta uma fisionomia sanguinária e bárbara, em consequência do extravagante uso de pintarem de vermelho antigo os batentes, as portas, as gelosias das suas habitações.

Há um provérbio espanhol que diz:

"Quien no ha visto Sevilha
No ha visto maravilha."

Teófilo Gautier pensa que mais justo fora que este provérbio se aplicasse a Toledo, ou a Granada, do que a Sevilha, onde nada encontrou particularmente maravilhoso, exceto a catedral.

O poeta sergipano, Doutor Pedro de Calasans, que cedo foi arrebatado pelo infortúnio e pela fatalidade às musas do norte, dizia outrora, parodiando o provérbio espanhol:

"Quem não ama Olinda,
Não a viu ainda."

Assim será, assim é. Olinda semelha náiade gentil que adormeceu sobre arrelvado morro os pés banhados pelo Atlântico, a cabeça à sombra das mangueiras odoríferas.

Goiana, porém, tem também provérbio seu, e o seu provérbio é de tal significação que, na singeleza em que se expressa, e de que o povo tem o segredo, insinua irresistíveis feitiços a favor dela.

Vê tu, meu amigo, como são expressivas estas reticências duvidosas, ambíguas, deliciosamente traidoras:

"Goiana ....
Que a todos engana."

Eu não conheço nenhum tão expressivo na ordem dos rifões populares.

O vocábulo — enganar — não tem nos nossos dicionários o sentido que a inteligência rica e lúcida do povo goianista lhe refere; tem somente a acepção ingrata que todos lhe sabemos.

Mas logo ao primeiro exame se vê que semelhante acepção está muito distante da que a imaginação deste grande povo liga ao sobredito verbo, quando o emprega para exaltar o seu torrão natal.

A palavra — enganar, que faz parte do rifão, significa — seduzir, cativar, prender, mas seduzir com mil agrados irresistíveis; cativar com benignidade tão doce e fagueira, que é impossível deixar de ficar dela escravo; prender com tantas demonstrações afetuosas, com tamanha benquerença, que em vez de buscar fugir, cada vez se sente o prisioneiro mais desejoso de estar nessa suavíssima prisão, de não se desligar jamais dos seus deliciosos grilhões.

Cristóvão de Holanda dirigira em pessoa, como haviam feito todos os outros capitães-mores, o seu contingente na batida das matas do seu distrito.

Não tendo porém encontrado o Cabeleira, mas somente ladrões de cavalos e negros fugidos, recolheu-se à vila em paz com a sua consciência, é verdade, mas descontente de não ver coroados dos brilhantes sucessos, que esperava, os seus esforços.

Não lhe custou pouco renunciar ao empenho de pôr nas cordas, como dizia ele, o maior facinoroso que pisava em Pernambuco.

Era presunção geral que a ele caberia, mais dia menos dia, a glória de prender o Cabeleira que dava mostras de consagrar particular estimação às matas de Goitá, lugar em que nascera e que, posto pertencia neste tempo a Santo Antão, ficava mais próximo do engenho Petribu que era propriedade daquele capitão-mor; e pertencia então a Goiana.

Mas o boato falso que correu a respeito da prisão do bandido pelo capitão-mor de Santo Antão, desvaneceu toda a esperança que Cristóvão de Holanda alimentava a semelhante respeito.

E que era feito do Cabeleira?

Por onde andava ele, quando seu nome corria por milhares de bocas um milhão de vezes no dia; quando sua imagem enchia o pensamento de um povo que o considerava um flagelo não menos fatal do que a peste e a fome que o reduziam à dor extrema?

Dizia-se que o Cabeleira, vendo-se perseguido tão estendidamente, tinha rompido, sem deixar traços da sua passagem como costumava, o cordão sanitário, e se havia internado nos sertões de Cimbres, ou de Pajeú, donde era impossível desentranhá-lo por serem então, como são ainda hoje, quase de todo desconhecidos esses medonhos sertões.

Dizia-se que, tomando para o norte, atravessara o Capibaribe e ganhara a ribeira do Pilar do Taipu, na Paraíba, a qual muitas vezes percorrera, tendo-a deixado coberta de cadáveres e ruínas.

Correram estes boatos e outros mais que com estes se pareciam.

O certo porém é que ninguém sabia do Cabeleira, ente incompreensível que surgia de súbito da terra sem ser esperado, e pela mesma forma desaparecia, como se se metesse por ela a dentro, por artes do demo, segundo alguns acreditavam, ou por ter em toda a parte parciais, ou protetores, segundo pensavam outros que se diziam melhor informados do que os primeiros.

Capítulo XIII

O Cabeleira entretanto atravessava matos, riachos e tabuleiros por novos caminhos que, infatigável e ousado, ia abrindo, em direitura ao lugar do seu nascimento.

Sentia-se atraído para esse lugar por uma saudade infinda, por uma confiança enganosa e fatal.

Parecia-lhe que ninguém, nem a justiça dos homens nem a de Deus, na qual desde os mais verdes anos o tinham ensinado a não acreditar, teriam poder para arrancá-lo desses sombrios e protetores esconderijos, dessas grutas insondáveis, perpetuamente abertas às onças e a ele, perpetuamente fechadas ao restante dos animais e dos homens que não se animavam a transpor-lhes o escuro limiar com receio de ficarem sepultados para sempre em tão medonhos sarcófagos.

Tendo-se afastado do pé da mata onde haviam sido vencidos e capturados em seus redutos os outros malfeitores, descreveu uma oblíqua de cerca de uma légua no rumo do ocidente e desceu depois a uma distância donde pudesse ter debaixo das vistas o Tapacurá, que lhe servia de guia através do sertão.

Estava em pleno deserto. Do lado direito protegiam-no estendidos tabocais e profundas gargantas de serra inacessíveis, sem uma habitação, sem viva alma; do outro lado do rio um espinhal basto, alguns serrotes escalvados, caatingas sem fim, brejos combustos do calor do sol completavam o largo amparo que lhe abria em seu seio a natureza.

Com a seca abrasadora essa região, que nunca fora amena, ainda na força do verde, estava inóspita, árida, cruel.

Via-se a espaços um pé de xiquexique perdido nos alvos tabuleiros, ou entre serros alcantilados, e junto do rio uma ingazeira com a folhagem coberta de samambaia, um juazeiro solitário e sem fruto.

Seria meio-dia.

Bem que o Cabeleira, pelo longo hábito de jornadear por dentro dos matos, e pelo cuidado que tinha de escusar importunos encontros, só à sombra das árvores fazia a travessia do deserto, contudo entraram ele e Luísa a experimentar o cansaço que o excessivo calor gera máxime durante uma viagem de muitas horas.

Luísa mal se podia ter sobre o cavalo, que nem ao menos oferecia o cômodo de uma regular montaria. A marcha do pobre animal tanto mais penosa tornava para os fugitivos quanto as forças lhe iam faltando em consequência do longo jejum e da puxada viagem.

Desde muito tempo afeito a viver no deserto, tinha o Cabeleira adquirido uma virtude — sóbria, obra de longas privações, e fonte de admirável heroísmo; não assim Luísa, pobre menina, criada com grande afeto e maternal solicitude.

Não tivera ela uma existência de gozos e grandezas, mas nunca lhe faltaram os cômodos que assegura a vida regrada da família, que, embora pobre, encontra no trabalho e na economia recursos folgados para todas as necessidades e até alguns confortos.

À sombra de um jatobá o Cabeleira parou e, lançando o olhar por toda a natureza, que os abraçava como a imensidade abraça um ponto:

— Estamos fora de perigo — disse para Luísa.

Esta chorava em silêncio. Em seu rosto abatido, mas sempre belo, transparecia a mágoa profunda que lhe minava o coração, onde se refletia a viva lembrança das cenas da noite anterior.

— De que chora, Luisinha? — perguntou-lhe o bandido com doçura.

Só com a mudez e as lágrimas lhe respondeu a moça, em cujo espírito se haviam concentrado todas as sombras da tristeza, sombras espessas em que o sol a pino não pode lançar um raio de luz sequer.

— Está cansada, não é, meu amor? — perguntou o Cabeleira.

— Estou para morrer. Sinto uma pena imensa no coração, e dores insuportáveis na cabeça.

— Não me queira mal, Luisinha, por eu ter sido a causa de todo este destroço.

— Não lhe quero mal; quero-lhe bem, muito bem, Cabeleira. Mas não posso esquecer-me de minha mãe, nem poderei resistir à minha desgraça, que eu considero muito maior do que a sua.

— Descansemos um pouco à sombra deste jatobá. Terei tempo de procurar algumas frutas para você comer.

— Não tenho fome, só tenho sede.

— Vamos então arranchar-nos debaixo daquela ingazeira, que fica a poucos passos do rio.

Tendo-se apeado ao pé da árvore indicada, o Cabeleira peou o cavalo em uma baixa que formava a margem, da qual não havia desaparecido de todo a grama nascida com o último inverno; e sem demora desceu ao poço contíguo para apanhar água em uma casca de sapucaia que descobriu por acaso entre umas folhas secas.

Notou que quanto mais se estendia a depressão do terreno para o lado do rio, mais aumentava a verdura que a revestia. Conheceu por fim que havia dado em uma vazante.

Semelhante achado pareceu-lhe coisa extraordinária naquelas alturas ínvias e desertas. Mas não se tinha enganado; a região que se lhe oferecia à vista não era de todo desabitada; ali brilhavam vestígios da mão do homem; ali havia o cunho de um esforço de que ele nunca fora capaz, o cunho do trabalho.

Era pequena a plantação, mas tida, ao que parecia, em alta conta por quem quer que lhe consagrava os seus cuidados e vigilância.

Estava verde, limpa, matizada de frutos. Com os ramos do jerimunzeiro se confundiam as folhas lanceoladas do batateiral. Ao lado da melancia lourejava o melão, de que recendia suave cheiro; e dentre o entretecido de verdura formado pelo conjunto dos ramos rasteiros em que se achavam presos estes deliciosos presentes da terra, levantavam-se ao céu, de covas equidistantes, os pés de milho com seus pendões inclinados e suas corpulentas espigas, em torno das quais se esparziam os fulvos cabelos que costumam adornar estes abençoados frutos.

É indescritível o prazer que sentiu o bandido ao deparar com aquele tesouro.

Tinha a seu alcance com que matar a fome cujos efeitos começava a sentir, tinha um presente que oferecer à sua companheira, extenuada de fadiga.

Separar do pé com a faca, duas melancias, e quebrar algumas espigas foram operações que o Cabeleira praticou em menos de um minuto. O estalar do milho despertou um rapazito que, achando-se ali para enxotar as maracanãs que destróem os milharais, adormecera, ao calor do meio-dia na extremidade da vazante debaixo de uma latada formada pelos ramos de um pé de maracujá que, com a frescura do solo, se mostrava verdejante e florido.

— Ladrão! Ladrão! — gritou o rapazito com valor e força superiores aos que o seu corpo e estatura prometiam.

E armado com um pau, investiu contra o Cabeleira, que a inesperada aparição deixara um instante perplexo com parte do furto em uma mão, e a faca na outra.

O rapaz ganhou em poucos passos a distância que o separava do bandido, e descarregou sobre a cabeça deste, sem dizer tir-te nem guar-te, o pau que trazia alçado. O Cabeleira em represália atirou-lhe um golpe com o intuito de cortá-lo de meio a meio, intuito que foi burlado por Luísa que lhe havia pegado do braço a tempo de evitar a desgraça iminente.

— Cabeleira! Queria fazer uma morte ainda? Meu Deus, abrandai-lhe o coração.

— Luisinha, eu não sei bem o que queria fazer — disse o moço caindo em si. — Mas este dorminhoco deu-me com o seu graveto como se eu fosse algum pinto.

— Quero-lhe muito bem, meu amor — acrescentou a moça com a profunda ternura que, quando verdadeiramente quer e sente o que quer, a mulher sabe ter no olhar, no gesto, na voz. — Mas quando o vejo como agora de arma em punho, ameaçando com certeiros golpes, quais são os seus, a vida de alguém, sinto tão grande dor, que você não pode compreender o meu padecimento.

Cabeleira inclinou os olhos ao chão, meteu a faca na bainha e deu a andar com os frutos debaixo do braço.

— Para que traz você estes frutos consigo? — perguntou-lhe Luísa. — Eles não nos pertencem, e não podemos apossar-nos, contra a vontade de seu dono, daquilo que não é nosso.

— Que vamos comer? — perguntou muito naturalmente o mancebo.

— Comeremos o que nos der o mato. Deus está em toda parte, e não se esquece dos que invocam a sua proteção.

Cabeleira submisso e humildemente depôs as frutas no chão sem mais reparo. Quanto ao rapazito, guarda da vazante, havia desaparecido desde que ouvira pronunciar o nome, que de sul a norte significava, para grandes e pequenos, roubo e atrocidade.

Nova surpresa os esperava na margem, onde o bandido foi dar com dois indivíduos que de pé o olhavam do alto de uma pedra, tendo um deles pelo cabresto o árdego alazão, já livre da peia com que o atirara ao campo o Cabeleira.

Defronte da árvore, a cuja sombra os fugitivos haviam descansado, formava o terreno uma grande ribanceira.

Os desconhecidos estavam aí com a frente voltada para a vazante, o lado direito para o continente, e o esquerdo para o rio, que nessa altura era largo e profundo.

— Parece que você veio enganado, camarada — disse o Cabeleira, saltando em um minuto aos pés daquele que tinha pela mão o cavalo. — Este animal não lhe pertence.

— Este animal é meu no céu e na terra. Há dois dias o furtaram do meu roçado no Angico Torto. Pus-me na batida do ladrão, e finalmente vim dar com o meu cavalo. Ele é meu, tão certo como estou aqui. Tem o meu ferro na anca direita, e você o pode ver, se ainda não se quis dar a esse trabalho.

— Pois o que eu lhe digo, camarada, é que fosse ele de quem fosse, por mais homem que seja, ninguém será capaz de tirá-lo do meu poder.

— Isto agora é que havemos de ver — disse o desconhecido, batendo mão da faca que trazia nos cós da ceroula e fazendo-se prestes para lutar pela reivindicação da sua propriedade.

— Monta no teu cavalo, Marcolino — gritou o outro desconhecido ao companheiro. — Monta no teu cavalo e vai-te embora, que eu só sou demais para lamber este cabra.

Ainda bem não tinha acabado, quando cortava os ares um corpo semelhante a tronco de árvore que o furacão arrebata às florestas e arroja a distâncias incomensuráveis. O fanfarrão fora jogado com todos seus bélicos aprestos dentro do poço pelas mãos possantes do famoso matador.

— Cabeleira! — gritou Luísa, correndo ao lugar onde em menos de um instante se passara a inesperada cena.

Marcolino, que a esse tempo se achava montado no alazão, tendo ouvido este fatal apelido, deu de pernas ao cavalo e fugiu, evidentemente aterrado como se a seus pés houvesse visto cair um raio.

O Cabeleira, entretanto, tinha corrido ao pé da ingazeira onde havia deixado o bacamarte quando se apeara. Mas não logrou levá-lo ao rosto para dispará-lo, como pretendia, contra o fugitivo, porque Luísa, unindo-se com ele, e buscando arrancar-lhe a arma das mãos, lhe disse com voz magoada, entre exprobração e pranto:

— Por que não me tira a vida de uma só vez, Cabeleira?

Dir-se-ia que Luísa estava possuída de um espírito angélico.

— De ontem para cá — prosseguiu ela —, tem jurado milhares de vezes não derramar mais sangue sobre a terra, e milhares de vezes tem quebrado seus juramentos! Sempre que falta à sua palavra, atravessa sem o suspeitar o meu coração com sua faca. Não demore mais o meu penar, mate-me de uma vez. Perdoo-lhe a morte, por Deus lhe juro, por Deus que nos está ouvindo, no meio desta solidão.

Luísa tinha-se insensivelmente ajoelhado aos pés do bandido, e lhe abraçava as pernas com mostras de irrepreensível afeto. Dos olhos rolavam-lhe lágrimas como contas de rosário despedaçado.

Estático, e confuso, não achou José palavras para responder à exprobração e rogativas que aquele coração generoso ditava inspirado pela piedade de uma alma grande e terna.

— Não me fale assim, Luisinha — respondeu enfim o bandido, levantando-a e abraçando-a. — Quando eu a vejo chorar, sinto-me enfraquecer; quando você me pede alguma coisa, sou incapaz de negar-lhe, ou de resistir à sua vontade.

— Mas de que serve o que me diz, se não se esquece da sua vida tão triste e infeliz? Cabeleira, por que não se há de tornar brando e terno como Luísa? Olhe. A morte está mais perto de mim do que...

— A morte! — exclamou o bandido.

— Sim; dentro em pouco eu o deixarei, mas enquanto não nos separarmos, poupe-me estas cenas que me traspassam o coração. Quando eu desaparecer de seus olhos, não se considere só no mundo. No lugar que meu corpo deixar vazio ao pé de si, há de ver sempre a alma benévola da pobre Luísa; ela o acompanhará por toda parte para inspirar-lhe os bons pensamentos, e aconselhar-lhe a prática das boas ações. Por que não me dá a consolação de reconhecer em você desde já um espírito arrependido dos passados erros?

— Ah! Luisinha! Você me abranda com suas palavras, em sua presença eu me considero uma criança.

— É Deus que me ajuda a quebrar seus ímpetos, a moderar sua cólera. Ele há de ouvir todos meus rogos, há de inspirar-lhe horror ao sangue e aos instrumentos que o derramam.

Cabeleira, como se tivesse recebido nestas palavras aviso celeste, replicou:

— Não levantarei mais minha mão contra ninguém, Luisinha. Quer uma prova desta resolução? Veja. É a maior que lhe posso dar.

Tirou o fuzil e a pedra do bacamarte, os quais meteu na algibeira da véstia.

E por um desses sublimes impulsos que só visitam o homem uma vez na vida, arremessou a arma dentro do rio. Este ato foi seguido de outro que o completou e confirmou. Batendo com a faca sobre uma pedra que ficava na ribanceira, fez saltar dentro da água metade da folha de aço que tinha cortado o fio de muitas vidas preciosas, e feito correr muito sangue inocente sobre a terra.

O bandido obrou estas duas ações com tanta fé e grandeza d'alma, que Luísa correu a ele dominada de peregrina comoção, e o apertou em seus braços.

Só o deserto foi testemunha desta grande cena, porque eles estavam, como havia poucos, sós.

O menino que guardava a vazante havia desaparecido logo que ouvira pronunciar o nome do Cabeleira.

Os dois desconhecidos, um salvo das águas, outro salvo do tiro iminente, tinham corrido a refugiar-se no seio da espessura.

— E agora, Luisinha, terá ainda alguma coisa que dizer de mim? — perguntou José com ingenuidade infantil.

— Os meus rogos foram ouvidos por aquele que dali nos vê e ouve como Pai Misericordioso. O medo que eu tenho agora, é que as tropas o peguem e o roubem de meus braços! Oh! fujamos já deste lugar. Quem sabe se aqueles homens não correram a denunciá-lo! Misericórdia, meu Deus! que fazemos ainda aqui?

Puseram-se no mesmo instante a caminho na direção do ocidente.

Capítulo XIV

O sol chegou ao horizonte, e as sombras começaram a vasta solidão.

O Cabeleira parou ao pé de um serrote, e escutou.

Um ruído estranho vencia a distância e vinha ecoar aos ouvidos dos fugitivos.

— Estamos perto — disse ele. — Não ouves este barulho? São as águas do Tapacurá que caem no Capibaribe. De madrugada atravessaremos este rio, e se bem andarmos poderemos estar depois de amanhã a esta hora em Goitá, terra do Cabeleira.

— Ai! — disse a moça. — Não posso mais.

Tinha as faces em brasa, e os olhos, injetados, acusavam a febre ardente que a consumia desde a noite anterior.

— Não esmoreças, meu bem — disse o mancebo. — Havemos de ser felizes.

— Onde? Neste mundo? — perguntou ela com incredulidade. — Na terra não há felicidade, Cabeleira; na terra só há dores e prantos, saudades e remorsos.

— Pois eu te mostrarei que se pode ser feliz no deserto, no fundo das brenhas. Não matarei mais a ninguém, meu amor. Bem dentro da mata virgem, em um lugar que só eu conheço, há um olho-d'água, que nunca deixou de correr. Junto deste olho-d'água há uma chã, no fim da chã um bosque, e por detrás do bosque uma montanha imensa que rompe as nuvens. O olho-d'água nos matará a sede todo o ano; no chão levantarei uma casinha de palha para nós; no meio do bosque abrirei um roçado que nos há de dar farinha, macaxeira, feijão e milho com abundância; e quando a seca for muito forte, como esta, subiremos à serra, e aí passaremos dias melhores.

— Se assim fosse... Se assim pudesse ser... — balbuciou Luísa.

— Por que não?

— Por quê? Porque a desgraça aí está para desmentir o seu sonho, Cabeleira.

— Olha, Luisinha. Os homens me deixarão logo que eu não os ofender mais. Não sei ainda trabalhar, mais hei de saber. Tu me ensinarás, e eu aprenderei.

O Cabeleira disse estas palavras com a ingenuidade e doçura de uma criança. Luísa não se pôde conter; correu a ele, e pela segunda vez o apertou em seus braços e cobriu com as suas lágrimas. Ele abraçou-a e beijou-a com a efusão do primeiro amor que, depois de longamente adormecido, desperta de súbito com as energias que cresceram durante o sono, e se fizeram forças invencíveis.

— Ali adiante — disse o Cabeleira apontando para um embastido de árvores que aparecia ao pé de um serrote —, poderemos passar a noite, a nossa primeira noite de noivado.

Luísa estremeceu, e suspirou. Se não se tivesse arrimado ao braço do bandido, teria caído.

— Triste noivado, Cabeleira, triste noivado, que se cobre de prantos e luto.

— Não te amofines assim. O Cabeleira não é mais o assassino, Luisinha. O ladrão, o matador já não está aqui ao pé de ti. Quem aqui está é um homem que quer ser um homem de bem.

Deram o andar para o lugar indicado.

A este tempo o sol tinha desaparecido, e o horizonte estava já envolto nas sombras precursoras da noite. Nem leve brisa movia as folhas dos matos mudos e quedos.

Os perfis das árvores solitárias desenhavam-se, no fundo do pavoroso ermo, como perfis de fantasmas.

Os fugitivos entraram no embastido, e depois de alguns passos deram em uma clareira, espécie de asilo reservado pela natureza aos peregrinos que vagam sem rumo e sem guia.

Uma fogueira foi logo improvisada para terem luz durante a noite e evitar que se aproximassem as onças cujos uivos medonhos começaram a repercutir nas quebradas e gargantas das serras.

Procurava o mancebo galhos secos para entreter o fogo, quando, ao pé de uma árvore que se levantava a um lado da clareira, deu com uma tosca cruz de pau cravada na terra.

Era quase noite e, no meio das sombras crepusculares, confundiu ele ao princípio, o emblema da redenção com um tronco de árvore cortada por algum viajante transviado, ou despedaçada pela tormenta.

Quando reconheceu o sagrado emblema, o Cabeleira, suspenso pela surpresa, sentiu-se abalado ao mesmo tempo por uma comoção desconhecida. No lugar ocupado pela cruz tinha ele assassinado um ano antes um marchante de gados para lhe roubar o dinheiro que trazia da feira em Santo Antão.

O bandido voltou o passo atrás horrorizado e correu em busca da moça, gritando, como um menino:

— Luisinha!... Luisinha!...

A moça, aflita sem saber por quê, lançou-se ao seu encontro e o recebeu em seus braços.

— Ninguém te há de tirar daqui — disse ela, suspeitando que o queriam prender. — Não, não, tu me pertences. Deus ajudou-me a pôr-te no caminho do bem. Ninguém tem mais o direito de te perseguir.

— Eu o vi lá outra vez, Luisinha. Ele olhou-me silencioso e triste.

— Ele quem? — perguntou ela.

— O marchante; o velho a quem assassinei para roubar. Lá está ele com os cabelos brancos ensopados em sangue.

— Meu Deus! Meu Deus! — exclamou a moça. — Cometeste ainda um assassinato, Cabeleira? Meu Deus, quanto sou infeliz!

— Não, não foi agora; faz um ano; foi ali, junto do jatobá. Olha; não vês aquela cruz de pau enterrada no chão? Foi aí que matei o sertanejo.

É impossível descrever a comoção de ambos. O sítio, a hora, tudo concorria para dar à impressão uma intensidade que ia ao fundo do coração, à medula dos ossos.

— Estou me lembrando de tudo — prosseguiu o bandido. — Eu estava sentado, com o clavinote atravessado nas pernas debaixo daquele pé de pau. Ouvi as pisadas de um cavalo, e o estralar de garranchos e cipós que se quebravam. Meti-me um pouco mais para dentro, a fim de ver, sem ser visto, quem é que vinha. Eu estava com fome, e não tinha dinheiro nenhum. "Se fosse um homem que trouxesse dinheiro — pensei eu — estava muito bem!". Neste momento o cavaleiro passou por diante de mim. Trazia chapéu novo, um gibão de pano fino azul, botas lustrosas e esporas de prata; montava um cavalo ruço-pombo, gordo e passeiro. Conheci logo que era um marchante. Levei o bacamarte ao rosto, e quando o cavaleiro quebrou ali à direita para tomar o vau do rio, fiz-lhe fogo na cabeça. Corri com a minha faca na mão ao lugar onde ele havia caído. Estava morto; a bala tinha-lhe entrado ao pé da orelha direita e saído acima do olho esquerdo. Ambos os olhos estavam da banda de fora, o cabelo e a barba nadavam em sangue. Tirei-lhe um maço de patacões que trazia em um dos bolsos do gibão, o punhal aparelhado de prata, os botões de ouro, o relógio e as esporas; e meti-me no mato virgem.

Luisinha mal pôde ouvir esta história que foi rapidamente contada, com vivas e medonhas cores.

— Misericórdia, Senhor! — exclamou ela.

— Ele lá está, Luisinha, de pé, com o chicote na mão, olhando para mim com seus olhos mortos, à flor da cara.

A moça meditou um momento.

— Vamos — disse por fim, encaminhando-se para a sepultura —, vem comigo.

— Oh! não; aquela visão me aterra. Nunca tive tanto medo, eu que vi imensos cadáveres banhados em sangue aos meus pés.

— O medo passará em um instante, Cabeleira.

— De que modo, Luisinha?

— Vamos. Vem rezar comigo em cima da cova ao pé da cruz.

— A rezar?

— Assim que tiveres rezado um padre-nosso e uma ave-maria em tenção do morto, sua alma desaparecerá de tua vista. Vamos, Cabeleira.

O bandido deixou-se ir a modo de arrastado pela moça que parecia, com seu vestido azul e seu lenço branco, passado em torno do pescoço, o anjo da prece na solidão.

Ajoelharam-se ao pé da cruz, Cabeleira com a face quase oculta por seus longos cabelos negros, Luísa com a cabeça erguida, e os olhos postos na frouxa claridade do sol que se desvanecia na abóbada celeste. Defronte deles a cruz ressequida, solitária e muda testemunhava aquela cena com a solene indiferença dos símbolos sagrados que é muito mais expressiva e eloquente para os seus crentes do que as vozes da mor parte dos sacerdotes da respectiva religião.

— Reza, Cabeleira — disse a moça ao matador assombrado.

— Ai, Luisinha! Não sei rezar! — disse ele com voz tão sentida e magoada que indicou a pena profunda que lhe cortava o coração.

Ele estava na realidade comovido até às entranhas. Superexcitado pela falta de alimentação, pelo cansaço da jornada, pelo calor do dia, pelas recordações que o afligiam de envolta com o remorso incipiente, via a cada canto a terrível visão reproduzida na clareira, na selva, nos ares, finalmente em toda parte aonde volvesse os pávidos olhos.

— Eu te ensinarei — redarguiu Luisinha. — Dize comigo.

A moça principiou então em voz alta o padre-nosso.

A voz do bandido, ao princípio titubeante e temerosa, foi-se pouco e pouco animando, e elevando.

Quando houveram de passar à ave-maria, o Cabeleira tinha já os olhos pregados na cruz, e a fé, que começava a germinar em seu espírito, elevava-o insensivelmente a regiões desconhecidas, onde, sem que ele pudesse explicar como, lhe davam a respirar confortos que só podiam ser celestiais.

Da ave-maria passaram à santa-maria e desta à salve-rainha.

Em cada uma das palavras destas orações achava o bandido uma beleza nova e insinuante que lhe despertava delicioso sentir.

Seu espírito, que durante vinte anos só conhecera ideias de sangue e morte; seus ouvidos, afeitos a escutarem palavras licenciosas, insultos, arrogâncias, queixumes e maldições, recebiam agora doces expressões que anunciavam uma consoladora existência superior.

Do pavor, que trouxera aos pés da cruz, passara a uma fortaleza de ânimo quase invencível.

Antes de se levantar volveu os olhos em torno de si e não viu mais a visão que o amedrontara havia pouco.

— Oh! Luisinha, como é poderosa a oração! — disse ele. — Minha mãe, que tantas vezes pôs as suas contas nas minhas mãos, bem sabia que a oração tem mais força do que os homens e vence todas as armas. É por isso que me ensinava a rezar, a mim que só aprendi a tirar a fazenda e a vida dos meus semelhantes.

Datou desse feliz momento o arrependimento do Cabeleira.

Depois de oferecidas estas orações, levantaram-se os fugitivos, e foram depor cada um seu beijo aos pés da cruz do ermo.

No bandido já não havia o assassino, havia um espírito contrito, um coração cheio do temor de Deus. Uma mulher fraca, tendo ao seu serviço unicamente a benevolência natural, a perseverança, as lágrimas e um passado quase desvanecido, havia operado uma conversão com a qual poderia legitimamente orgulhar-se um verdadeiro apóstolo do cristianismo.

Com sua luz suave enchia o deserto o astro das recordações e da saudade. O céu estava azul e estrelado. As brisas da noite começavam a mover as folhas do bosque, onde os silvos das cobras, os pios das aves erradias, os uivos dos animais carniceiros formavam lúgubre e medonha orquestra.

Luisinha caiu em uma espécie de sonolência e pouco depois sentiu perturbação mental, e veio-lhe delírio, durante o qual deixou escapar palavras desconexas. A febre que a devorava tinha aumentado com a excessiva fadiga, e com a intensidade das impressões do dia. Cabeleira estendeu por cima dela a sua véstia de couro e, profundamente comovido, foi sentar-se ao pé da fogueira para não a deixar extinguir-se, e para impedir que se aproximassem as onças que não cessavam de ulular em derredor deles, ameaçando devorá-los. A vida no deserto está exposta a perigos, que mal compreende o que não nasceu no meio deles; só os compensa a liberdade que se depara em qualquer dos gozos que aí se logram.

Pela madrugada ele adormeceu ao peso da fadiga e ao silêncio que foram fazendo em torno de si as feras. Quando acordou era quase dia. Os passarinhos cantavam com o entusiasmo que desperta em todos os corações o raiar de um dia de verão no seio da natureza.

Seu primeiro cuidado foi saudar aquela a quem devia a ressurreição de sua alma, outrora em trevas aflitivas, agora inundada do suave clarão da piedade cristã.

— Luisinha, acorda — disse ele. — A manhã está fresca. Os passarinhos cantam. A viração tem os cheiros do deserto.

Aproximou-se de Luísa, tomou-a nos braços, conchegou-a ao seio, e depôs-lhe nos lábios um beijo de amor. Os lábios da gentil menina estavam frios, seu corpo gelado. Luísa não pertencia mais a esta vida.

Reconhecendo a cruel realidade, o bandido deu um grito de dor que atroou a imensa solidão como urro de touro selvagem.

— Morta! Morta! Luisinha!

O cadáver da moça escapou-lhe dos braços, mas logo o bandido caiu de joelhos aos pés desse corpo inanimado, com o qual tinham falecido todas suas esperanças e felicidade.

— Luisinha, responde-me — disse ele. — De que morreste, meu amor?

Levantou-se, deu alguns passos a esmo, e tornou ao leito de ramos que tinha servido de leito de morte à virgem dos seus pensamentos.

Pegou-lhe das mãos, que beijou uma, duas, inúmeras vezes, examinou-as, examinou o rosto da infeliz, e só encontrou aí os vestígios do trânsito final. Tudo estava acabado para ela. Foi esta a verdade cruel que ele viu traspassado de uma pena que não se descreve, e que só ele sentiu nesta vida.

Sentou-se no chão e suspendeu o cadáver para o atravessar sobre os joelhos. Um galho da árvore que com sua folhagem havia abrigado a moça durante a noite, afastou-lhe o lencinho branco que lhe envolvia o pescoço, e indiscretamente descobriu aos olhos do consternado amante seus seios virgens.

Ao vê-los, soltou este nova exclamação de dor. A chama que Luísa, para salvar Florinda do incêndio, transpusera a noite anterior, havia deixado uma só chaga no lugar onde a natureza tinha dotado com um cofre de graças e perfeições peregrinas.

— Queimada! Oh! Luisinha, que sofrimento não foi o teu! Que dores não suportaste em silêncio, desgraçada criança! E como fico eu sem ti, meu amor? Ai de mim, Luisinha! Ai de mim!

O ânimo varonil, que sempre se mostrara inteiro e imoto, agora agitado por comoções tão violentas, dobrou-se enfim e deu larga prova da fragilidade humana. Dos olhos do bandido irrompeu uma torrente de lágrimas. Soluços, como animal bravio, escaparam de seu peito e ecoaram pela imensidade ainda em grande parte adormecida. Havia quinze anos que esses olhos não choravam diante dos mais tristes e lastimosos espetáculos.

— Que noivado o meu! É o noivado do assassino! Oh! meu Deus!

De repente do lado do rio soou um clarim.

À dor sucedeu o susto, e depois o terror no ânimo do desgraçado mancebo. Só, sem armas, arrependido de toda sua vida de crimes, que restava ao Cabeleira naquele doloroso transe?

O clarim soou mais perto, e com as vozes deste instrumento chegou aos ouvidos do mancebo um retintim de espadas e facões que indicava, junto com as sobreditas vozes, a existência de um corpo militar por aquelas bandas. Andava de feito por ali um dos piquetes do regimento de Cristóvão de Holanda, o qual, depois de ter batido algumas matas suspeitas, se recolhia à vila, donde havia partido na noite imediata.

Cabeleira depôs o cadáver de Luísa sobre os ramos, e afastou-se para dentro do mato não sem novo sobressalto, à vista do risco em que se achava.

Depois de ter desaparecido, voltou novamente, e suspendeu em seus braços o corpo com o intuito de conduzi-lo consigo para dentro da espessura. Mas quando ia a entrar aí com o triste resto do seu tesouro, um homem apareceu na extremidade da clareira. Era o Marcolino que, havendo se encontrado com o piquete ao cair da tarde anterior, relatara o que havia acontecido junto da vazante, e se oferecera para o guiar no rumo do fugitivo.

Este, vendo que a sua vida estava em perigo, e que a perda de um momento podia ser-lhe fatal, resignou-se a deixar o precioso despojo, e internou-se de uma vez no mato.

Com pouco uma companhia de soldados penetrou no pouso onde Marcolino já havia dado com o corpo de Luísa.

— Cheguem, cheguem depressa. Dormiu aqui o assassino. Ali está a fogueira ardendo ainda, e aqui a sua própria companheira, que ele deixou morta. Ah! malvado!

Os milicianos rodearam o cadáver de Luísa sobre cujo rosto não seria difícil descobrir ainda vestígios das lágrimas do desgraçado mancebo.

— Perverso! Perverso! — exclamaram alguns deles indignados do que viam, mas não sabiam.

— Não satisfeito de ter matado mulheres e meninos no fogo, veio tirar aqui a vida a sangue frio àquela que o quis acompanhar.

— Não percamos tempo — observou Marcolino. — Ele deve estar perto daqui. Vamos, minha gente, vamos descobrir o assassino enquanto ele não nos escapa.

— É verdade. Alto frente. Toca a corneta, Tiririca.

— Não toques, que se o Cabeleira nos ouvisse, ninguém mais lhe punha o olho em cima, quanto mais a mão.

— Se não fosse esta corneta, já tínhamos pegado o cabra — observou Marcolino.

— Qual cabra nem meio cabra. Aquele que tem de pegar o Cabeleira está ainda por nascer.

E entraram na espessura.

Capítulo XV

O Cabeleira desapareceu no mato como desaparece o peixe no seio da corrente caudal.

Os milicianos, bem que homens igualmente rústicos, e conhecedores das florestas, não tinham todavia o longo uso da espessura, uso que, ainda neste particular, tornava superior a eles o valoroso malfeitor.

Espalharam-se em diferentes direções, a esmo, sem plano, e por isso sem probabilidade de bom resultado.

O piquete não era numeroso, e vinha quase debandado quando o encontrou o Marcolino que denunciou o ponto onde havia deixado o fugitivo.

Poucos deram crédito às palavras do matuto, e só por desencargo da consciência alguns se prestaram a dar a busca que ele propôs, e que, a seu parecer, não podia deixar de sortir o desejado efeito.

Gastaram quase o dia inteiro na diligência.

Por fim, dissuadidos de descobrirem o assassino, cada um tomou o caminho mais curto para sua casa, dando alguns ao diabo o Marcolino por tê-los feito andar para dentro e para fora do mato inutilmente, e acreditar em esperanças que não se realizam.

— E veio você fazer-nos perder mais um dia, compadre Marcolino — disse um dos milicianos, aborrecido e fatigado do infrutífero lidar. — Nem você chegou a ver o Cabeleira. Viu algum tangedor de cachos compridos, é já pensou que era o mameluco.

— Eu não digo uma coisa por outra. Vi-o com estes olhos que a terra fria há de comer. Falei com ele como estou falando com você agora. Lá o ele ter voado como passarinho, ou ter-se metido pela terra adentro como tatu ou jararaca, é caso à parte.

— Você viu periquito e cuidou que era arara ou canindé — replicou o miliciano.

— Compadre, você está fazendo pouco em mim. Ora deixe-se disso, que eu não sou de lérias, como você bem sabe. É tão certo que vi o Cabeleira, que até lhe tomei o cavalo que ele me havia furtado, o meu alazão.

— Pois então, pode montar no seu alazão e voltar à casa. Dê lembranças à comadre Maria e lance a bênção a meu afilhado Cazuza. Se encontrar outra vez o Cabeleira, dê-lhe um abraço por mim, um beliscão e uma boquinha.

— Eu, se tivesse ainda o meu alazão, juro-lhe que havia de desencavar o Cabeleira, ou com a vida ou com a morte.

— E que fim levou o seu quartau?

— Espaduou de muito andar. Parece que desde a hora em que o maldito demo o tirou do meu quintal não soube mais o que era comer nem beber, e andou num cortado.

— Se você quer servir-se do meu cavalo castanho, ele nos está ali ouvindo. Desta vez estou falando sério.

— Onde está ele?

— No sítio do Felisberto, aonde o mandei com um costal de mandioca.

— Pois aceito, meu compadre, a sua proposta. Hei de mostrar-lhe que o que digo, digo. Se eu não descobrir neste matão, ou por estas beiradas de rio o Cabeleira, hei de saber notícias dele seja onde for. Também de uma coisa tenha você certeza: quando ouvir sua mulher dizer: "Aí vem o compadre Marcolino no cavalo castanho" fique logo sabendo que, se eu não deixei o Cabeleira na embira, o deixei no buraco.

Os dois matutos achavam-se na margem esquerda do Capibaribe.

Na margem oposta levantava-se, entre umas laranjeiras e uns oitizeiros, uma casa de bom parecer. Era a casa de Felisberto.

Eles atravessaram a vau o rio, e foram ter à graciosa habitação, que no meio daquele deserto atestava a existência de uma civilização rudimentar no lugar onde havia caído, sem tentativa de proveito para a sociedade que o sucedera, o gentilismo guarani digno de melhor sorte.

Do alto onde fora construída a habitação via-se o rio que corria na distância de umas dezenas de braças, e desaparecia por entre umas lajes brancas no rumo de leste; do lado do ocidente mostravam-se as lavouras de Felisberto desde as proximidades da casa até onde a vista alcançava.

Felisberto aplicava-se quase exclusivamente à cultura da roça. No perímetro de vinte léguas em derredor era o lavrador que desmanchava mais mandioca no fabrico da farinha, que era de tão boa qualidade que competia no mercado do Recife com a farinha de Moribeca, já então afamada. Havia anos em que ele mandava para o Recife cerca de 200 alqueires.

Um negro, uma negra, duas negrotas, e três molecotes filhos dos dois primeiros faziam prodígios de valor na cultura das terras. Amanheciam no cabo da enxada e só se recolhiam quando faltava uma braça para o sol se esconder no horizonte. Estes escravos viviam porém felizes tanto quanto é possível viver feliz na escravidão. Não lhes faltava que comer e que vestir. Dormiam bem, e nos domingos trabalhavam nos seus roçados. Em algum dia grande faziam seu batuque, ao qual concorriam os negros das vizinhanças.

Quando o Felisberto se casou com a filha de Lourenço Ribeiro, mestre de açúcar do engenho Curcuranas, teve a feliz ideia de ir estabelecer-se naquele sítio que comprara com algumas economias que lhe legara um tio que vivera de arrematar dízimos de gado. Essas economias deram-lhe também para comprar duas moradinhas de casas e o negro André. Com a negra Maria, que a mulher lhe trouxera em dote, casou Felisberto o seu negro, na esperança de que em poucos anos a família escrava estaria aumentada, e por conseguinte aumentada também a fortuna do casal. Essa esperança foi brilhantemente confirmada.

Felisberto não estava em casa à chegada dos dois matutos. Havia ido à vila a negócio e ninguém sabia quando ele estaria de volta.

Eles tiraram para a casa de farinha, que ficava a um lado da casa de morada, e apresentava nesse momento um aspecto que não era o usual.

Estava-se fazendo farinha para ser a toda pressa mandada ao Recife, onde a grande falta que havia deste gênero assegurava pingue lucro ao vendedor.

Frutos do trabalho honesto e esforçado, o qual é sempre favorecido pela Providência, não tinham sido de todo destruídos pela grande seca os roçados do Felisberto. Ele já enumerava muitos prejuízos, mas olhando em torno de si via ainda muito com que contar na tremenda crise que reduzira o geral da população da província a extrema penúria.

Era quase noite, e ainda chegavam animais com caçuás cheios de mandiocas que eram despejados nas tulhas já formadas destas raízes.

Mulheres sentadas pelo chão ou em cepos, ao pé dessas tulhas, tiravam as mandiocas uma a uma, e as iam raspando a quicé, e atirando depois dentro de cestos que eram conduzidos para junto das rodas a fim de serem elas passadas pelos ralos que circulam estas.

A casa de farinha não era mais do que um vasto alpendre aberto por todos os lados e coberto de palhas de pindoba.

No centro via-se o forno onde tinha de ser cozida a massa já apertada pela prensa e livre da manipueira. Parte dela porém, tanto que saía do pé das rodas, era lavada em gamelas e alguidares onde deixava o resíduo ou goma para os beijus e tapiocas.

A prensa estava armada a um dos lados do alpendre; no outro viam-se as duas ordas que não cessavam de girar. Quando cansavam os matutos ou escravos que as moviam, eram logo substituídos por gente fresca.

Os dois matutos, ali bem conhecidos, foram saudados pelas pessoas que estavam trabalhando e, como é costume em tais ocasiões ainda hoje, trataram eles de concorrer gratuitamente com o auxílio dos seus braços descansados, o que a muitos não deixou de ser agradável.

— Venha para cá, *seu* Marcolino. Pegue no veio da roda, e desmanche-me esta mandioca que está custosa de acabar — disse um.

— E eu ponho de boa vontade em sua mão, Marciano, este rodo. Não precisa mexer muito a massa; o forno não está muito quente e não há risco de queimar-se a farinha — disse outro.

— Prepara os beijus, Mariquinhas — disse o Marciano a uma rapariguinha morena e cacheada que, com as mangas arregaçadas, lavava em um alguidar uma porção de massa.

Mariquinhas sorriu e continuou no seu trabalho que lhe absorvia toda a atenção.

Pouco depois chegaram dois cunhados de Felisberto, que tinham feito parte do regimento volante da freguesia.

— Então, que fizeram? — perguntaram muitos a uma voz logo que os viram entrar.

— Nada. Vocês pensam que pegar o Cabeleira é o mesmo que raspar mandioca, ou comer farinha mole?

— Não o viram nem com os olhos, *seu* Quinquim?

— Qual, senhor! Cabeleira de minha vida!

— Encontramos muita onça, e muita cascavel, mas do Cabeleira nem novas nem mandado. Há quem diga que ele a esta hora já está nos sertões dos Cairiris.

— Qual Cairiris, senhor! Amanhã hei de dar com esse dunga — disse o Marcolino.

— O compadre Marcolino jura que o viu hoje junto das cachoeiras do rio — acrescentou o Marciano.

— Mas não nos mostrou o cabra durante todo o dia — respondeu Agostinho.

— Está bem, senhores, não falemos mais nisso. Os senhores estão desfazendo agora no meu dizer, talvez amanhã a coisa já seja outra. Eu sou um pé rapado, é certo, mas muito verdadeiro.

— Ninguém duvida de sua palavra, Marcolino.

Um negro que estava metendo lenha no forno, virou-se então para o matuto e, de improviso, lhe dirigiu este verso:

Vosmecê, seu Marcolino,
Vai atrás do Cabeleira?
Se quiser pegar o cabra,
Monte na besta fouveira.

Ainda bem não tinha terminado o seu repente, quando um caboclo que, a um canto do alpendre estava lavando em um cocho uma porção de mandioca, se saiu com esta resposta:

Monte na besta fouveira,
Ou no cavalo cardão,
Não há de pegar o cabra
No meio desse mundão.

Reinou então silêncio no alpendre para só se ouvirem os dois repentistas. Estava travado um desses desafios que são tão comuns nos sertões do norte e, muitas vezes, pela facilidade das rimas e originalidade dos conceitos, chegaram a oferecer versos que podem figurar entre os mais primorosos monumentos da literatura natal.

O negro replicou:

Se você gosta do bicho
Por que rouba, e mata gente,
Veja que alguém não lhe tire
As orelhas pra presente.

O caboclo respondeu:

Mete, negro, a tua lenha
No teu forno, caladinho;
Mas não te metas com homem;
Podes ficar sem focinho.

O negro:

Eu que sou negro nas cores
Mas não negro nas ações,
Se fosse atrás do malvado,
Cortava-lhe os esporões.

O caboclo:

Para o negro que se mete
Onde não lhe dão entrada
Não tem faca o Cabeleira,
Tem uma peia ensebada.

O negro:

Eu respeito a meus senhores
E senhoras que aqui estão;
Mas porém não levo em conta
Quem não teve criação.

O caboclo:

Caboclo do pé da serra,
Criado à beira do rio,
Eu sempre tratei com gente,
Porque sustento o meu brio.

O desafio, tão bem encaminhado, foi interrompido pela chegada de um cavaleiro. Era o Felisberto que voltava da vila.

A lida na casa de farinha continuou não obstante até alta noite entre risos e cantigas.

O luar inundava o vasto pátio do sítio, e ia pratear as margens e águas do Capibaribe.

Viração intermitente agitava as folhas das macaibeiras e dendezeiros que se levantavam pela extrema das terras de Felisberto.

Cortava os ares o suave murmúrio das águas casado com o canto monótono dos curiangos, que pulavam pelos caminhos.

Pela madrugada, o Marcolino montou no cavalo castanho, atravessou o rio, e meteu-se no vasto deserto, ainda adormecido. Como quase todos os homens rústicos, era caprichoso, e entendia que se não cumprisse a sua palavra, solenemente empenhada, ficaria sendo o ludíbrio de todos os que o conheciam. Preferia a este extremo, morrer de fome e sede no mato, ou comido das onças, coisa em que, para dizermos, pouco cuidava. Todas suas ideias estavam voltadas para um centro único: descobrir o Cabeleira. Era este o seu ponto de honra.

Sabendo que o Cabeleira ordinariamente quando se ausentava das matas de Santo Antão, aparecia nas de Pau-d'Alho, tomou a direção desta povoação.

Pau-d'Alho fazia então parte da freguesia de Iguaraçu, da qual foi desmembrada em 1799 para ser elevada a freguesia por proposta do visitador Joaquim Saldanha Marinho, nome que traz hoje com invejável brilho um dos maiores espíritos que conta o Brasil moderno. Passou a vila por alvará de 27 de julho de 1811, e a comarca pela lei provincial de 5 de maio de 1840.

Marcolino subiu pela margem do Capibaribe, e antes do meio-dia entrou na povoação que fica em terreno plano à beira deste rio. Nada lhe constou a respeito do Cabeleira.

Demorou-se o tempo estritamente necessário ao descanso do cavalo, e quando o sol quebrou pôs-se novamente a caminho para Goitá, que fica quatro léguas distante de Pau-d'Alho, e nesse tempo era um lugarejo de nenhuma importância, pertencente a Santo Antão.

Há loucuras transitórias que por tal modo revolucionam o espírito do homem, que o tornam capaz, assim de grandes baixezas, como de virtudes ímpares. Feliz aquele que, sob a influência de loucuras semelhantes, põe os seus esforços e sacrifícios ao serviço da humanidade ou de uma causa nobre.

Marcolino estava possuído de uma dessas loucuras.

Sem o pensar nem querer, tinha fatalmente arriscado a sua palavra, o seu brio, a sua honra. Estava apaixonado pelo lance, e era inevitavelmente arrastado a seu destino.

Deixando mulher e filhos, em duelo com a necessidade, vinha, como um cruzado, um peregrino, um apóstolo do bem, ou um visionário em busca de um ente que fazia tremer povoações inteiras, que preocupava o governo, que aparecia como fantasma, e desaparecia como uma sombra.

Este ente tinha à sua disposição o mato para o receber, os ecos para o avisarem da aproximação dos que o buscavam, os rios para encherem depois de sua passagem, as grutas para o esconderem, a natureza enfim para o disputar tenazmente aos homens, ao poder público, às leis, à justiça, ao próprio Deus segundo parecia.

À tardinha Marcolino estava no lugarejo. Debalde perguntou, debalde indagou. Não houve quem lhe desse novas do famoso bandido.

Aí pernoitou, mas não dormiu. Muito cedo meteu-se nas matas.

Ao cabo de dois dias, consumidos sem resultado, entrou a cair em si. A razão tinha-se libertado da alucinação que a prendera em suas redes de aço. À sua doce luz reapareceram os caminhos que as trevas da paixão tinham encoberto os olhos da vítima do sonho fatal.

Marcolino caíra em si no meio do deserto, ouvindo o rugir das feras, lutando com a fome.

Desanimado, envergonhado da sua fraqueza, resolveu voltar ao seio da família.

Então a imagem dos filhos e da mulher lhe apareceu na mente. Ele teve saudades da casa e quis partir à mesma hora; mas conhecendo os perigos a que se expunha se o fizesse, aguardou sôfrego a madrugada. Quando os horizontes começaram a desmaiar, e o brilho das estrelas a embranquecer, Marcolino pôs-se a caminho.

Estava inteiramente outro.

A vergonha cobria-lhe o rosto, o medo dominava-lhe o espírito, na consciência doía-lhe o remorso de haver, sem o menor interesse pessoal, desamparado mulher e filhos nas garras da miséria.

O dono da casa onde ele havia pernoitado dois dias antes, ao qual devia, além desta, outras muitas obrigações, dera-lhe uma carta para ser entregue por ele ao senhor do Engenho Novo que de presente faz parte da freguesia de Pau-d'Alho, e pertencia naquele tempo a Goiana.

Quando Marcolino chegou a Pau-d'Alho, o cavalo estava cansado da viagem, e do mau passar durante ela. Para levar a carta a seu destino, teve o matuto de caminhar a pé. Ele viu nisso uma nova tribulação com que a sorte o punia da sua loucura.

Ao anoitecer, de um alto por onde passava o caminho antes de sair da mata que cercava o engenho pelo lado do sul, viu ele um homem correr gacheiro e cauteloso pelo aceiro afora, e entrar adiante no canavial.

Marcolino por um triz não caiu fulminado de espanto, sobressalto e satisfação ao mesmo tempo.

Tinha reconhecido nesse homem o Cabeleira.

Capítulo XVI

A fome obrigara o bandido a deixar o mato, como obriga as aves a emigrarem, e as feras cervais a deixarem seus covis.

Havia cinco dias que ele partira de Santo Antão, e três que não comia senão os escassos frutos que lhe dava a macaibeira, o ananaseiro bravio, o jatobá do deserto.

Uma tarde em que a fome e a fadiga o tinham prostrado, viu dentre umas touceiras de taquara onde se recolhera para cobrar ânimo, um cavaleiro que, havendo atravessado o rio, de força tinha de passar a poucos passos dele, em um cotovelo formado pela picada.

O cavaleiro era um velho e parecia-se mais com uma múmia do que com um ente vivo.

Tinha a pele grudada nos ossos, e seu corpo apresentava ângulos e retas de dureza escultural.

O cavalo não tinha melhor parecer do que seu senhor. Era uma armação óssea, informe, pesada, cadavérica e triste.

Trazia o velho tão caída a cabeça para diante, que quase chegava com o queixo recurvado ao cabeçote da cangalha. O cavalo, parecendo ceder à mesma lei que o cavaleiro, por vezes varria com os beiços coriáceos o pó do caminho. Essa lei era a lei da fome.

"Este velho, pensou o Cabeleira, traz pelo menos farinha nos caçuás. Vou tomar-lhe para mim, e se ele não quiser entregar-me a sua carga, corto-lhe a garganta."

Empunhou o pedaço da faca, única arma que lhe restava do terrível *cangaço* de outrora, e quando o velho confrontou com ele, saltou-lhe ao cabresto do cavalo. Este parou de muito boa vontade, enquanto seu dono, sem se mostrar aterrado nem sobressaltado, disse ao bandido:

— Guarde-o Deus, meu senhor — saudação que até bem pouco tempo se ouvia no sertão.

Quando estava para fazer a terrível intimação, sentiu o Cabeleira faltar-lhe força para suster o cabresto, tremeram-lhe as pernas, vacilaram-lhe os pés. Seus olhos tinham dado com a imagem de Luísa, de joelhos na beira do caminho com as mãos postas, os olhos suplicantes, tristes, e chorosos, voltados para ele. Pareceu-lhe até ouvir as seguintes palavras:

— Não o mates, Cabeleira.

Esta ilusão era efeito da sobre-excitação nervosa, produzida em todo o seu organismo pela falta de alimentos, pela dor moral que lhe causara o trânsito da moça, ou talvez pela profunda revolução que antes de ter ela falecido havia obrado nos seus instintos, ideias, e hábitos, o sentimento destinado a redimi-lo do erro, e do crime — o amor.

Foi tão profundo e violento o abalo que experimentou ao ver aquela doce efígie (a qual ele julgava ter desaparecido para sempre de seus olhos), que irresistivelmente lhe escaparam dos lábios estas palavras:

— Não o matarei, meu amor; não o matarei.

Mas não foram somente as palavras que lhe escaparam violentamente dos lábios; dos olhos lhe saltaram também lágrimas espontâneas, que ele não pôde reprimir.

E como para dar plena satisfação àquela doce imagem que se atravessava diante dele no momento em que um crime estava a ser cometido por sua mão, Cabeleira atirou dentro de uma grota que ficava do outro lado da picada o resto da arma de que estivera pendente a vida do pobre velho.

Este, acordando novamente do profundo abatimento que pesava sobre todos seus membros, dirigiu outra vez a palavra ao bandido:

— Camarada, estou pronto para servi-lo.

— Há três dias que não boto na minha boca um punhado de farinha — disse José. — Traz você aí alguma coisa que me queira dar para comer?

— É seguramente meio-dia, meu senhor — disse o velho erguendo a custo os olhos ao sol para se certificar da hora —; amanhã pela manhã fazem quatro dias que este corpo velho, que o senhor está vendo, não sabe o que é comer. Dou a Deus por testemunha da minha verdade.

— E que é que traz dentro destes caçuás? — perguntou-lhe o Cabeleira.

— Pode ver o que trago. Nada. Tinha uma filha solteira, outra viúva e três netinhos. Veio a peste e levou-me as duas filhas em menos de oito dias. Não tendo recurso nenhum para acudir às minhas necessidades, saí a pedir. Fui à casa de meu compadre, que mora na Ladeira Grande; o compadre tinha morrido das bexigas, e a mulher estava para entregar a alma a Deus; o gadinho que possuía desaparecera com a seca; alguma criação que ficara no terreiro, tinha sido comida pelos magotes de gente, que vem aí em retirada, caindo aqui, morrendo acolá de fome, só de fome. Achei no pátio da propriedade este cavalo velho, que me vai arrastando até à casa. Sabe Deus se lá chegarei, ou se não ficarei no caminho, sem ter visto meus pobres netos ainda uma vez antes de morrer.

— Está bom, meu velho; vá seguindo seu caminho. Você é mais necessitado do que eu.

— Não da graça de Deus, senhor — disse o velho.

O Cabeleira entrou de novo no tabocal.

O abalo que a visão lhe causara, o espetáculo de miséria que lhe descrevera o velho, miséria muito maior do que a sua, deram-lhe forças para prosseguir na peregrinação.

No dia seguinte entrava ele nas matas de Goitá, seu mundo virgem, em cujo seio, talvez pela razão de lhe consagrar entranhável afeto, se considerava o mais seguro e feliz dos mortais.

Deitou-se e dormiu.

Quando acordou sentiu que consigo havia acordado, mais devoradora e cruel, a fome que o tinha prostrado por terra na véspera.

Depois de ter levado quase todo o dia em vão à caça de algum fruto silvestre, deu com a vista, no meio de uma aberta que fazia a mata, sobre os estendidos canaviais do Engenho Novo.

Da lomba, onde havia parado, desceu rapidamente à orla da floresta.

Era quase noite.

Alongou os olhos pelas imensas quebradas onde a cana acamava, e só viu um mundo de verdura que lhe acenava com doces presentes.

Ah! ele podia passar meses dentro desse mundo, sem que o vissem, e sem risco de ser devorado por animais ferozes. Era uma região amiga a que se lhe abria diante dos olhos.

A planta que estava destinada a ser mais tarde a base principal da fortuna e riqueza de um vasto império; essa planta abençoada que dali punha à sua disposição nutritivo e precioso suco oferecia-lhe também proteção à sombra da sua basta folhagem. Podia ele, pobre foragido, refazer as forças no seio dessa solidão generosa que lhe daria a sorver licor, suavíssimo, como o que mana de um seio maternal.

Cabeleira, rápido como um jaguar, pôs a cabeça de fora do mato, olhou, observou, e, nada vendo, atravessou o aceiro e penetrou no canavial.

Achando-se já dentro, voltou-se e observou de novo. Não viu viva alma. Do outro lado do aceiro estava a floresta virgem, donde ele havia saído. As sombras do lusco-fusco cobriam as montanhas, as quebradas, os vales, todo o retiro enfim. Em torno dele, e além das folhagens, além das planuras até onde pôde chegar com a vista e com as ouças, só viu a solidão profunda, só ouviu o silêncio absoluto da natureza.

Ia adiantada a noite quando ele terminou sua refeição.

A lua discorria suavemente, entre castelos de nuvens, na vasta campina celeste, e a viração ciciava brandamente no canavial onde deixava as fragrâncias que, como abelha da noite, trazia do pau-d'arco da mata próxima em suas asas sutis.

Cabeleira pôs nos ombros as últimas das canas que quebrara e tomou a aberta por onde havia entrado. Mas foi logo obrigado a voltar sobre seus passos para não ser visto por dois negros do engenho que estavam defronte da abertura da camarinha.

O canavial não tinha somente esta saída. Mas qualquer delas para onde encaminhou seus passos se lhe mostrou tomada por escravos do engenho.

O Cabeleira achava-se tão longe de pensar que o guardavam, que acreditou, para explicar o que seus olhos descobriram, que os negros faziam *quinguingu* ao luar como de costume.

Deitou-se, e o sono que dormiu foi profundo e reparador. Se tivessem penetrado no lugar onde ele adormecera tê-lo-iam prendido sem dificuldade, como se fora uma criança.

Raiou enfim o dia com seu cortejo de luz e movimento.

O sol despertou o bandido com um raio que lhe enviou por entre a folhagem. Não para sair, mas unicamente para observar, o Cabeleira aproximou-se, sem fazer ruído, da primeira abertura que se lhe oferecera. O que então viu deu-lhe ideia da triste realidade que ele estava longe de suspeitar, mas que o abraçava como um círculo de ferro. Não estavam guardadas as saídas por negros como durante a noite, mas por sentinelas militares. Cedo seus olhos reconheceram que uma linha compacta de soldados cercava todo o canavial, donde não poderia sair um rato contra a vontade deles.[1]

---

[1] A trova popular diz:

> *"Meu pai me chamou:*
> *— Zé Gomes, vem cá;*
> *Como tens passado*
> *No canavial?"*
>
> *— "Mortinho de fome,*
> *— Sequinho de sede,*
> *— me sustentava*
> *— Em caninhas verdes."*
>
> *— "Vem cá, José Gomes,*
> *— Anda me contar*
> *— Como te prenderam*
> *— No canavial."*
>
> *— "Eu me vi cercado*
> *— De cabos, tenentes,*
> *— Cada pé de cana*
> *— Era um pé de gente."*

Oh! como apareceu carregada aos olhos do infeliz mancebo aquela doce natureza, onde acreditara que poderia estar ao abrigo da perseguição dos homens, e da fatalidade da sorte!

— Estou perdido para sempre — pensou ele. — Cercado por todos os lados, sem companheiros que me auxiliem na evasão, sem uma arma com que possa abrir passagem entre os que me cercam, não poderei salvar-me.

Seu espírito caiu em profunda meditação.

O canavial estava literalmente sitiado. No mesmo instante em que soube, por boca de Marcolino, que o Cabeleira tinha passado do mato ao canavial, o senhor do Engenho Novo reunira a fábrica passante de trezentos negros e os mandara pôr-se de guarda ao bandido.

Sem perda de tempo expedira o próprio Marcolino com uma carta participando o fato ao capitão-mor que se achava já então no seu engenho Petribu, e pedindo-lhe prontas providências.

Uma companhia completa de milicianos achava-se ainda de ordens ao capitão-mor que tinha em mente dar novo varejo nos matos, por ocasião de sua volta a Goiana. Essa companhia partira incontinente, tendo à sua frente Cristóvão de Holanda, para o lugar onde se tinha de verificar a importante diligência. Ordens terminantes foram expedidas durante a noite aos coronéis de ordenanças que se achavam mais próximos, a fim de que, antes do amanhecer, se achassem com fortes partidas no lugar indicado.

Um inimigo poderoso que houvesse batido às portas da freguesia, não teria motivado o movimento de tropas que se verificara nas doze horas daquela noite com prontidão que faz honra à disciplina militar daqueles tempos.

Pela manhã as paragens contíguas ao ponto assediado, figuravam um pequeno campo de batalha. Cerca de duzentas praças achavam-se ali reunidas, por que o assédio fosse sustentado com todo o rigor militar.

Ao cair da tarde um oficial ofereceu-se para penetrar no canavial com doze homens de sua escolha, assegurando que o bandido não viria a contar vitória.

Cristóvão de Holanda, tendo ouvido os seus coronéis sobre a proposta do destemido oficial, considerou-a inconveniente por dar ocasião à luta pessoal, da qual poderia resultar a morte do bandido.

Não havendo, para conseguir-se a rendição deste, outro meio que o assédio, foi este resolvido por unanimidade.

O Cabeleira tentou mais de uma vez iludir a vigilância das guardas durante a noite, mas em vão. Antes de escurecer essas guardas eram reforçadas, e a vigilância dobrava na proporção das facilidades que naturalmente a noite oferece para a evasão.

Passaram-se dois dias sem resultado. Ninguém, durante esse espaço de tempo, havia visto o prisioneiro. Começou-se a desconfiar de sua existência dentro do canavial.

Marcolino foi interrogado pela segunda vez, e declarou que tinha visto o bandido entrar ali, só e sem armas.

Esta última declaração veio aumentar a desconfiança geral. Não se pôde, com razão, explicar que o famoso assassino se houvesse despojado, para penetrar ali, de suas armas no momento em que mais se expunha à ação da justiça.

Marcolino, à vista destas considerações, às quais nada teve que opor, começou a descrer de si mesmo e a acreditar que seus olhos o tinham enganado. O desânimo, a tristeza, a vergonha, que já o haviam deixado, volveram a abatê-lo novamente.

Cristóvão de Holanda excogitava já um meio de sair com honra da situação em que se via, quando lhe lembrou mandar arrasar o canavial.

Toda a fábrica foi chamada incontinente ao lugar onde as foices afiadas tinham de abater em poucas horas a ridente floresta que durante quase três dias servira de pitoresca muralha ao Cabeleira.

Ele ouviu do centro da espessura onde estava, com o sangue frio, que é natural aos homens afeitos aos perigos, o rumor, ao princípio afastado, depois mais próximo, da queda dessas touceiras abençoadas a que devia o franco asilo que nunca encontrara entre os seus semelhantes.

O círculo foi-se estreitando gradualmente em torno do prisioneiro, com a rapidez de um incêndio que ao mesmo tempo avança da circunferência ao centro.

À proporção que as camadas iam caindo aos golpes dos possantes segadores, eram logo retiradas a fim de que se tivesse sempre desobstruída a passagem, e fácil fosse o acesso ao ponto objetivo.

As linhas militares, que mantinham o assédio, acompanhando o decrescimento do espaço que desaparecia aos olhos dos circunstantes, tornavam-se gradualmente compactas, fortes, impossíveis de romper.

A princípio acreditou-se, não obstante o que dissera o Marcolino, que o Cabeleira não estava desacompanhado.

A cada momento esperava-se ouvir a detonação de uma descarga de dentro contra a força que cercava o ponto. Quem não se considerou exposto ao punhal, à bala, à morte julgando ter através de frágeis plantas, um inimigo, se não uma companhia de inimigos amestrados na prática de todos os crimes?

Chegou enfim o momento dos negros descarregarem suas cortantes foices sobre o último renque de touças — aquele que separava do campo arrasado a vasta camarinha em que se acoutara o bandido.

Desapareceu de todo o verde tufo aos olhos dos circunstantes; as duas superfícies — a exterior e a interior — uniram-se como por encanto; o Cabeleira surgiu dentre as folhas com que pouco antes brincava a brisa, agora confundidas com as palhas secas, imagem, como aquelas, do seu perdido poder.

Serena e resignada tristeza cobria-lhe o rosto queimado pelo mesmo sol que naquele momento lhe beijava a face onde haviam deixado indícios das suas garras a dor moral e a fome. Caía-lhe sobre os ombros a basta onda de cabelos, cacheados ao longe, e mais negros do que a barba escassa e nova que atestava a sua pouca idade. Seu trajo era simples: véstia de couro surrado, camisa e calça que deixavam ver, através dos rasgões, o corpo de cor branca. O Cabeleira estava descalço, e tinha a cabeça coberta por um chapéu de palha de pindoba.

Quando se achou de súbito em presença da multidão, levou instintamente a mão ao chapéu, e descobriu-se.

Os mais animosos que haviam corrido a pôr-lhe as mãos para segurá-lo, tomando o gesto respeitoso que bem denotava o bom natural do bandido, por uma ameaça, ou meneio de agressão, recuaram amedrontados.

Cristóvão de Holanda Cavalcanti, sustentando os foros de uma estirpe que já se havia ilustrado em 1710, e que no Brasil independente estava destinada a figurar com o brilho, que sabemos, aproximou-se do bandido e com o ar e jeito grave que lhe davam a nobreza e a autoridade que revestia:

— É você o Cabeleira? — perguntou ele ao mancebo.

— Saberá V. Sª que sou eu José Gomes — respondeu ele sem hesitar nem subterfugir.

Uma centena de vozes confirmou esta resposta franca, completa, e própria do seu grande ânimo.

— José Gomes — disse-lhe Cristóvão pondo a mão direita no ombro do mancebo — você, pelos enormes crimes que tem cometido, está preso em nome da lei, e vai responder perante a junta de justiça.

Então, em conformidade da ordem dada por ele, um toque de corneta, que atroou a solidão, anunciou que o criminoso tinha caído nas mãos dos agentes da força pública.

— Gonçalo Pais — disse Cristóvão voltando-se para o seu ajudante — mande soltar o matuto, que denunciou o criminoso. Se este não fosse encontrado dentro do cerco, o denunciante pagaria com três tratos de polé a humilhação a que me houvesse exposto perante o governador. Como se verificou a sua declaração, será recompensado pelo régio erário, e recomendado à munificência del-rei nosso senhor.

Meia hora depois, Marcolino montado em fogoso cavalo baio, desapareceu com ar e jeito de quem alcançou grande vitória, no caminho de Santo Antão, a levar a notícia de uma prisão que salvara a sua honra, e com que ele se considerava coberto de glória.

Capítulo XVII

Grande concurso de povo tomava uma tarde uma das embocaduras da Rua do Amparo da ilustre vila de Goiana.

Depois de algum tempo chegaram de longe, do lado do Barro Vermelho, ao ponto da reunião os sons de um clarim, que logo cessaram para deixarem ouvir os rufos de um tambor.

A este sinal, sofregamente esperado, alvoroçou-se a multidão. As mulheres compuseram seus lenços no pescoço, os lençóis na cabeça, os cabeções de rendas, então muito em uso. As mães aconchegaram bem a si os filhos menores, que tinham pela mão; os pais foram ocupar seu posto, que não mais desampararam, ao pé das consortes e filhas, que se mostravam temerosas do que poderia vir a acontecer porque, em muitos dos circunstantes, à curiosidade se substituiu logo o terror pânico, difícil de vencer, e sempre contagioso e pegadiço.

A Rua do Amparo contava então uma só casa de sobrado.

Via-se na varanda deste Dona Leonor, mulher do capitão-mor. Seus belos olhos estavam voltados para o extremo da rua onde era tudo confusão e burburinho. Entre os anéis dos seus negros cabelos brilhavam ricas flores de ouro e coral, semelhantes a malmequeres e pitangas. Um vestido de seda azul, com ramos de rosas brancas que lhe subiam da fímbria à cintura, deixava adivinhar as formas admiravelmente corretas da nobre senhora, cuja gentileza impunha a todos preito com que se não daria mal uma princesa. A seu lado mostravam-se outras senhoras pertencentes às primeiras famílias da vila.

De repente ouviu-se de novo o clarim, a quem coube a distinção de anunciar a entrada da tropa com o grande prisioneiro.

A soldadesca rompeu por entre a multidão, e encaminhou-se à casa do capitão-mor.

Este vinha à frente do batalhão, e montava sua cavalgadura de estimação ricamente ajaezada. Ao lado do capitão-mor mostravam-se alguns coronéis de ordenanças.

O prisioneiro aparecia no centro da tropa. Sua fisionomia estava triste; mas não tinha a carregada expressão da perversidade, nem o vil abatimento da covardia. Seu passo, posto que forçado, era firme, qual devera ser o de um homem de poderosa organização, aos vinte e quatro para vinte e cinco anos de idade.

Faltava porém a esse homem a prontidão nos movimentos físicos a que por inúmeras vezes devera sua salvação. Uma corda de couro cru prendia-lhe em diferentes anéis os braços, poucos dias antes prestes a levar a destruição e a morte a afastadas regiões.

Poucos foram os que não tiveram os olhos arrasados de lágrimas quando viram escravo de uma cadeia ignóbil o infeliz moço que, ainda ontem, tinha a imensidão a seu dispor, e era livre como as feras no deserto. A presença do infeliz despertara a piedade de quase todos os espectadores.

Naquele tempo a cadeia de Goiana não tinha a solidez da que se vê presentemente na Rua Direita. Era uma casa de um só pavimento a que faltavam quase todas as condições de segurança e higiene que as penitenciárias modernas reúnem.

Viam-se em suas janelas não grades, mas varões de madeira. Muitos criminosos conseguiram evadir-se quebrando alguns desses varões. Nem é de admirar que tais fossem as condições da cadeia pública daquela vila em 1776, se ainda hoje, com exceção das capitais e de algumas cidades interiores de mais nota, se apontam localidades importantes e até sedes de comarcas que não têm melhores prisões que as do tempo colonial.

Não só pela manifesta incapacidade da prisão pública, mas também por não confiar de ninguém a guarda de um réu dos quilates do Cabeleira resolveu Cristóvão de Holanda tê-lo em sua própria casa durante o tempo que fosse necessário para os preparativos da jornada ao Recife.

As primeiras autoridades de Goiana reuniram-se à noite em casa do capitão-mor, que à tuba da fama começou a apregoar como o salvador da província.

Enquanto essas autoridades praticavam da questão do dia — a prisão do malfeitor, este, no pavimento inferior, de que uma parte lhe fora dada por menagem, entregava-se a fundas cogitações.

Um soldado, que dele se compadecera, o tinha persuadido a ir passar alguns momentos no quintal, a fim de se divertir de suas ideias tristes. O Cabeleira sentara-se a um canto, à sombra de uma cajazeira.

Em qualquer parte para onde volveu os olhos só lhe apareceram guardas que não perdiam um só dos seus movimentos. Ergueu os olhos acima dos altos muros que o cercavam, e deu com a vista nas belas estrelas que tinham sido suas companheiras no deserto. Aqueles astros saudosos, guias leais e constantes do filho da liberdade, não alumiavam agora nesse filho senão o escravo da justiça que qualquer criança poderia impunemente insultar.

Lembrou-se de Luísa, cujo cadáver não lhe havia permitido dar à sepultura, o instinto da própria conservação, o medo irresistível da morte o impelira para o seio da floresta antes que ele houvesse cumprido este piedoso dever.

— Ah! Luisinha! — pensou ele. — Se eu tinha de cair alguns dias depois no poder da justiça, porque fugi então sem ter primeiro posto teu corpo ao abrigo dos urubus, ou dos cães de caça? Ah! meu amor, perdoa minha crueldade, perdoa minha ingratidão.

As lágrimas saltaram-lhe dos olhos em impetuosa torrente.

— De que choras, Cabeleira? — perguntou-lhe o soldado que dele se mostrara compassivo. — Estás com medo da morte?

— Não, não tenho medo de morrer — disse ele. — Estou chorando de me haver lembrado da única mulher, a quem, depois de minha mãe, quis bem nesta vida.

— Qual mulher? Será a que deixaste morta junto das cabeceiras do rio?

— Essa mesma. Você a viu?

— Sim, eu a vi. Mas que bem poderias querer a ela, se foste tu próprio, Cabeleira, que a mataste?

— Não, eu não a matei; ela morreu, ela mesma, quando se considerava feliz comigo, e quando eu via nela meu maior prazer, minha maior dita. Ah, Luisinha, tu bem sabes que eu te queria muito bem, muito! Que pena tenho eu quando considero que te perdi para sempre, que te deixei no deserto, que os carcarás furaram teus olhos, que os urubus despedaçaram tuas carnes, e que os anus, pretos como meu coração, esvoaçam por cima de teus ossos!

Os soluços embargaram a voz do desgraçado.

— Se é por isso, não chores, Cabeleira. O corpo de Luisinha não ficou às aves nem aos animais do mato.

— Não ficou?

— Eu o enterrei com minhas próprias mãos.

— Você?

— Eu e mais outro companheiro.

O bandido correu ao soldado para o apertar em seus braços em sinal de reconhecimento. Mas a corda que o prendia pelos lagartos tolheu que ele lhe desse esta demonstração.

— Não tem que me agradecer — disse-lhe o miliciano. — Eu vi Luisinha menina. Você não me conhece, mas eu também o vi pequeno; e se sua prisão estivesse em minhas mãos, nunca ela se teria feito.

O soldado afastou-se do Cabeleira para que este não lhe visse as lágrimas que de quatro em quatro estavam banhando suas faces.

— Não se afaste, camarada — disse-lhe o prisioneiro. — Tenho certeza de que você não me quer mal, e por isso quero pedir-lhe um favor. Não sei como poderei passar esta noite com a tristeza que tenho. Poderá você arranjar-me uma viola?

Pouco depois, ignotos sons, que estão acima do maior elogio, levaram melancolia e saudade ao coração de todo aquele de quem se fizeram ouvir.

Fora já servida a última refeição, e os hóspedes se haviam retirado a suas casas. Era tudo mudez na rua e vizinhanças.

Os sons melífluos que já haviam imposto silêncio aos soldados chegaram ao terrado da casa de Cristóvão como uma torrente de celestiais melodias, que lembraram a harpa de Davi, ou a lira de Anfião. Estas melodias comoveram o capitão-mor e sua jovem senhora, que iam ficar dentro em algumas horas separados de novo.

— Como são tristes os sons desta viola — disse ele. — São as últimas despedidas de quem está a entrar no reino da verdade.

— Mais me entristecem estas palavras suas, Cristóvão — disse Dona Leonor. — Se nós o pudéssemos salvar...

— Que diz, Leonor? Ele é um grande assassino. Sua mão tem derramado rios de sangue inocente. Os monstros não têm entranhas mais cruas do que as dele.

— Pobre moço! Para atestar que seu coração não é tão mau, nem sequer lhe vale a expressão de bondade que tem no rosto! Escute, Cristóvão. Conversávamos aqui há pouco eu e Dona Catarina; Gonçalo Pais estava ao nosso lado. Senão quando vieram trazer-nos delícias e despertar em nós saudades comoventes os sons que o prisioneiro extrai com rara delicadeza de seu inspirado instrumento. Dona Catarina manifestou então grandes desejos de o conhecer.

— E que fizeram?

— Descemos ao quintal acompanhadas de Gonçalo. Assim que nos viu, ele levantou-se, e nos saudou respeitosamente. "Continue a tocar, Cabeleira", disse-lhe eu. "Ah, senhora, mal posso pegar na viola. Além disso eu não sei tocar coisa capaz, senhora minha. Mas estes sons grosseiros podem melhorar se vossa senhoria, por sua bondade, mandar que me afrouxem um pouco estes laços. A corda penetrou-me na raiz das carnes, e tira-me toda a ação". Fiz sinal a Gonçalo para que satisfizesse o pedido do prisioneiro, mas Gonçalo hesitou.

— Fez bem — disse o capitão-mor.

— "Pode fazer sem susto o que minha senhora manda, Sr. tenente. Cabeleira não fugirá porque está cansado de viver", disse o prisioneiro. Faltam-me expressões para lhe dizer, Cristóvão, o que ouvimos então. Notas de órgão inspirado não dizem os mistérios, as melancolias que se debulharam da viola do desgraçado. Vendo-o tão moço, tão artista e tão infeliz, todos nos sentimos comovidos da sua sorte; e ele, ele o prisioneiro, chorava e soluçava como uma criança.

— Basta, Leonor — disse Cristóvão abalado com a narração que acabava de ouvir.

Dona Leonor, surpreendendo este sentimento do marido, propôs-se tirar dele o maior proveito para o infeliz. Atirou-se a Cristóvão de Holanda, e o cobriu de afagos e carinhos.

Fez mil rogativas para que se amerceasse da sorte do Cabeleira. A seu entender, alguns anos de prisão bastariam para que ele se corrigisse e emendasse.

— Mas quem diz que não será esta a pena que se lhe vai impor? — perguntou o capitão-mor.

— Não o disse já o senhor, Cristóvão? Sou eu que lhe peço que dê escapula ao infeliz.

— Escapula, Leonor, escapula! — exclamou Cristóvão. — E minha honra, e meu dever?

— Eles não ficarão manchados com um ato de humanidade. Todos dizem que a maus conselhos e funestas instigações deve o Cabeleira o ter cometido tantos crimes. Pois bem; aquele que o aconselhou e instigou à prática desses crimes, o verdadeiro criminoso, lá está para responder pelo que fez, e mandou o filho fazer. Sua condenação servirá de exemplo à sociedade e ao próprio filho dele; mas a condenação deste será uma grande injustiça, e o céu não permitirá jamais que para ela concorra Cristóvão Cavalcanti que sempre trouxe limpo o brasão que lhe legaram seus avós.

O capitão-mor levantou-se com a palidez na face. A poderosa dialética da consorte o havia feito sentir mais alterações na alma do que seus próprios carinhos no coração. A verdade sobre o Cabeleira era justamente aquela que sua mulher havia resumido em meia dúzia de palavras vivas e violentas.

Depois de ter dado alguns passos pelo terrado, Cristóvão caminhou para Dona Leonor, que o não tinha perdido de vista.

— Tudo o que disse é verdade, Leonor; mas sou eu acaso juiz? Não sou mais do que o executor de uma ordem do governador. Acredito que prendi um criminoso, para o qual, se a mim competisse julgá-lo, teria eu uma condenação mais branda. Mas o direito de o mandar ir embora não o tenho eu.

Se usasse de semelhante faculdade, Cristóvão de Holanda teria lançado sobre seu nome honrado uma mancha indelével.

Tendo dito estas palavras, Cristóvão de Holanda recolheu-se imediatamente a seu gabinete em companhia de Gonçalo Pais.

Quando a lua apareceu no céu triste e pálida como os anjos dos sepulcros, a tropa recebeu ordem para partir no mesmo instante. O capitão-mor precipitava a jornada que havia dilatado para o dia seguinte.

Pouco depois a tropa moveu-se. Dona Leonor, anjo de amor e de benevolência, deixava cair nesse momento, em silêncio, algumas lágrimas, límpidas como sua alma.

A respeitável senhora tinha saudades do esposo que novamente se ausentava, e pena do infeliz, que a morte atraía a si na forma de um patíbulo, e em nome da lei.

CAPÍTULO XVIII

Chegou enfim o momento da extrema provação. Ainda não tinha decorrido um mês, quando se ouviram os duros sons das crebras marteladas, que anunciavam à população do Recife o próximo e fatal fim dos delinquentes. Levantava-se a forca no Largo das Cinco Pontas.

Pela segunda vez este instrumento de suplício sobressaltou os ânimos e encheu de dor os corações na vila heroica.

Por grandes que sejam as ofensas que a sociedade tenha recebido de um dos seus membros, a razão pública sente-se abatida diante da sua punição por meio da morte natural.

A memória dos primeiros suplícios estava quase de todo apagado do espírito do povo. Realizaram-se eles durante a administração do governador Henrique Luís. Haviam decorrido da sua realização trinta e oito anos, tempo mais que bastante para que se oblitere da tela do pensamento a imagem de semelhantes representações.

Os pernambucanos lembravam-se porém ainda em 1776 do muito que custara a esse governador sentenciar à morte alguns criminosos.

Uma provisão régia de data de 20 de outubro de 1735 tinha criado em Pernambuco a junta de justiça criminal, a mesma que em 1776 julgou o Cabeleira, seu pai e os demais réus que sabemos.

Havia-se reunido em conformidade da citada provisão na casa da câmara aquela junta, composta do governador, dos ouvidores de Pernambuco e Paraíba, do juiz de fora de Olinda, e de um dos ouvidores que tinham servido na primeira das sobreditas províncias. Apesar das razões mais de humanidade, do que de Estado, expostas por Henrique Luís, a maioria condenara os criminosos a serem justiçados no patíbulo. Henrique Luís, o modelo dos governadores portugueses, passara pelo desgosto de lavrar a sentença de morte que feriu primeiro a ele que aos condenados.

No julgamento do Cabeleira e dos demais presos a inviolabilidade da pessoa humana fora melhor compreendida e respeitada pela junta, da qual só um membro opinara pela pena capital.

Assim, no espaço de trinta e oito anos o nível da consciência moral subira em três dos membros dessa terrível comissão; mas por desgraça baixara no mais importante deles. José César, desprezando o voto dessa maioria, digna de figurar nos tribunais modernos, sentenciara à pena última os infelizes com o apoio de um voto contra três, excedendo assim as atribuições do governador a quem a citada provisão conferia unicamente, no caso de empate entre os quatro membros, o direito de desempatar. Por onde se vê que entre estes dois governadores, ambos bem intencionados, embora as suas intenções fossem contrárias entre si e em seus efeitos, não mediavam somente trinta e oito anos, mas também a barreira que separa das trevas a luz, do poder arbitrário, que destrói, o sentimento liberal, que edifica.

Henrique Luís, posto que mais afastado do que seu colega, representava o direito novo de que o mesmo Portugal do século XVIII trasladou em seu código, que o honra, uma parcela no século XIX com aplauso de todas as nações cultas. Esta parcela é a que afirma e consagra a inviolabilidade da pessoa humana.

Se alguém houvesse dito então a José César que sua pátria em menos de um século riscaria de sua legislação a pena que ele impunha com tamanho arbítrio a três desgraçados a quem faltava a instrução mais elementar, teria ouvido o poderoso agente da realeza metropolitana classificar como uma utopia dos sonhadores do século XVIII esta brilhante conquista das nossas luzes. Os tempos vingam-se, e se a humanidade algumas vezes, como as aves, rasteja e se enloda nos charcos da terra, purifica-se como elas, nas chuvas celestes, e eleva-se a regiões sereníssimas donde vê a grandeza do Onipotente nos milhões de mundos que povoam a imensidade; a sua sabedoria na harmonia que os prende; a sua bondade no sem-número de leis, assim físicas, como morais, que protegem os corpos e dignificam os espíritos.

Na hora em que se construía o cadafalso, uma mulher que representava cinquenta, mas na realidade não tinha senão trinta e seis anos de idade, pedia por tudo quanto há sagrado, a uma das sentinelas do palácio, permissão para falar ao governador.

Joana havia chegado de Santo Antão no dia anterior, e de noite soubera que o filho e o marido tinham sido condenados à morte. Não lhe permitiram ver os entes que pertenciam mais a ela, representante do coração por dobrado direito, do que à justiça que nesse momento exprimia uma vontade poderosa e apaixonada.

Pela manhã Joana correra ao palácio para cair aos pés de José César, e rogar-lhe que lhe deixasse ver o filho. A sentinela, em resposta, perguntara-lhe simplesmente:

— Quem é você para falar ao Sr. governador?

— Sou a mãe do Cabeleira. Será possível que meu filho morra sem que eu o tenha visto antes?

— Ponha-se no Largo das Cinco Pontas, que o verá subir à forca à volta de uma hora da tarde.

— Meu filho! — gritara ela em soluço. — Pois hei de ver meu filho morrer na forca!

Joana caíra com a face sobre a laje do pavimento, carpindo como louca a sua desventura.

Tendo ouvido os ais, lamentos, exclamações e gritos daquela consternada mãe, mandara José César inquirir a causa do alarido. Quando lhe disseram a desoladora verdade, ordenara que incontinente a mãe infeliz fosse posta em custódia até que se cumprisse a execução.

Joana mal pudera ouvir a intimação deste cruel mandado.

— Não, não! — gritara, atirando-se para fora do palácio em estado de puro desespero.

Alguns soldados correram a pegá-la, mas em vão, porque, empregando esforços sobre a natureza, pudera Joana escapar, não sem deixar primeiro despedaçados nas mãos de um o lençol em que estava envolta, nas de outro parte dos seus cabelos que haviam de todo embranquecido. Aquela pobre mulher fora condenada pela adversidade a padecer angustiados momentos, para os quais não acharemos semelhantes no catálogo das tragédias humanas.

Ela fora pôr-se junto da masmorra, donde Cabeleira, Joaquim e Teodósio, que aí se achavam em grande recado, logo que houvessem recebido os confortos da religião, tinham de partir para o lugar do suplício.

A esse tempo já as circunvizinhanças desse lugar se achavam ocupadas por grandes massas de povo.

Quando no relógio da cadeia soou a hora fatal, viu-se desfilar, entre fortes colunas militares e a multidão, os condenados. O silêncio e a tristeza que aumentam a solenidade destes espetáculos indescritíveis, eram de momento a momento perturbados pelos lamentos de Joana.

— Meu filho vai morrer enforcado! Ah! meu Deus, vós bem sabeis que ele não teve culpa — dizia ela com a voz entrecortada de soluços.

José César, cercado dos seus privados e lisonjeiros, viu da varanda do palácio, outrora povoado pelo vulto homérico de Maurício de Nassau, tipo de mais fidalgo liberalismo que ainda transpôs aqueles umbrais, com uma espécie de recolhimento qual se estivesse presenciado uma procissão desfilar o fúnebre préstito, que em seu trajeto percorreu as ruas do Crespo, Queimado, Livramento, Direita, Pátio do Terço, e finalmente parou no Largo das Cinco Pontas ao pé do terrível artefato. Era uma hora da tarde.

O juiz nomeado pelo governador para assistir à execução em conformidade do disposto na provisão régia, ordenou que o escrivão repetisse a leitura da sentença. Os delinquentes ouviram pela vigésima vez, com sincera contrição, esse padrão do absolutismo colonial.

Finda a leitura, viu-se o Cabeleira aparecer, quase de súbito, no estrado da força, ao lado do carrasco.

Ele não havia vacilado na rápida ascensão nem dava mostras de abatido.

Seu rosto estava pálido, mas sereno. A cabeça tinha sido despojada do belo distintivo a que o mancebo devia a alcunha com que seu nome chegou à posteridade.

Com um olhar longo e rápido abrangeu a multidão que se apinhava em derredor do patíbulo, e proferiu, sem titubear, com voz ligeiramente alterada, estas palavras que a tradição recebeu como herança, para transmitir às gerações vindouras:

— Morro arrependido dos meus erros. Quando caí no poder da justiça, meu braço era já incapaz de matar, porque já tinha entrado no caminho do bem...

— Meu filho! Meu filho! — gritou nesse momento Joana do meio do povo por entre o qual buscava embalde abrir caminho para chegar ao pé do cadafalso.

A esta exclamação, o Cabeleira voltou-se confuso e comovido. Um longo suspiro escapou-lhe do peito opresso da súbita aflição. Seus lábios trêmulos deixaram passar estas precisas e pontuais palavras:

— Adeus, mamãezinha do meu coração!

No mesmo instante, aos olhos da multidão profundamente abalada, a cena transformou-se como por oculto maquinismo. O infeliz mancebo que, mal acabara de falar tinha sido rudemente impelido do estrado para o vácuo, pendia da corda assassina, tendo sobre os ombros o carrasco que apertava com as mãos covardes o laço sufocante. Cena bárbara que enche de horror a humanidade, e cobre de vergonha e luto, como tantas outras, a história do período colonial!

No meio da multidão esta cena de morte reproduziu-se no mesmo instante, unicamente modificada na forma. Entre os braços de umas mulheres do povo, pobres mães decerto, Joana acabara de exalar o último suspiro. O coração tinha-se instantaneamente estalado de dor.

Poucos momentos depois ao cadáver do Cabeleira reuniram-se os de Joaquim e Teodósio, seus companheiros na vida e na morte, na história da província e nas reminiscências do povo, de presente quase de todo apagadas pela mão do tempo.

A notícia de tão triste exemplo atravessou as remotas paragens onde repercutia a fama do grande matador, e passou ainda além nas asas ligeiras dos versos já citados, aos quais se devem reunir estes dois últimos, dos trovistas pernambucanos:

Quem tiver seus filhos
Saiba-os ensinar;
Veja Cabeleira
Que vai a enforcar.

Adeus, ó cidade,
Adeus, Santo Antão,
Adeus, mamãezinha
Do meu coração.

A execução do Cabeleira e seus corréus não atalhou as desordens e delitos, a que se refere a provisão; não trouxe terror nem emenda aos malfeitores.

Os crimes atrozes, então muito frequentes, se têm diminuído, ainda não cessaram de todo. As folhas públicas registram todos os dias por infelicidade nossa muitos deles, perpetrados no Norte, no Sul e na própria corte do Império.

De que serviu pois a provisão régia? Em que consistiu o proveito da execução dos três infelizes no regime colonial; e dos que os precederam, ou se lhes seguiram neste e no regime do Império?

Ah! meu amigo, a pena de morte, que as idades e as luzes têm demonstrado não ser mais que um crime jurídico, de feito não corrige nem moraliza. O que ela faz é enegrecer os códigos que em suas páginas a estampam, por mais liberais e sábios que sejam como é o nosso; é abater o poder que a aplica; é escandalizar, consternar e envilecer as populações em cujo seio se efetua.

A justiça executou o Cabeleira por crimes que tiveram sua principal origem na ignorância e na pobreza.

Mas o responsável de males semelhantes não será primeiro que todos a sociedade que não cumpre o dever de difundir a instrução, fonte da moral, e de organizar o trabalho, fonte da riqueza?[1]

---

[1]A seu tempo saberás, meu amigo, as minhas ideias a respeito da organização do trabalho no Brasil. (N. A.)

Se a sociedade não tem em caso nenhum o direito de aplicar a pena de morte a ninguém, muito menos tem o de aplicá-la aos réus ignorantes e pobres, isto é, àqueles que cometem o delito sem pleno conhecimento do mal, e obrigados muitas vezes da necessidade. O Cabeleira pode acaso comparar-se em culpabilidade a Lapomerais, médico ilustrado, ou a esse negociante alemão ou americano, Tomás ou Thompson, que, com intuito de enriquecer do dia para a noite, ocasionou com a perda do paquete *Moselle* a morte de oitenta, e os ferimentos de cem passageiros?

Condena-se à forca o escravo que mata o senhor, sem se atender a que, rebaixado pela condição servil, paciente do açoite diário, coberto de andrajos, quase sempre faminto, sobrecarregado com trabalhos excessivos, semelhante criatura é mais própria para cego instrumento do desespero, do que competente para o exercício da razão. Ainda em 28 de abril do corrente ano, em uma cidade da província das Alagoas, um destes infelizes padeceu o suplício capital. Por honra da civilização, um dos primeiros órgãos da imprensa do Norte, o *Diário de Pernambuco* lavrou contra essa covardia jurídica o seguinte protesto: "Registramos este acontecimento com a mágoa que sói causar àqueles que amam a pátria e a humanidade a continuação entre nós da bárbara pena de morte, que infamando, nem ao menos corrige".

Arrastam os delinquentes à barra dos tribunais ou ao pé dos juízes para serem interrogados sobre as circunstâncias dos crimes que cometeram. Não devia ser assim. O interrogatório principal devia ter por objeto os precedentes do culpado, o grau da sua instrução literária, a sua educação, os seus teres.

À pobreza, que é na realidade uma desgraça, deve a sociedade atribuir o maior número dos crimes que pune dos erros e faltas que não se julga com o direito de punir. A pobreza nunca foi nem será jamais um elemento de elevação; ela foi e será sempre um elemento de degradação social.

A riqueza, meu amigo, é um dos primeiros bens da vida.

Quando ela resulta de um trabalho honesto, e servido por uma ambição nobre e ponderada, não podem dela redundar males. Ao reverso, de uma riqueza assim adquirida, provêm quase sempre benefícios não só para aquele que a possui, mas também para a sociedade.

Quanto mais medito sobre este assunto, mais me parece que o evangelho que ensina a pobreza voluntária, considerada pela moderna ciência um absurdo econômico, e um impossível social, é antes um código de moral prática sujeito à revisão da sabedoria dos tempos, do que o corpo de leis de uma religião imutável. A prova de que não estou em erro, eu a vou achar no exemplo que nos dão os atuais ministros do evangelho, os quais, muito diferentes dos pescadores da Galileia e da Samaria que, descalços e humildes, o ensinaram gratuitamente a todas as gentes, empregam hoje todos os meios de tornar-se ricos e poderosos, e não desestimam a opulência, começando pelos que ocupam os primeiros lugares na hierarquia eclesiástica.

Não sirvam estas verdades de consternação aos pobres.

Sirvam-lhe antes de estímulo para que trabalhem, cultivem a terra, as indústrias, as artes, e possam, por seu próprio esforço, vir a ser independentes e felizes.

Meu amigo

Julgo de necessidade, para clareza de alguns pontos, e tua compreensão, aditar a carta que precede esta história.

Confirmo aqui tudo o que deixei dito no texto a respeito do meu protagonista.

Por mais extraordinária que pareça — ele na realidade não se mede pelos moldes vulgares e conhecidos — o Cabeleira não é uma ficção, não é um sonho, existiu, e acabou como aqui se diz.

Foi objeto de muitas trovas matutas e sertanejas, de episódios dramáticos e anedotas acinte engendradas para amedrontar a basófios importunos, e pôr em fugida fanfarrões arrogantes. Esta parte, por assim dizermos, cômica da vida do notabilíssimo bandido, será assunto de outro livro.

Se entrasse neste, desdiria da sua ideia capital, filosófica, social, e obrigar-me-ia a proporções que não imaginei para o meu trabalho por me parecerem excessivas nos que afinam pela craveira dele.

Não obstante terem sido numerosas as trovas de que foram assunto sua vida e morte, e haver eu metido as minhas melhores forças por conseguir todas elas, ou pelo menos tantas quantas bastassem para dar, com uma notícia mais larga do célebre valentão, uma amostra por onde pudesse ser devidamente aferida a musa popular do norte há um século, não pude obter mais do que as que entremeei no texto.

Não me atrevi a mudar-lhes uma só palavra, uma vírgula sequer. Para o fazer, se eu o quisesse, acharia apoio nos exemplos dados por autorizados engenhos e nomeadamente por Garrett no seu Romanceiro.

Não quis usar dessa faculdade. Fez-me escrúpulo tocar no legado que tem por si a consagração de algumas gerações; e como eu o recebi dos nossos maiores, assim o receberá de mim a posteridade, se não se interpuser, como é quase certo, entre ela e este livro o esquecimento, prêmio natural das produções mínimas.

A parte propriamente histórica foi escrita de acordo com a seguinte passagem das *Memórias históricas da província de Pernambuco* por Fernandes Gama:

"Havia anos que um famigerado mameluco, chamado Cabeleira, um filho deste, e um pardo de nome Teodósio, ladrão mui astuto, horrorizavam esta província com seus enormes crimes. Aqui mesmo, nesta cidade, esses facínoras cometiam furtos e homicídios; mas nas nossas circunvizinhanças tinham infundido tão grande terror, principalmente os dois primeiros, que ninguém se julgava seguro. Para todos se armarem, como se uma grande quadrilha ameaçasse os bens e as vidas de todos, nada mais era preciso do que espalhar-se a notícia de que o Cabeleira se aproximava. Tudo se punha em armas, e aqueles que assim não se preveniam por timoratos, os recebiam com submissos obséquios, e se prestavam apressados a todas suas exigências.

José César fez marchar contra esses malvados diferentes partidas militares, com ordem de os conduzirem vivos a esta cidade, e tendo essas partidas, com algum prejuízo, porque os facínoras resistiram, conseguido prendê-los, foram eles processados, e afinal condenados pela junta de justiça a morrerem enforcados; sentença que cumpriram quatro dias depois de proferida, e subiram ao patíbulo, dando mostras de grande contrição e arrependimento de seus delitos.

Os trovadores daquele tempo compuseram cantigas alusivas à vida e morte do Cabeleira: e ainda hoje as velhas cantam essas trovas quando acalentam os netinhos."

É de observar que pela alcunha *Cabeleira*, a meu parecer deve entender-se antes o filho do que o pai; e que Fernandes Gama, designando com ela este último, foi vítima de equivocação muito desculpável em um escritor que escreveu quase um século depois dos acontecimentos.

Os trovistas deixam fora de dúvida este ponto quando dizem:

Fecha a porta, gente,
Cabeleira aí vem;
Ele não vem só,
Vem seu pai também.

Meu pai me pediu, etc.

Meu pai me chamou, etc.

Enfim, quase todas as trovas autorizam a crer que a alcunha pertenceu ao filho, e só a este.

Ainda outro argumento a favor desta opinião, se o que aí fica não fora mais que bastante.

A musa do povo não cantaria um tão grande assassino se nele não descobrisse algumas qualidades dignas. A musa do povo não é torpe, não exalta o sicário infame e no todo desprezível. Por este chora o povo uma lágrima ao passar por ele, e afasta-se triste e mudo, não lhe dá um lugar na sua imaginação, não lhe consagra uma nota do seu melancólico e suavíssimo instrumento.

Seus trenos singelos e santificadores, se algumas vezes envolvem em si um nome odioso, é que este nome representa também alguma virtude grande, a que o sentimento do justo, inato no coração do povo, não é indiferente. O pai do Cabeleira não tinha nenhuma virtude digna desta distinção.

Os trovistas pernambucanos do século XVIII cantaram no Cabeleira, não o matador que fazia tremer populações como um cataclismo, cantaram o grande ânimo que, por desviado do bom caminho, chegou a pagar com a vida no patíbulo os crimes que a bem dizer pertenciam menos a ele do que a outrem.

Cantaram o grande exemplo que afirma a necessidade da instrução e da educação, sem a qual espíritos que poderiam chegar a ser úteis à sociedade, e legar um nome honrado e querido, se convertem em instrumentos da destruição dela e de si próprios, e deixam uma memória execrada, ou lamentável.

Estas verdades ressaltam das letras que dizem:

Minha mãe me deu
Contas pra rezar;
Meu pai deu-me faca,
Para eu matar.

Quem tiver seus filhos
Saiba-os ensinar;
Veja Cabeleira
Que vai a enforcar.

Tenho para mim que a morte do Cabeleira, não obstante os seus imensos crimes, comoveu a sociedade que foi dela testemunha, o que só se pode explicar pela convicção nela reinante, de que o infeliz mancebo fora na prática de tais crimes, antes arrastado por uma força estranha ao seu natural do que por este impelido. Daí o pesar inspirado pelo Cabeleira aos trovistas, e a distinção que deles mereceu, distinção que não se estendeu nem a seu pai nem ao seu parcial Teodósio, que aliás, deram, como aquele, mostras de grande contrição, e arrependimento de seus delitos, segundo escreve Gama.

De uma carta que na entrada de março último recebi de meu amigo Francisco P. do Amaral, cuja sisudez é conhecida em Pernambuco, onde ele exercita o lugar de oficial arquivista da assembleia provincial, traslado para mais esclarecimento os trechos que seguem:

"José Teodósio só pode ser comparado, por sua malvadez, com Pedro espanhol, célebre assassino dessa corte. Cometeu muitos roubos e assassinatos no Recife e nos arrabaldes."

"Cabeleira foi preso no canavial do Engenho Novo de Pau-d'Alho, pelo capitão-mor, Cristóvão de Holanda Cavalcanti. O dito engenho pertencia naquele tempo a Goiana."

"Cabeleira era natural de Glória de Goitá, que fazia parte de Santo Antão."

"Tocava viola com muito gosto, e a esta circunstância ia devendo ser solto, a pedido da mulher do capitão-mor, a qual, tendo ouvido o preso tocar, ficara com pena dele. Esta pena aumentou quando o Cabeleira lhe rogou com *voz cândida*, segundo me diz o meu informante, pessoa acima de toda exceção, e ainda parente daquele capitão-mor, que mandasse afrouxar-lhe as cordas. Foi atendida a súplica, e então aproveitou-se ele da ocasião para mostrar a sua grande habilidade de tocar o instrumento."

"Foi enforcado em Cinco Pontas, precedendo na mesma ocasião o filho ao pai."

"Contam que dirigiu algumas palavras ao público."

"Chamava-se José Gomes."

* * *

Não é de data moderna o sentimento pernambucano em desabono dos padres jesuítas que ainda ultimamente foram mandados sair de Pernambuco por ato do governo provincial com aprovação do governo-geral.

Já em 1773 a vila se iluminara para solenizar a extinção dessa companhia. Assim a manifestação de regozijo, com que a capital de Pernambuco solenizou em 1873 o centenário da promulgação do breve *Dominus ac redemptor*, não foi outra coisa que a repetição do que um século antes havia praticado o Recife.

Eis aqui os termos do bando mandado publicar pelo governador de Pernambuco:

"Para demonstração da alegria que causou a toda a nação portuguesa a proscrição e abolição da ordem chamada da Companhia de Jesus, em todo o orbe cristão, pelo santo padre hoje reinante na igreja de Deus, de que resulta a quietação pública dos fiéis vassalos de sua majestade fidelíssima, a quem perturbaram aqueles regulares, que se constituíram inimigos do Estado; ordeno a V.M$^{\underline{cês}}$ que para o dia de sexta-feira, sábado e domingo da presente semana, mandem publicar, com a maior solenidade que lhes for possível, luminárias nesta vila, com a pena que lhes parecer aos moradores que faltarem a este devido efeito.

Deus guarde a V.M$^{\underline{cês}}$ — Palácio do governo, 1º de dezembro de 1773. — *Manuel da Cunha de Meneses*. — Srs. oficiais da câmara da vila do Recife."

* * *

Frequentes vezes usei das palavras *seu* e *sinhá* antepostas aos nomes próprios. São contrações dos vocábulos *senhor* e *senhora*, que em outras partes são representados pelas contrações *só* e *só*. Quem conhece os costumes populares do norte, sabe que não invento.

* * *

Chama-se no norte *jerimum* ao que se chama aqui *abóbora*, e *macaxeira* ao que se chama *aipim*.

* * *

Arroz-doce é o arroz cozido com açúcar e leite de coco, e que as quitandeiras mercam em xícaras. É iguaria aprazível.

* * *

Pela expressão — *pé-rapado*, designam os matutos o sujeito pobre, o que não tem nada de seu.

* * *

Cangaço é voz sertaneja. Quer dizer o complexo das armas que costumam trazer os malfeitores. *O assassino foi à feira debaixo do seu cangaço* — dizem os habitantes do sertão.

* * *

Quinguingu parece-me voz africana. É só usada nos engenhos, para designar o trabalho extraordinário, feito, uma vez por outra, antes ou depois do serviço diário do campo pelos negros. Por isso efetua-se antes do sol cair, ou depois de ter-se recolhido.

* * *

Dos *beijus* e *tapiocas* eu não poderia dar mais exata notícia do que se lê no *Roteiro do Brasil*, de Gabriel Soares, impresso no tomo XIV da *Revista do Instituto Histórico*. Diz o *Roteiro*:

"Fazem mais desta massa (a da mandioca), depois de espremida, uns filhos, a que chamam *beijus*, estendendo-a no alguidar sobre o fogo, de maneira que ficam tão delgados, como filhós mouriscos, que se fazem de massa de trigo, mas ficam tão iguais como obreias, as quais se cozem neste alguidar até que ficam muito secas e torradas. Fazem mais desta mesma massa *tapiocas*, as quais são grossas como filhós de polme e moles, e fazem-se no mesmo alguidar como os beijus; e querem-se comidas quentes, com leite (de coco) tem muita graça; e com açúcar clarificado."

* * *

Caatinga, mato enfezado e bravo, acha-se definido com toda a precisão por Gonçalves Dias, em seu *Dicionário da Língua Tupi*; e é voz muito usada em todo o interior do norte do Brasil.

* * *

Pela voz *coivara* designam os matutos uma figueira de grandes proporções. *Encoivarar o roçado* quer dizer entre eles requeimar os paus mais grossos que resistiram ao fogo da primeira queima. No texto escrevi *encoivarava terras*. Esta expressão não é própria, e eu a empreguei no sentido translato, tomando *terras* pela extensão roçada ou desbravada.

* * *

Tirar uma abelha quer dizer cortar a árvore em cuja cavidade as abelhas se estabeleceram a colher o seu mel. Os habitantes do interior não empregam outra expressão para significarem esta operação.

* * *

Capuaba é casa de gente pobre, choupana desprezível.

* * *

Pela palavra *cabra*, que frequentes vezes pus na boca das figuras populares da história, não quis exprimir as mais delas o filho ou filha de mãe negra e pai mulato, ou de mãe mulata e pai negro; mas um sentido especial e muito outro deste. *Cabra* é também ali voz sinônima de homem, ou talvez mais particularmente de homem forte, sujeito destemido e petulante. *F. é cabra danado* é frase muito usada do vulgo.

Foi neste sentido que as mais das vezes me servi deste termo.

* * *

Usam-se no Norte frases muito expressivas, e que lhe são peculiares. Pertencem a este número as seguintes: *Mostrar com*, ou *de quantos paus se faz jangada*, quer dizer — mostrar para quanto presta, ou o seu valor, o seu poder; *fazer o bonito em poucas horas*, ou *em poucos momentos* — concluir o negócio, ou a empresa com próspero sucesso, ou do melhor modo possível, triunfar com grande brilho; *lamber o inimigo*, ou *valentão* — fazê-lo desaparecer, vencê-lo, aniquilá-lo sem dificuldade.

O Norte é riquíssimo de expressões e frases semelhantes.

* * *

Referi-me, por anacronismo, ao *Viveiro do Muniz*, o qual data de 1787, e foi formado, segundo diz Gama, do vão deixado pela terra que se tirou para reparar o Aterro dos Afogados, por ordem do governador D. Tomás José de Melo, sucessor de José César.

* * *

D. João da Purificação Marques Perdigão foi um bispo de poucas letras, mas de boas partes naturais.

Quando mais não fizesse, bastara a pacificação dos cabanos que a ele se deve, para ser sua memória estimada e respeitada na província.

Tratando da *Guerra dos Cabanos*, expressa-se o general Abreu e Lima em sua *Sinopsis* nestes termos:

"Depois de uma luta de perto de quatro anos, pôde o major Joaquim José Luís de Sousa amainar as iras daquela gente; e servindo-se da intervenção pastoral do reverendo bispo de Pernambuco, chamar ao grêmio da igreja e da sociedade, em novembro de 1835, aqueles homens quase selvagens, conseguindo pelo poder e auxílio da persuasão o que não tinha podido alcançar pelo poder da força."

* * *

É de todo o ponto justo e procedente o juízo que expressei no último capítulo desta história a respeito de Maurício de Nassau, a ninguém segundo no gênio criador, no grande senso administrativo, e no amor da justiça e liberdade regrada.

"Durante este ano (1637) — diz José de Vasconcelos nas suas *Datas Célebres* — consolidou-se o domínio holandês no Brasil, em virtude das sábias medidas tomadas pelo conde de Nassau."

Vasconcelos dá em substância essas medidas nas páginas 180 e 181 da sua obra, e não só por elas, mas pelo muito que dessa data em diante pôs em prática em todos os ramos do público serviço, vê-se que Maurício de Nassau tomara de siso o papel de administrador, e era o homem fadado para governar esse povo já então grande.

Quando em Pernambuco se achar de todo feita a luz para que estão trabalhando, entre outros, José de Vasconcelos, com seus estudos históricos, e o Dr. José Higino Duarte Pereira com a tradução de obras holandesas do merecimento do *Diário* de Mateus van den Broeck, e da *História da Companhia das*

Índias que já a ele se devem, ficará então bem evidente a obrigação de honra que tem Pernambuco de estimar e acatar a memória dos holandeses que muito fizeram pelo seu bem e progresso assim material como moral.

Em 6 de maio de 1644, isto é, e sete anos depois de ter aportado na plaga pernambucana, fez Maurício entrega do governo ao Supremo Conselho do Recife; e a 11 dirigiu-se por terra à Paraíba a fim de embarcar para Holanda.

Parece — diz Vasconcelos — que antes de deixar o país que engrandecera com sua sábia administração, quis ver aquela parte que ainda não conhecia.

Sai de seu palácio, em Mauriceia, a cavalo e seguido de um cortejo numerosíssimo; e atravessando o Recife vai pelo istmo até Olinda, donde pelo longo da costa seguem até Itamaracá, e de lá até a Paraíba.

Por toda parte por onde passava, recebia inequívocos testemunhos de reconhecimento, e vivo pesar que causava a sua partida, de sorte que esta viagem lhe foi uma verdadeira marcha triunfal.

De todos os pontos os moradores corriam a seu encontro para lhe dizer o último adeus. Suas exclamações eram acompanhadas dos sons dos instrumentos que tocavam o hino holandês *Wilhemus-van-Nassauven*, enquanto os canhões dos fortes lhe enviavam de longe as derradeiras saudações militares.

O índio Jandovi, cacique dos tapuias, e aliado dos holandeses, enviou uma deputação na qual vinham todos os filhos seus, para rogar ao príncipe que, se ainda fosse possível, espaçasse a sua partida.

Muitos negociantes considerados, e outros habitantes do país embarcaram-se com ele por considerarem a colônia perdida com a ausência dele."

Muito tinha eu ainda que dizer sobre passagens desta história que só poderão ser bem entendidas com certos esclarecimentos e observações que, por assim dizer, as completam; mas esta carta já vai demasiado longa, e é preciso encurtar leitura. Espero ter muito breve ocasião de conversar novamente contigo, ouvindo-nos o público, e então serão supridas algumas faltas que ficam aqui por preencher.

Antes porém de pôr o ponto final, devo pedir-te desculpa, meu amigo, dos erros de que está inçado este livro. A culpa não é da tipografia, onde sempre fui tratado com a melhor vontade; poucos lhe pertencem; a culpa principal é minha, por não dispor do tempo e da atenção que demanda a revisão de trabalhos da natureza deste.

A mor parte das provas eu as corrigi a lápis, no bonde, de viagem, às pressas. Isto não é fantasia; é a verdade.

Fico concluindo — *O Matuto* —, segundo livro desta série. Provavelmente só o receberás em março ou abril próximo futuro.

Teu
Franklin Távora

Rio, setembro de 1876.

APÊNDICE

Glossário

Alcantilado – excessivamente íngreme.
Acha – Cada uma das partes em que se racha um tronco de árvore para fazer lenha.
Adro – espaço descoberto na frente das igrejas.
Agaloada – que usa traje com galões.
Almocreve – indivíduo condutor de animais de carga.
Antístite – chefe de sacerdotes.
Árdego – que se irrita com facilidade.
Borrasca – tormentos, inquietações.
Caçuá – Cesto grande de cipó, vime etc., para cangalhas.
Ceitil – moeda do tempo de D. João.
Chã – chão plano.
Coeva – contemporâneo.
Cômoro – pequena elevação isolada de terreno.
Conciliábulo – assembleia secreta em que se conspira maus desígnios.
Coriáceo – que tem aspecto de dureza de couro.
Couto – refúgio.
Cutilada – golpe de arma branca.
Dunga – valentão.
Êmulo – Pessoa que procura igualar, superar outra; competidor, rival.
Escalavrar – principiar a estragar.
Esmoler – pessoa que distribui esmolas.
Fasto – dia em que era permitido tratar de negócios públicos; próspero.
Fojo – armadilha para apanhar feras.
Fraga – penhasco.
Gadanho – espécie de ancinho com grandes dentes.
Galeota – pequena embarcação.
Gasnete – garganta, pescoço.
Hirto – imóvel.

Inçar – Encher muito (de insetos e outros animais).
Ínvio – em que não há caminho.
Lérias – conversa inútil.
Librar – suspender.
Loas – mentira.
Lobrigar – ver ao longe.
Marchetar – esmaltar; embutir.
Marnel – terreno alagadiço.
Mó – Pedra de moinho ou de lagar.
Mofineza – qualidade de mofino.
Náiade – plantas aquáticas.
Omnímoda – que é de todos os modos ou gêneros.
Orbe – mundo, universo.
Patíbulo – lugar de execução da pena de morte.
Píncaro – pedúnculo de alguns frutos; pico.
Polé – roldana.
Poviléu – classe social mais baixa.
Quássia – arbusto medicinal.
Riba – margem elevada de rio.
Rutilar – fazer brilhar vivamente.
Saberete – astúcia; velhacaria.
Sicário – assassino contratado.
Somenos – inferior.
Sorrelfo – sonso, dissimulado.
Titela – parte carnuda do peito da ave.
Virente – robusto, forte.

Guia de leitura

O Romantismo de Franklin Távora

Cristina Garófalo Porini[1]

O Romantismo nasceu na Europa, como a representação dos ideais burgueses de arte (iniciado em 1790, na Alemanha e na Inglaterra; em 1825, na França e em Portugal; e, finalmente, em 1836, no Brasil). Com a Revolução Francesa, ocorrida em 1789, essa classe social passou a deter não apenas o poder econômico como também o político, e a substituição de parâmetros artísticos foi uma das maneiras de legitimar seu domínio e encerrar definitivamente os ideais clássicos em diversos aspectos. Em consequência, defendendo a Igualdade, a Fraternidade e a Liberdade, o nacionalismo tornou-se um elemento essencial para a elite de cada país incentivar a própria identidade — principalmente aqueles recém-independentes, como o Brasil.

Dessa maneira, o Romantismo chegou ao Brasil bastante vinculado à ideia de validar e reconhecer o que era tipicamente local. No campo político, Dom Pedro II, ciente de que a manutenção da unidade territorial dependia também de elementos culturais, apoiou a criação do Instituto Histórico e Geográfico Brasileiro, em 1838 — entidade responsável por pesquisar, escrever e descrever a geografia, a história e a cultura brasileira. O monarca não foi patrono apenas de tal instituição; Dom Pedro II era um grande mecenas,

[1] Graduada em Letras pela Universidade de São Paulo e em Relações Públicas pela Faculdade de Comunicação Social Cásper Líbero, professora de Língua Portuguesa, Literatura e Redação para o ensino médio na rede particular de ensino e em cursos pré-vestibulares, redatora e revisora de textos.

chegando a receber poetas e escritores românticos no Paço, onde realizava reuniões periódicas para discussões literárias e leitura de obras.

O Rio de Janeiro, com tal incentivo, fervilhava: a chegada da Família Real, em 1808, foi apenas o início de profundas transformações. O Romantismo e a Independência impulsionaram a criação de teatros, cafés e livrarias, assim como a publicação de periódicos. Tais folhetins traziam histórias cujos capítulos eram apresentados diariamente, sendo comprados pela crescente classe média: os moços entretinham-se com as aventuras de "capa e espada"; as moças, agora alfabetizadas, preferiam os enredos permeados por casos de amor impossível — e muitas vezes organizavam-se saraus e reuniões para a leitura dessas obras. Assim, o Brasil conheceu autores estrangeiros, como Alexandre Dumas (1802–1870, escritor francês) e seu *O Conde de Monte Cristo*, Charles Dickens (1812–1870, escritor inglês) e seu *Oliver Twist* — em tradução de Machado de Assis, e o prolífero Camilo Castelo Branco (1825–1890, escritor português) e, dentre inúmeras outras obras, seu *Amor de perdição*. A literatura nacional também se movimentou, inclusive pela demanda de que fossem redigidos capítulos diários de diversas obras; esse foi o caso de Joaquim Manuel de Macedo (1820–1882), com *A moreninha*, Manuel Antônio de Almeida (1831–1861) em *Memórias de um sargento de milícias* e José de Alencar (1829–1877).

Similarmente, a poesia tornou-se mais presente no cotidiano dos brasileiros — e as próprias características do Romantismo incentivaram sua frutífera produção: a essencial presença da subjetividade foi um verdadeiro convite para que os jovens tomassem coragem e expressassem a dor de viver por um amor inatingível — como o consagrado Machado de Assis chegou a mencionar na *Gazeta de Notícias*, em 1899, a respeito desse momento, "Nem só éramos moços, éramos ainda românticos".[2] Assim, em primeiro momento o Rio de

---

[2] ASSIS, Machado de. *Garrett* in *Gazeta de Notícias*, 1899.

Janeiro e, em seguida, as demais capitais foram tomadas por uma onda de poetas que, no período compreendido entre 1836, com a publicação de *Suspiros Poéticos e Saudades*, de Gonçalves de Magalhães (1811–1882), e 1881, quando Machado de Assis publicou *Memórias póstumas de Brás Cubas*, eles fizeram-se amplamente presentes no cenário social, seja exaltando a própria nação, o próprio ego ou, finalmente, dando viés nacionalista à literatura local.

Didaticamente, a poesia brasileira foi dividida em três fases (ou gerações). A primeira geração, extremamente influenciada pela escrita nacionalista do escritor francês Victor Hugo, contemplava a necessidade que o governo tinha, naquele momento, de manter a unidade territorial de uma nação recentemente independente. Gonçalves de Magalhães e, principalmente, Gonçalves Dias (1823–1864), foram os responsáveis por consagrar uma série de símbolos nacionais: os versos de *Canção do exílio*, de Gonçalves Dias, exaltando a natureza exuberante e a saudade da pátria, ainda hoje não só são declamados como também revisitados pelos mais diferentes autores dos mais diversos períodos literários.

Já nas décadas de 1850 e 1860, o Romantismo brasileiro apresentou temática diferente. Os poetas dessa geração, em geral estudantes universitários de São Paulo e do Rio de Janeiro, sentiam-se desvinculados de ideais patrióticos ou nacionalistas da primeira fase, e esse posicionamento marcou uma nova safra de escritores: formava-se a segunda geração romântica, também conhecida como ultrarromântica. O sentimento de inadaptação ao mundo em que viviam era refletido em duas ações: no campo pessoal, eram boêmios, apaixonados e leitores ávidos de românticos europeus, como Lord Byron (1788–1824; fonte de influência devido à sua poesia pessimista e rebelde), inspiração para eles; no campo literário, escreviam poemas em que se demonstrava essa postura de indiferença ao mundo: entediados, voltavam a si mesmos, exageravam no tom em relação aos próprios sentimentos e buscavam uma via de escapar, seja por meio de devaneios, bebida ou morte. Essa foi a geração responsável pela poesia maldita, com o satanismo ganhando espaço nas Letras, destacando nomes como Álvares de Azevedo (1831–1852), Casimiro de Abreu (1839-1860) e Fagundes Varela (1841–1875).

Porém, a publicação de *Os Miseráveis*, do francês Victor-Marie Hugo (1802–1885), em 1862, despertou os poetas brasileiros das décadas de 1860 e 1870 para a causa social, apesar de os dois primeiros eixos temáticos do Romantismo permanecem em voga. O Brasil vivia um momento crítico: a Guerra do Paraguai, com duração de cinco anos, consumia os cofres públicos, deixando a Monarquia em situação preocupante; a Guerra da Secessão, apesar de ocorrida nos Estados Unidos, entre 1861 e 1865, mostrava que a escravidão não encontrava espaço em um momento de expansão mundial da Revolução Industrial — fato que também enfraqueceu D. Pedro II. Dessa maneira, a terceira geração romântica, apesar de não encontrar muitos adeptos no Brasil, se fez presente principalmente na poesia de Castro Alves (1847–1871): também conhecida como condoreira (remetendo ao condor, ave com grande capacidade visual), ela se tornou porta-voz dos problemas sociais vivenciados no final do século XIX.

Em relação às narrativas, didaticamente a temática é relevante para sua classificação. A cultura nacional durante o século XIX foi abordada em três eixos: o urbano, o histórico e o regionalista. O primeiro preocupava-se, durante o Romantismo, em localizar o enredo principalmente na cidade do Rio de Janeiro, contemplando os leitores com os usos e costumes da própria elite local; *A moreninha*, de Joaquim Manuel de Macedo, conforme já mencionado anteriormente, foi um marco ao lado de *Senhora* e *Lucíola*, de José de Alencar. Já o romance histórico esteve pautado na pesquisa ao lado da criação, e novamente José de Alencar se destacou, com *As minas de prata* e *A guerra dos mascates*, assim como Bernardo Guimarães em *História e tradições da província de Minas Gerais*. Finalmente, o romance regionalista foi fruto principalmente da Escola de Recife — movimento iniciado por Tobias Barreto (1839–1889), cuja preocupação era agregar aos romances românticos o engajamento social, seguindo os passos de Castro Alves.

Nesse cenário, o jovem Franklin Távora se destacou, o que ocorre após uma polêmica envolvendo José de Alencar, um nome já consagrado. O centro da discussão era, segundo o jovem escritor, o excesso de idealização em *O gaúcho* e, em seguida, *Iracema*. Seguindo esse raciocínio, preocupou-se em retratar em sua obra o pensamento do Homem como fruto do meio, indicando que o Determinismo (teoria de Hippolyte Taine que defendia a ideia de o homem não possuir livre-arbítrio, estando seu comportamento, portanto, pré-determinado por três fatores: a raça, o meio e o momento vivido) já se fazia presente na literatura; consequentemente, Távora indica que uma ruptura de pensamento estava próxima — o que viria a ocorrer anos mais tarde, em 1881, com *Memórias póstumas de Brás* Cubas, de Machado de Assis.

O Cabeleira, desse modo, é um romance com características próprias a um momento de transição. Publicado em 1876, centra-se na história de um criminoso de Pernambuco e região, José Gomes, de alcunha Cabeleira. Não apenas seu nome demonstra o conflito da personagem; sua origem aponta para a mesma direção: sua mãe era uma sertaneja religiosa e submissa; seu pai era um cruel criminoso, que, em determinado momento, decide afastar mãe e filho para que este cresça distante da influência materna.

Ao longo do enredo, o autor se vale das trovas transmitidas geração a geração, como se fossem a "linha condutora" da narrativa. Além de valorizar a região e a cultura popular nordestina, eternizando a figura do Cabeleira, os episódios são recriados pelo narrador, assim como um verdadeiro panorama histórico e social do Nordeste é delineado — a obra é rica de informações datadas inclusive do século XVIII, o que indica o mérito da Escola de Recife: agregar a função social à literatura.

Apesar de apresentar opiniões a respeito da importância da influência familiar, da pena de morte, e da escravidão — merece destaque a interessante passagem em que Marcolino pede abrigo nas terras de Felisberto —, *O Cabeleira* traz uma série de elementos tipicamente românticos, como a idealização de Luisinha, amada de José Gomes, a natureza refletindo o estado interno do protagonista e a religiosidade de dona Joana, mãe do protagonista. Ao lado destes, a linguagem local é valorizada, assim como a natureza e os costumes são largamente descritos. *O Cabeleira* é uma obra que surpreende: ainda apresenta elementos esperados pelo público, não representando uma ruptura definitiva com o ideário romântico, porém está situado numa região até então raramente presente nas narrativas, trazendo aos leitores discussões de cunho social.

Sobre Franklin Távora

Nascido em 13 de Janeiro de 1842, em Baturité-CE, João Franklin da Silveira Távora mudou-se para Pernambuco ainda na infância. Cursou Direito na Faculdade de Direito do Recife, onde foi advogado, funcionário público e deputado da província. Já escrevia desde os tempos de estudante, e dessa época são as obras *Trindade maldita* (1861), *Os índios do Jaguaribe* e *Um mistério de família* (1862), *A casa de palha* (1866), *Um casamento no arrabalde* (1869) e *Três lágrimas* (1870).

Porém, ao se mudar para o Rio de Janeiro, aos 32 anos, sua vida literária tomou fôlego, concomitantemente a suas atividades desenvolvidas junto à Secretaria do Império. Data dessa época também sua presença marcante no jornalismo e a polêmica envolvendo José de Alencar, sob o pseudônimo de Semprônio. Entre o final de 1871 e o início do ano seguinte, Távora, em cartas para o amigo Cincinato (pseudônimo do poeta romântico radicado no Brasil, Antônio Feliciano de Castilho), criticava o idealismo de José de Alencar — com o passar do tempo, tal discussão foi analisada como um indício de que o Romantismo perdia campo para a literatura realista-naturalista.

Defendendo a literatura sem idealizações exacerbadas, publicou *O Cabeleira* (1876), sucesso de público, *O matuto, Lourenço* e *Lendas e tradições do norte* (1878) e, finalmente, *O sacrifício* (1879). No final de sua vida, assolado pela pobreza, chegou a vender grande parte de sua biblioteca pessoal e a queimar originais de alguns de seus títulos. Morreu aos 46 anos no Rio de Janeiro, em 18 de agosto de 1888.

QUESTIONÁRIO[3]*

1. Ao longo da narrativa, o protagonista atende por dois chamamentos: José Gomes e Cabeleira. Tal uso é indistinto? Justifique sua resposta com elementos do texto.

2. Cite elementos do prólogo de *O Cabeleira* que permitem vincular a obra à Escola de Recife.

3. A que se remete, segundo o narrador, a base do conflito vivido pelo protagonista?

4. Justifique a presença das trovas ao longo da narrativa.

5. Quais são os elementos do ideário romântico personificados em Luisinha?

6. Em que medida é possível afirmar que o final feliz entre Luisinha e José Gomes não seria bem aceito pelo público leitor na época em que o romance foi publicado?

7. De que modo se pode afirmar que o narrador, apesar de classificado em 3ª pessoa, torna-se presente na narrativa?

8. Considerando o tempo como um dos elementos básicos de uma narrativa, justifique a ocorrência do *flashback* ao longo do enredo.

---

[3] Sugere-se ao professor, ao utilizar alguma das questões em atividades, que trechos mais específicos do enredo sejam indicados aos alunos, a fim de lhes orientar a resolução dos exercícios.

* Professores podem obter o gabarito das questões dessa seção entrando em contato com o Depto. Editorial.

9. O Capítulo 9 é bastante importante por marcar a mudança de perfil do protagonista: José Gomes está decidido a abandonar seu lado Cabeleira. Qual metáfora relacionada à natureza é empregada pelo narrador nesse trecho, representando tal mudança?

10. Em quais momentos José Gomes toca viola? Analise brevemente tal comportamento do protagonista com o Romantismo.

Questões de vestibular

1. (Enem 2009) No decênio de 1870, Franklin Távora defendeu a tese de que no Brasil havia duas literaturas independentes dentro da mesma língua: uma do Norte e outra do Sul, regiões segundo ele muito diferentes por formação histórica, composição étnica, costumes, modismos linguísticos etc. Por isso, deu aos romances regionais que publicou o título geral de **Literatura do Norte**. Em nossos dias, um escritor gaúcho, Viana Moog, procurou mostrar com bastante engenho que no Brasil há, em verdade, literaturas setoriais diversas, refletindo as características locais.

CANDIDO, A. A nova narrativa. *A educação pela noite e outros ensaios*. São Paulo: Ática, 2003.

Com relação à valorização, no romance regionalista brasileiro, do homem e da paisagem de determinadas regiões nacionais, sabe-se que

a) o romance do Sul do Brasil se caracteriza pela temática essencialmente urbana, colocando em relevo a formação do homem por meio da mescla de características locais e dos aspectos culturais trazidos de fora pela imigração europeia.

b) José de Alencar, representante, sobretudo, do romance urbano, retrata a temática da urbanização das cidades brasileiras e das relações conflituosas entre as raças.

c) o romance do Nordeste caracteriza-se pelo acentuado realismo no uso do vocabulário, pelo temário local, expressando a vida do homem em face da natureza agreste, e assume frequentemente o ponto de vista dos menos favorecidos.

d) a literatura urbana brasileira, da qual um dos expoentes é Machado de Assis, põe em relevo a formação do homem brasileiro, o sincretismo religioso, as raízes africanas e indígenas que caracterizam o nosso povo.

e) Érico Veríssimo, Rachel de Queiroz, Simões Lopes Neto e Jorge Amado são romancistas das décadas de 30 e 40 do século XX, cuja obra retrata a problemática do homem urbano em confronto com a modernização do país promovida pelo Estado Novo.

Gabarito

1. c

Relação dos Volumes Publicados

1. Dom Casmurro
Machado de Assis
2. O Príncipe
Maquiavel
3. Mensagem
Fernando Pessoa
4. O Lobo do Mar
Jack London
5. A Arte da Prudência
Baltasar Gracián
6. Iracema / Cinco Minutos
José de Alencar
7. Inocência
Visconde de Taunay
8. A Mulher de 30 Anos
Honoré de Balzac
9. A Moreninha
Joaquim Manuel de Macedo
10. A Escrava Isaura
Bernardo Guimarães
11. As Viagens - "Il Milione"
Marco Polo
12. O Retrato de Dorian Gray
Oscar Wilde
13. A Volta ao Mundo em 80 Dias
Júlio Verne
14. A Carne
Júlio Ribeiro
15. Amor de Perdição
Camilo Castelo Branco
16. Sonetos
Luís de Camões
17. O Guarani
José de Alencar
18. Memórias Póstumas de Brás Cubas
Machado de Assis
19. Lira dos Vinte Anos
Álvares de Azevedo
20. Apologia de Sócrates / Banquete
Platão
21. A Metamorfose/Um Artista da Fome/Carta a Meu Pai
Franz Kafka
22. Assim Falou Zaratustra
Friedrich Nietzsche
23. Triste Fim de Policarpo Quaresma
Lima Barreto
24. A Ilustre Casa de Ramires
Eça de Queirós
25. Memórias de um Sargento de Milícias
Manuel Antônio de Almeida
26. Robinson Crusoé
Daniel Defoe
27. Espumas Flutuantes
Castro Alves
28. O Ateneu
Raul Pompeia
29. O Noviço / O Juiz de Paz da Roça / Quem Casa Quer Casa
Martins Pena
30. A Relíquia
Eça de Queirós
31. O Jogador
Dostoiévski
32. Histórias Extraordinárias
Edgar Allan Poe
33. Os Lusíadas
Luís de Camões
34. As Aventuras de Tom Sawyer
Mark Twain
35. Bola de Sebo e Outros Contos
Guy de Maupassant
36. A República
Platão
37. Elogio da Loucura
Erasmo de Rotterdam
38. Caninos Brancos
Jack London
39. Hamlet
William Shakespeare
40. A Utopia
Thomas More
41. O Processo
Franz Kafka
42. O Médico e o Monstro
Robert Louis Stevenson
43. Ecce Homo
Friedrich Nietzsche
44. O Manifesto do Partido Comunista
Marx e Engels
45. Discurso do Método / Regras para a Direção do Espírito
René Descartes
46. Do Contrato Social
Jean-Jacques Rousseau
47. A Luta pelo Direito
Rudolf von Ihering
48. Dos Delitos e das Penas
Cesare Beccaria
49. A Ética Protestante e o Espírito do Capitalismo
Max Weber
50. O Anticristo
Friedrich Nietzsche
51. Os Sofrimentos do Jovem Werther
Goethe
52. As Flores do Mal
Charles Baudelaire
53. Ética a Nicômaco
Aristóteles
54. A Arte da Guerra
Sun Tzu
55. Imitação de Cristo
Tomás de Kempis
56. Cândido ou o Otimismo
Voltaire
57. Rei Lear
William Shakespeare
58. Frankenstein
Mary Shelley
59. Quincas Borba
Machado de Assis
60. Fedro
Platão
61. Política
Aristóteles
62. A Viuvinha / Encarnação
José de Alencar
63. As Regras do Método Sociológico
Emile Durkheim
64. O Cão dos Baskervilles
Sir Arthur Conan Doyle
65. Contos Escolhidos
Machado de Assis
66. Da Morte / Metafísica do Amor / Do Sofrimento do Mundo
Arthur Schopenhauer
67. As Minas do Rei Salomão
Henry Rider Haggard
68. Manuscritos Econômico-Filosóficos
Karl Marx
69. Um Estudo em Vermelho
Sir Arthur Conan Doyle
70. Meditações
Marco Aurélio
71. A Vida das Abelhas
Maurice Materlinck
72. O Cortiço
Aluísio Azevedo
73. Senhora
José de Alencar
74. Brás, Bexiga e Barra Funda / Laranja da China
Antônio de Alcântara Machado
75. Eugênia Grandet
Honoré de Balzac
76. Contos Gauchescos
João Simões Lopes Neto
77. Esaú e Jacó
Machado de Assis
78. O Desespero Humano
Sören Kierkegaard
79. Dos Deveres
Cícero
80. Ciência e Política
Max Weber
81. Satíricon
Petrônio
82. Eu e Outras Poesias
Augusto dos Anjos
83. Farsa de Inês Pereira / Auto da Barca do Inferno / Auto da Alma
Gil Vicente
84. A Desobediência Civil e Outros Escritos
Henry David Toreau
85. Para Além do Bem e do Mal
Friedrich Nietzsche
86. A Ilha do Tesouro
R. Louis Stevenson
87. Marília de Dirceu
Tomás A. Gonzaga
88. As Aventuras de Pinóquio
Carlo Collodi
89. Segundo Tratado Sobre o Governo
John Locke
90. Amor de Salvação
Camilo Castelo Branco
91. Broquéis/Faróis/Ultimos Sonetos
Cruz e Souza
92. I-Juca-Pirama / Os Timbiras / Outros Poemas
Gonçalves Dias
93. Romeu e Julieta
William Shakespeare
94. A Capital Federal
Arthur Azevedo
95. Diário de um Sedutor
Sören Kierkegaard
96. Carta de Pero Vaz de Caminha a El-Rei Sobre o Achamento do Brasil
97. Casa de Pensão
Aluísio Azevedo
98. Macbeth
William Shakespeare

99. Édipo Rei/Antígona
Sófocles
100. Lucíola
José de Alencar
101. As Aventuras de Sherlock Holmes
Sir Arthur Conan Doyle
102. Bom-Crioulo
Adolfo Caminha
103. Helena
Machado de Assis
104. Poemas Satíricos
Gregório de Matos
105. Escritos Políticos / A Arte da Guerra
Maquiavel
106. Ubirajara
José de Alencar
107. Diva
José de Alencar
108. Eurico, o Presbítero
Alexandre Herculano
109. Os Melhores Contos
Lima Barreto
110. A Luneta Mágica
Joaquim Manuel de Macedo
111. Fundamentação da Metafísica dos Costumes e Outros Escritos
Immanuel Kant
112. O Príncipe e o Mendigo
Mark Twain
113. O Domínio de Si Mesmo pela Auto-Sugestão Consciente
Émile Coué
114. O Mulato
Aluísio Azevedo
115. Sonetos
Florbela Espanca
116. Uma Estadia no Inferno / Poemas / Carta do Vidente
Arthur Rimbaud
117. Várias Histórias
Machado de Assis
118. Fédon
Platão
119. Poesias
Olavo Bilac
120. A Conduta para a Vida
Ralph Waldo Emerson
121. O Livro Vermelho
Mao Tsé-Tung
122. Oração aos Moços
Rui Barbosa
123. Otelo, o Mouro de Veneza
William Shakespeare
124. Ensaios
Ralph Waldo Emerson
125. De Profundis / Balada do Cárcere de Reading
Oscar Wilde
126. Crítica da Razão Prática
Immanuel Kant
127. A Arte de Amar
Ovídio Naso
128. O Tartufo ou O Impostor
Molière
129. Metamorfoses
Ovídio Naso
130. A Gaia Ciência
Friedrich Nietzsche
131. O Doente Imaginário
Molière
132. Uma Lágrima de Mulher
Aluísio Azevedo
133. O Último Adeus de Sherlock Holmes
Sir Arthur Conan Doyle
134. Canudos - Diário de uma Expedição
Euclides da Cunha
135. A Doutrina de Buda
Siddharta Gautama
136. Tao Te Ching
Lao-Tsé
137. Da Monarquia / Vida Nova
Dante Alighieri
138. A Brasileira de Prazins
Camilo Castelo Branco
139. O Velho da Horta/Quem Tem Farelos?/Auto da Índia
Gil Vicente
140. O Seminarista
Bernardo Guimarães
141. O Alienista / Casa Velha
Machado de Assis
142. Sonetos
Manuel du Bocage
143. O Mandarim
Eça de Queirós
144. Noite na Taverna / Macário
Álvares de Azevedo
145. Viagens na Minha Terra
Almeida Garrett
146. Sermões Escolhidos
Padre Antonio Vieira
147. Os Escravos
Castro Alves
148. O Demônio Familiar
José de Alencar
149. A Mandrágora / Belfagor, o Arquidiabo
Maquiavel
150. O Homem
Aluísio Azevedo
151. Arte Poética
Aristóteles
152. A Megera Domada
William Shakespeare
153. Alceste/Electra/Hipólito
Eurípedes
154. O Sermão da Montanha
Huberto Rohden
155. O Cabeleira
Franklin Távora
156. Rubáiyát
Omar Khayyám
157. Luzia-Homem
Domingos Olímpio
158. A Cidade e as Serras
Eça de Queirós
159. A Retirada da Laguna
Visconde de Taunay
160. A Viagem ao Centro da Terra
Júlio Verne
161. Caramuru
Frei Santa Rita Durão
162. Clara dos Anjos
Lima Barreto
163. Memorial de Aires
Machado de Assis
164. Bhagavad Gita
Krishna
165. O Profeta
Khalil Gibran
166. Aforismos
Hipócrates
167. Kama Sutra
Vatsyayana
168. Histórias de Mowgli
Rudyard Kipling
169. De Alma para Alma
Huberto Rohden
170. Orações
Cícero
171. Sabedoria das Parábolas
Huberto Rohden
172. Salomé
Oscar Wilde
173. Do Cidadão
Thomas Hobbes
174. Porque Sofremos
Huberto Rohden
175. Einstein: o Enigma do Universo
Huberto Rohden
176. A Mensagem Viva do Cristo
Huberto Rohden
177. Mahatma Gandhi
Huberto Rohden
178. A Cidade do Sol
Tommaso Campanella
179. Setas para o Infinito
Huberto Rohden
180. A Voz do Silêncio
Helena Blavatsky
181. Frei Luís de Sousa
Almeida Garrett
182. Fábulas
Esopo
183. Cântico de Natal/ Os Carrilhões
Charles Dickens
184. Contos
Eça de Queirós
185. O Pai Goriot
Honoré de Balzac
186. Noites Brancas e Outras Histórias
Dostoiévski
187. Minha Formação
Joaquim Nabuco
188. Pragmatismo
William James
189. Discursos Forenses
Enrico Ferri
190. Medeia
Eurípedes
191. Discursos de Acusação
Enrico Ferri
192. A Ideologia Alemã
Marx & Engels
193. Prometeu Acorrentado
Ésquilo
194. Iaiá Garcia
Machado de Assis
195. Discursos no Instituto dos Advogados Brasileiros / Discurso no Colégio Anchieta
Rui Barbosa
196. Édipo em Colono
Sófocles
197. A Arte de Curar pelo Espírito
Joel S. Goldsmith
198. Jesus, o Filho do Homem
Khalil Gibran
199. Discurso sobre a Origem e os Fundamentos da Desigualdade entre os Homens
Jean-Jacques Rousseau
200. Fábulas
La Fontaine
201. O Sonho de uma Noite de Verão
William Shakespeare

202. Maquiavel, o Poder
José Nivaldo Junior

203. Ressurreição
Machado de Assis

204. O Caminho da Felicidade
Huberto Rohden

205. A Velhice do Padre Eterno
Guerra Junqueiro

206. O Sertanejo
José de Alencar

207. Gitanjali
Rabindranath Tagore

208. Senso Comum
Thomas Paine

209. Canaã
Graça Aranha

210. O Caminho Infinito
Joel S. Goldsmith

211. Pensamentos
Epicuro

212. A Letra Escarlate
Nathaniel Hawthorne

213. Autobiografia
Benjamin Franklin

214. Memórias de Sherlock Holmes
Sir Arthur Conan Doyle

215. O Dever do Advogado / Posse de Direitos Pessoais
Rui Barbosa

216. O Tronco do Ipê
José de Alencar

217. O Amante de Lady Chatterley
D. H. Lawrence

218. Contos Amazônicos
Inglês de Souza

219. A Tempestade
William Shakespeare

220. Ondas
Euclides da Cunha

221. Educação do Homem Integral
Huberto Rohden

222. Novos Rumos para a Educação
Huberto Rohden

223. Mulherzinhas
Louise May Alcott

224. A Mão e a Luva
Machado de Assis

225. A Morte de Ivan Ilicht / Senhores e Servos
Leon Tolstói

226. Álcoois e Outros Poemas
Apollinaire

227. Pais e Filhos
Ivan Turguêniev

228. Alice no País das Maravilhas
Lewis Carroll

229. À Margem da História
Euclides da Cunha

230. Viagem ao Brasil
Hans Staden

231. O Quinto Evangelho
Tomé

232. Lorde Jim
Joseph Conrad

233. Cartas Chilenas
Tomás Antônio Gonzaga

234. Odes Modernas
Anntero de Quental

235. Do Cativeiro Babilônico da Igreja
Martinho Lutero

236. O Coração das Trevas
Joseph Conrad

237. Thais
Anatole France

238. Andrômaca / Fedra
Racine

239. As Catilinárias
Cícero

240. Recordações da Casa dos Mortos
Dostoiévski

241. O Mercador de Veneza
William Shakespeare

242. A Filha do Capitão / A Dama de Espadas
Aleksandr Púchkin

243. Orgulho e Preconceito
Jane Austen

244. A Volta do Parafuso
Henry James

245. O Gaúcho
José de Alencar

246. Tristão e Isolda
Lenda Medieval Celta de Amor

247. Poemas Completos de Alberto Caeiro
Fernando Pessoa

248. Maiakósvski
Vida e Poesia

249. Sonetos
William Shakespeare

250. Poesia de Ricardo Reis
Fernando Pessoa

251. Papéis Avulsos
Machado de Assis

252. Contos Fluminenses
Machado de Assis

253. O Bobo
Alexandre Herculano

254. A Oração da Coroa
Demóstenes

255. O Castelo
Franz Kafka

256. O Trovejar do Silêncio
Joel S. Goldsmith

257. Alice na Casa dos Espelhos
Lewis Carrol

258. Miséria da Filosofia
Karl Marx

259. Júlio César
William Shakespeare

260. Antônio e Cleópatra
William Shakespeare

261. Filosofia da Arte
Huberto Rohden

262. A Alma Encantadora das Ruas
João do Rio

263. A Normalista
Adolfo Caminha

264. Pollyanna
Eleanor H. Porter

265. As Pupilas do Senhor Reitor
Júlio Diniz

266. As Primaveras
Casimiro de Abreu

267. Fundamentos do Direito
Léon Duguit

268. Discursos de Metafísica
G. W. Leibniz

269. Sociologia e Filosofia
Émile Durkheim

270. Cancioneiro
Fernando Pessoa

271. A Dama das Camélias
Alexandre Dumas (filho)

272. O Divórcio / As Bases da Fé / e outros textos
Rui Barbosa

273. Pollyanna Moça
Eleanor H. Porter

274. O 18 Brumário de Luís Bonaparte
Karl Marx

275. Teatro de Machado de Assis
Antologia

276. Cartas Persas
Montesquieu

277. Em Comunhão com Deus
Huberto Rohden

278. Razão e Sensibilidade
Jane Austen

279. Crônicas Selecionadas
Machado de Assis

280. Histórias da Meia-Noite
Machado de Assis

281. Cyrano de Bergerac
Edmond Rostand

282. O Maravilhoso Mágico de Oz
L. Frank Baum

283. Trocando Olhares
Florbela Espanca

284. O Pensamento Filosófico da Antiguidade
Huberto Rohden

285. Filosofia Contemporânea
Huberto Rohden

286. O Espírito da Filosofia Oriental
Huberto Rohden

287. A Pele do Lobo / O Badejo / o Dote
Artur Azevedo

288. Os Bruzundangas
Lima Barreto

289. A Pata da Gazela
José de Alencar

290. O Vale do Terror
Sir Arthur Conan Doyle

291. O Signo dos Quatro
Sir Arthur Conan Doyle

292. As Máscaras do Destino
Florbela Espanca

293. A Confissão de Lúcio
Mário de Sá-Carneiro

294. Falenas
Machado de Assis

295. O Uraguai / A Declamação Trágica
Basílio da Gama

296. Crisálidas
Machado de Assis

297. Americanas
Machado de Assis

298. A Carteira de Meu Tio
Joaquim Manuel de Macedo

299. Catecismo da Filosofia
Huberto Rohden

300. Apologia de Sócrates
Platão (Edição bilingue)

301. Rumo à Consciência Cósmica
Huberto Rohden

302. Cosmoterapia
Huberto Rohden

303. Bodas de Sangue
Federico García Lorca

304. Discurso da Servidão Voluntária
Étienne de La Boétie

305. CATEGORIAS
Aristóteles

306. MANON LESCAUT
Abade Prévost

307. TEOGONIA / TRABALHO E DIAS
Hesíodo

308. AS VÍTIMAS-ALGOZES
Joaquim Manuel de Macedo

309. PERSUASÃO
Jane Austen

310. AGOSTINHO - Huberto Rohden

311. ROTEIRO CÓSMICO
Huberto Rohden

312. A QUEDA DUM ANJO
Camilo Castelo Branco

313. O CRISTO CÓSMICO E OS ESSÊNIOS - Huberto Rohden

314. METAFÍSICA DO CRISTIANISMO
Huberto Rohden

315. REI ÉDIPO - Sófocles

316. LIVRO DOS PROVÉRBIOS
Salomão

317. HISTÓRIAS DE HORROR
Howard Phillips Lovecraft

318. O LADRÃO DE CASACA
Maurice Leblanc

319. TIL
José de Alencar

SÉRIE OURO
(Livros com mais de 400 p.)

1. LEVIATÃ
Thomas Hobbes

2. A CIDADE ANTIGA
Fustel de Coulanges

3. CRÍTICA DA RAZÃO PURA
Immanuel Kant

4. CONFISSÕES
Santo Agostinho

5. OS SERTÕES
Euclides da Cunha

6. DICIONÁRIO FILOSÓFICO
Voltaire

7. A DIVINA COMÉDIA
Dante Alighieri

8. ÉTICA DEMONSTRADA À MANEIRA DOS GEÔMETRAS
Baruch de Spinoza

9. DO ESPÍRITO DAS LEIS
Montesquieu

10. O PRIMO BASÍLIO
Eça de Queirós

11. O CRIME DO PADRE AMARO
Eça de Queirós

12. CRIME E CASTIGO
Dostoiévski

13. FAUSTO
Goethe

14. O SUICÍDIO
Émile Durkheim

15. ODISSEIA
Homero

16. PARAÍSO PERDIDO
John Milton

17. DRÁCULA
Bram Stoker

18. ILÍADA
Homero

19. AS AVENTURAS DE HUCKLEBERRY FINN
Mark Twain

20. PAULO – O 13º APÓSTOLO
Ernest Renan

21. ENEIDA
Virgílio

22. PENSAMENTOS
Blaise Pascal

23. A ORIGEM DAS ESPÉCIES
Charles Darwin

24. VIDA DE JESUS
Ernest Renan

25. MOBY DICK
Herman Melville

26. OS IRMÃOS KARAMAZOVI
Dostoiévski

27. O MORRO DOS VENTOS UIVANTES
Emily Brontë

28. VINTE MIL LÉGUAS SUBMARINAS
Júlio Verne

29. MADAME BOVARY
Gustave Flaubert

30. O VERMELHO E O NEGRO
Stendhal

31. OS TRABALHADORES DO MAR
Victor Hugo

32. A VIDA DOS DOZE CÉSARES
Suetônio

33. O MOÇO LOIRO
Joaquim Manuel de Macedo

34. O IDIOTA
Dostoiévski

35. PAULO DE TARSO
Huberto Rohden

36. O PEREGRINO
John Bunyan

37. AS PROFECIAS
Nostradamus

38. NOVO TESTAMENTO
Huberto Rohden

39. O CORCUNDA DE NOTRE DAME
Victor Hugo

40. ARTE DE FURTAR
Anônimo do século XVII

41. GERMINAL
Émile Zola

42. FOLHAS DE RELVA
Walt Whitman

43. BEN-HUR — UMA HISTÓRIA DOS TEMPOS DE CRISTO
Lew Wallace

44. OS MAIAS
Eça de Queirós

45. O LIVRO DA MITOLOGIA
Thomas Bulfinch

46. OS TRÊS MOSQUETEIROS
Alexandre Dumas

47. POESIA DE ÁLVARO DE CAMPOS
Fernando Pessoa

48. JESUS NAZARENO
Huberto Rohden

49. GRANDES ESPERANÇAS
Charles Dickens

50. A EDUCAÇÃO SENTIMENTAL
Gustave Flaubert

51. O CONDE DE MONTE CRISTO (VOLUME I)
Alexandre Dumas

52. O CONDE DE MONTE CRISTO (VOLUME II)
Alexandre Dumas

53. OS MISERÁVEIS (VOLUME I)
Victor Hugo

54. OS MISERÁVEIS (VOLUME II)
Victor Hugo

55. DOM QUIXOTE DE LA MANCHA (VOLUME I)
Miguel de Cervantes

56. DOM QUIXOTE DE LA MANCHA (VOLUME II)
Miguel de Cervantes

57. AS CONFISSÕES
Jean-Jacques Rousseau

58. CONTOS ESCOLHIDOS
Artur Azevedo

59. AS AVENTURAS DE ROBIN HOOD
Howard Pyle

60. MANSFIELD PARK
Jane Austen